ジャック・ケッチャム/著
金子 浩/訳

隣の家の少女
The Girl Next Door

JN262730

扶桑社ミステリー
0656

THE GIRL NEXT DOOR
by Jack Ketchum
Copyright © 1989 by Dallas Mayr

INTRODUCTION by Stephen King
Copyright © 1996 by Stephen King

Japanese translation rights arranged with
Dallas Mayr and Stephen King
c/o The Martell Agency, New York
through Tuttle-Mori Agency, Inc., Tokyo

「教えてくれよ、勇敢な船長
よこしまなやつらはどうしてあんなに強いんだい？
悪魔がポーチの明かりをつけっぱなしにしてるのに
どうして天使たちは眠っちまうんだい？」
——トム・ウェイツ

「ほかの連中の夢のなかで
十代の女の子たちの悲鳴なんて聞きたくない」
——スペシャルズ

「罪の重荷を負った人は逃げることができない」
——アイリス・マードック『ユニコーン』

隣の家の少女

登場人物

デイヴィッド――――わたし

メグ――――チャンドラー家に引っ越してきた少女

スーザン――――メグの妹

ルース・チャンドラー――――デイヴィッドの隣人

ドニー
ウィリー
ラルフ(ウーファー)
――――ルースの息子

エディ――――近所に住む乱暴な少年

デニース――――エディの妹

ジェニングス――――警察官

第一部

1

苦痛とはなにか、知ってるつもりになっていないだろうか？

わたしの二番めの妻に聞いてみるといい。彼女は知っている。というか、知ってるつもりになっている。

彼女は、十九か二十歳《はたち》のころ、二匹の猫——自分の飼い猫と近所の猫——の喧嘩に巻きこまれたことがあったのだそうだ。そして一方の猫が彼女に飛びついて、木に登るみたいに彼女のからだを駆けあがったらしい。腿も、胸も、腹も、ずたずただ。いまだに傷痕が残っている。動転した彼女は、母親ご自慢の世紀の変わりめごろの戸棚に倒れかかって、いちばん上等な陶器のパイ皿を割った。猫がふーふーうなりながら牙と鉤爪《かぎづめ》を剥《む》きだして彼女のからだを駆けあがり、駆けおりるあいだに、脇腹の皮膚は十五センチも裂けてしまった。たしか三十六針縫ったといっていた。それから何日も、熱にうなされたのだそうだ。

二番めの妻はそれが苦痛だという。

なんにもわかっていないのだ。

最初の妻、イヴリンはいいところまで迫っていたのかもしれない。

イヴリンには脳裏に焼きついてるイメージがある。

彼女は、夏の暑い日の朝、雨ですべりやすくなったハイウェイをレンタカーのボルボで走っていた。愛人をとなりに乗せて。ゆっくりとした、慎重なハンドルさばきだった。焼けつくような路面が雨で濡れたばかりのときの道路がどれほど油断ならないかを承知していたからだ。ところがそのとき、イヴリンの車を追い抜こうとしたフォルクスワーゲンが尻をふって、彼女の車の進路を遮った。フォルクスワーゲンの、〝自由に生きなきゃ死んだほうがまし〟というプレートをつけたリアバンパーがすべってきて、イヴリンの車のグリルにキスをした。やさしく、といっていいほどだった。雨が仕上げをしてくれた。ボルボはコントロールをうしない、ふらふらと盛り土を乗り越えた。つぎの瞬間、イヴリンと愛人は宙返りをしていた。無重力状態で回転していたのだ。上が下になり、上になり、また上になった。そのどこかで、ハンドルがイヴリンの肩に当たった。バックミラーが手首を折った。

やっと横転が止まり、イヴリンは頭上のアクセルを見あげた。愛人をさがしたが、そいつはとなりにいなかった。消えうせていた。まるで魔法だった。イヴリンは運転席側のドアをさぐりあてて開き、濡れた草地に這いだした。立ちあがり、雨を透かして目を凝らした。イヴリンの心に刻みつけられたのは、この時の――車のまえに散らばる真っ赤に染まったガラスのかけらのなか、全身赤むけになり、血のつまった袋のようになった男が転がっている――光景だ。

その袋はイヴリンの愛人だった。

イヴリンがいいところまで迫ったといったのは、それが理由だ。たとえ体験を封じこめているとしても——たとえ夜、眠れるとしても。

イヴリンは、苦痛がたんなる痛覚でも、刺激を受けた神経が肉体への侵害に悲鳴をあげることでもないのを承知していた。

苦痛は外から内へ作用することもある。

つまり、なにかを見ることによって苦痛をおぼえることもあるのさ。それこそ、もっとも残酷で、もっとも純粋な苦痛だ。やわらげる薬も、眠りも、ショックも、昏睡もないのだから。

苦痛を目にし、苦痛をとりいれると、人は苦痛になってしまう。

肉体に寄生した白くて長い虫は、肉を齧り、むさぼり、成長して腸を満たす。そしてとうとう、ある朝、咳きこんだ拍子に、盲目で生白いそいつの頭部が、第二の舌のように口からすべりでるのだ。

やはり、わたしの妻たちは苦痛がわかっていない。完全には。イヴリンはいいところまで迫っているのだが。

だが、わたしは理解している。

まず第一に、それを信じてもらわなければならない。

わたしは、長いあいだ、苦痛とともに生きてきたのだ。

考えてみれば、あれが起きたとき、わたしたちはみな、まだ子供だった。デイヴィー・クロケットの洗い熊の毛皮帽をかぶらなくなってからいくらもたっていない、ただの洟垂れ小僧だったのだ。いまは姿を変え、身を隠しているのだと考えでもしないかぎり、あのころのわたしと現在のわたしが同一人物だとは信じがたい。子供には二度めのチャンスがある。いまのわたしはそれを生かしているのだと考えたい。

だが、二度の悲惨な結婚生活のあと、寄生虫に苦しむことがちょっぴり多くなっている。

それにもかかわらず、いまでも五〇年代のことを、あの奇妙な抑圧と秘密とヒステリーの時代のことはよく思いだす。たとえばジョー・マッカーシーのことを思いだすのだ。もっとも当時は、どうしてパパは、毎日、テレビで委員会の公聴会中継を見るために大急ぎで仕事から帰ってくるんだろう、と不思議に思うときをべつにすれば、めったに彼のことを考えたりしなかったものだが。冷戦に思いをはせることもある。学校の地下室で防空演習をさせられたり、原爆実験の映画——実物大模型のリビングルームでデパートのマネキンが内破し、吹き飛び、崩壊し、燃えつきた——を見せられたりしたものだった。〈プレイボーイ〉や〈マンズ・アクション〉などの雑誌をパラフィン紙で包み、小川のそばに隠したのはいいが、そのうちかび臭くなってしまい、手を触れる気にならなくなったこともあった。わたしが十歳で、ロックンロールがパラマウント劇場のアラン・フリードのショーで爆発していたとき、グレース・ルーテル教会のディーツ師がエルヴィスを非難したこともあった。

なにやら不気味なことが起きていたのだろう、偉大なるアメリカのおできが破れそうになっていたのだろう、とわたしは自分に言い聞かせている。それは、国じゅうで起きていたのだろう、ルースの家ばかりでなくそこいらじゅうで、と。

それで気が楽になることもある。

わたしたちがしたことについて。


わたしはいま、四十一だ。生まれたのは一九四六年、アメリカが広島に原爆を投下してから十六カ月後だった。

マチスが七十七歳になった年だ。

いまはウォール街の証券マンとして、年に十五万ドル稼いでいる。結婚は二度したが、子供はいない。ライに自宅が、ニューヨーク市内に会社のアパートメントがある。どこかへ行くときは、たいていリムジンを使うが、ライでは青のベンツを運転する。

どうやら、またもや結婚することになりそうだ。わたしがいま愛している女性は――先妻たちも――これから記すことを知らない。彼女に打ち明けるつもりなのかどうか、自分でもよくわからない。どうして打ち明けなければならないのだろう？　わたしは成功者だ。おだやかで、包容力があり、慎重で思いやりのある恋人なのだ。

だが、一九五八年の夏、ルースとダニーとウィリーとそのほかのわたしたちがメグ・ロクリンと妹のスーザンと出会って以来、わたしの人生はなにひとつうまくいっていないのだ。

2

わたしはひとりで小川のほとりへ行き、〈大岩〉の上で、片手に空き缶を持ってうつぶせになっていた。ザリガニをすくっていたのだ。わきに置いた長い空き缶には、すでに二匹のザリガニがはいっていた。小物だった。わたしは、そいつらのママを狙っていたのだ。

小川は、わたしの両側を勢いよく流れていた。川面の近くに垂らした素足に水しぶきが当たるのがわかった。水は冷たく、陽ざしは暖かかった。

茂みががさごそ鳴ったので、顔をあげた。土手の上から、見たこともないような美少女がわたしに微笑みかけていた。

長い脚は小麦色で、長くのばした赤毛をポニーテールにしていた。ショートパンツに胸もとのあいた淡い色のブラウスという格好だった。わたしは十二歳半だった。少女はわたしより年上だった。

人見知りだったわたしが、少女に微笑み返したことをおぼえている。

「ザリガニだよ」そういって、わたしは空き缶の水を空けてみせた。

「ほんとに？」

わたしはうなずいた。

「大きい？」

「こいつらは小物だよ。だけど大物もいるんだ」

「見せてくれる？」

少女は男の子のように土手からおりてきた。先に腰を落とすのではなく、左手を斜面につけただけで一メートルほど飛びおり、川をジグザグに横切るルートへとつづく最初の大きな岩に着地したのだ。そしてつかのまそのルートを眺めると、川を横切って〈岩〉までやってきた。わたしは感嘆した。少女はみじんも逡巡しなかったし、バランスは完璧だった。わたしは場所を空けてやった。とつぜん、あの爽やかで清潔な香りがわたしのとなりにしゃがんだ。

少女の瞳はグリーンだった。少女はあたりを見まわした。

当時のわたしたちにとって、〈岩〉は特別な場所だった。〈岩〉は小川のいちばん深いところのどまんなかに鎮座しており、そのまわりを澄んだ水が勢いよく流れていた。子供が、座っていれば四人、立っていれば六人乗ることができた。それは海賊船であり、ネモ船長の〈ノーチラス〉号であり、そしてとりわけデラウェア・インディアンのカヌーだった。この時期は、水深が一メートル以上になっていた。少女は楽しんでいるように見えた。ちっとも怖がっていなかった。

「ぼくたちはこいつを〈大岩〉って呼んでるんだ」とわたしはいった。「昔はってことだけど。

まだガキだったころはね」

「気にいったわ」と少女はいった。「ザリガニを見せてくれる？　わたしはメグ」

「ぼくはデイヴィッド。いいよ」

メグは空き缶を覗きこんだ。少しのあいだ、わたしたちはなにもいわなかった。メグはザリガニをまじまじと見つめた。やがて、ふたたびからだを起こした。

「すてきね」

「つかまえたら、ちょっとだけ眺めて、また放してやるんだ」

「挟まない？」

「でっかいやつはね。だけど、怪我はしない。小さいやつは、逃げようとするだけだよ」

「ロブスターみたいね」

「ザリガニ見るの、はじめて？」

「たぶんニューヨークにはいないから」とメグは笑った。「だけどロブスターはいるわよ。あいつらに挟まれたら大変なことになるでしょうね」

「生かしておけるの？　つまり、ロブスターってペットみたいに飼えるの？」

メグはまた笑った。「ううん。食べちゃうのよ」

「ザリガニも飼えないんだ。死んじゃうんだよ。一日か、よくて二日で。だけど、ザリガニを食べるところもあるらしいよ」

「ほんとに？」

「うん。どこだかではね。ルイジアナかフロリダだったかなあ」

わたしたちは空き缶のなかを覗いた。

「信じられない」メグは微笑みながら、「だって、食べるところなんか、ありそうもないじゃない」

「いま大物を見せてやるよ」

わたしたちは〈岩〉に並んでうつぶせになった。わたしは缶をつかんで、両手を小川にすべりこませた。石をひとつずつ、水が濁らないようにゆっくりとひっくり返すのがコツだった。それから、その下にいるものならなんでもかんでもすくえるように缶を近づけるのだ。水が深かったので、半袖シャツを肩までまくりあげてあった。ひょろ長くて痩せこけた腕がどう見えるかを意識してしまった。わたしにはそう見えていたのだ。

じつのところ、メグのとなりに横たわっていると、なんとも不思議な気分になった。気づまりだったが、興奮していたのだ。メグは、それまでに知っていた女の子とはまったくちがっていた。デニースやシェリルのような近所の女の子とも、学校の女の子とも。第一、メグのほうが百倍きれいだった。わたしにいわせれば、ナタリー・ウッドよりきれいだった。それに、たぶん、わたしが知っていたどの女の子よりも頭がよくて洗練されていた。なにしろ、ニューヨークに住んでいたのだし、ロブスターを食べたことだってあるのだ。それに、男の子並みに動作が機敏だった。強靭な肉体と、優雅な身のこなしの持ち主だった。

おかげで、すっかり緊張していたわたしは、最初の一匹を逃がしてしまった。超大物ではなかったが、つかまえてあったやつよりは大きかった。すばやく飛びすさって、〈岩〉の下へ逃げこんでしまったのだ。

メグがやらせてくれというので、空き缶を渡した。

「ニューヨークから来たの？」

「ええ」

メグは袖をめくると、水のなかに腕を突っこんだ。彼女の傷痕に気がついたのはそのときだった。

「うわっ、どうしたんだい、それ？」

傷痕は、左肘の内側からはじまって、身をよじらせているピンク色の長い虫のように、手首までつづいていた。メグはわたしの視線をたどった。

「事故よ」メグはこたえた。「自動車事故」

そういって、目を川面にもどした。そこにはメグの影が、揺らめきながら映っていた。

「へえ」

しかしメグは、それ以上話したくなさそうだった。

「ほかにも傷があるの？」

どうして少年が、決まって傷に魅せられてしまうのか、理由はわからない。だが、そうなのだ。厳然たる事実なのだ。わたしにはどうしようもなかった。それだけで話題を変えるなんてできなかった。メグがそうしてほしがっているのは承知していても。メグとは会ったばかりだとしても。メグは岩をひっくり返した。下にはなにもいなかったが、メグは巧みにやってのけた。水を濁らせたりしなかったのだ。すごい女の子だ、とわたしは舌を巻いた。

「いくつかはね。いちばんひどいのがこれだけど」

「ほかの傷も見せてくれる?」

「それはちょっとね」

メグが笑いながら、含みのある表情でわたしを見たので、ぴんときた。それからしばらく、わたしは黙りこんだ。

メグはもうひとつの岩をひっくり返した。なにもいなかった。

「ひどかったんだろうね、その事故」

メグはこたえなかったが、彼女に腹をたてたりしなかった。口に出したとたん、どんなに愚かで鈍感で、どんなにぶしつけかをさとっていたからだ。顔が赤くなり、メグがこっちを見なかったことを感謝した。

そのとき、メグがザリガニをつかまえた。

石をどかすと、ザリガニが空き缶のほうへまっすぐあとずさったから、あとは缶を水からあげるだけでよかった。

メグはいくらか水をこぼし、陽ざしのほうへ缶を傾けた。きれいな金色をしたやつだった。尾を持ちあげ、はさみをふりまわしながら、缶の底をいばって歩きまわっていた。喧嘩相手をさがしているのだ。

「やった！」

「最初の一度でよ！」

「すごい！　ほんとに大きいよ」

「ほかのザリガニといっしょにしてみましょうよ」

メグは、だれに教えられたわけでもないのに、ちゃんと、ザリガニを驚かせたり逃がしたりしないようにゆっくりと水をこぼした。そして水が二、三センチしかなくなると、ザリガニを大きい缶へ移した。最初からいた二匹は、新しいザリガニを遠巻きにした。いいことだった。なぜなら、ザリガニはときどき殺しあいをするからだ。ザリガニは同族を殺す。そして、ほかの二匹はチビだったのだ。

まもなく、新しいザリガニもおちついたので、わたしたちは腰をおろしてじっと眺めた。原始的で、効率的で、危険で、美しかった。きれいな色だったし、デザインもすてきだった。

わたしは指を缶に突っこんで、ザリガニの闘争心をあおろうとした。

「やめて」

メグがわたしの腕に手をかけた。ひんやりとしていて柔らかかった。

わたしは指を引きもどした。

そしてリグレー・チューインガムをメグにさしだし、自分も一枚とった。それからしばし、聞こえる音といえば、土手の細くて丈が高い草をさらさらそよがせ、川岸の茂みをざわめかせながら吹き渡る風の音、昨晩の雨を集めて勢いよく流れる川の音、そしてわたしたちがガムを噛む音だけになった。

「逃がしてやるんでしょ？　嘘じゃないわよね」

「もちろん。いつだって逃がしてやるんだ」

「よかった」

メグはため息を漏らすと、立ちあがった。

「もうもどらなきゃ。買い物をしなくちゃならないのよ。だけどそのまえに、あたりを見てまわりたかったの。だって、まえに住んでいたところには森がなかったんだもの。ありがとう、デイヴィッド。楽しかったわ」

聞いておかなければと思いついたときには、メグは飛び石の途中まで進んでいた。

「ねえ！　どこへもどるの？　どこへ行くの？」

メグは微笑んだ。「わたしたち、チャンドラー家にいるの。わたしとスーザンは。スーザンっていうのはわたしの妹」

その瞬間、わたしは立ちあがっていた。だれかが見えない糸をひっぱってさっと起きあがらせたみたいだった。

「チャンドラー家？　ルースかい？　ドニーとウィリーのママの？」

メグは石をつたう途中で足を止め、ふりかえってわたしを見た。とつぜん、どことなく表情が変わった。警戒しているのだ。

わたしはそれに気づいていいやめた。

「ええ。わたしたち、いとこなの。またいとこね。わたしはルースの姪《めい》ってことになるんじゃないかしら」

声にも妙なニュアンスが加わったように感じられた。口調が平板だった——まるでわたしが知るべきではない秘密があるかのようだった。それを訴えていると同時に、隠しているかのようだった。

わたしは、一瞬、混乱した。メグ自身も、自分が口にした言葉のせいで混乱しているように見えた。

メグがまごつくのを見るのはそれがはじめてだった。傷痕のことを聞いたときもうろたえたりしなかったのに。

けれども、わたしは気にしなかった。

なぜなら、チャンドラー家はわたしの家のすぐとなりだったからだ。

それにルースは……ルースは最高だった。子供たちはときどきマヌケ野郎になったけれど、ルースは最高だった。

「うわあ！」とわたしは叫んだ。「ぼくたち、おとなりさんだよ！　ぼくの家はとなりの茶色の家なのさ！」

メグは土手をのぼった。てっぺんに上がると、くるりとふりむいた。微笑みがもどっていた。〈岩〉の上ではじめてわたしの横にしゃがみこんだときに見せた、開けっぴろげで爽やかな笑顔だった。

メグは手をふった。「じゃあね、デイヴィッド」

「じゃあね、メグ」

すごいや、とわたしは思った。嘘みたいだ。これからずっとあの子と会えるなんて。


そんなことを考えたのははじめてだった。

いまならわかる。

あの日、〈岩〉の上で、わたしはミーガン・ロクリンという人物――ふたつ年上で、妹と、秘密と、長くのばした赤毛をもつ見知らぬ女の子――の形をした思春期の欲情と出会ったのだ。あまりにも自然だったから、この体験のあとも動揺はなかったが、いま考えると、この出来事はわたしの――そしてもちろんメグの――未来を暗示していたのである。

それを考えると、ルース・チャンドラーが憎くてたまらなくなる。


ルース、あのころのあなたは美しかった。

あなたのことはよく考えるんだ――じつのところ、あなたのことを調査したんだよ。そこまでやったのさ。過去をほじくりかえしたんだ。ある日、あなたがいつも話してたハワード・アヴェニューのオフィスビルの、道路をはさんだ向かい側に車を停めて。男たちが大戦へ、〈あらゆる戦争を終わらせるための戦争パート2〉へ行っているあいだ、あなたはあそこでなにもかもをとりしきってたんだね――あなたにいわせれば「ゲス野郎のGIが大いばりで帰ってくる」まで、あなたはあそこで、絶対に不可欠な存在だったんだよね。だけどとつぜん、あなたは失職してしまった。あそこに車を停めたけど、ありふれたところに見えたよ、ルース。小汚くて、うらぶれていて、退屈なところに見えたよ。

あなたが生れたモリスタウンへも車を走らせたけど、そこでも収穫はなかった。もちろん、あなたの実家がどのあたりにあったのかは知らなかったわけだけど、あなたがあの街ではぐくんだ、かなわなかった大きな夢も見分けられなかったよ。あなたの両親があなたに押しつけ、あなたにそそいだという富も見分けられなかった。あなたの狂おしい欲求不満は見つけられなかったんだ。

あなたの夫のウィリー・シニアのバーへも行った——そうとも！——彼を見つけたんだ。三十年前に、三人の騒々しい悪童と住宅ローンをあなたに残して蒸発してからずっと、彼はフロリダ州フォートマイヤーズで暮らしていたんだ。彼は、高齢者むけの店でバーテンをしていた。おだやかで人当たりがいい、とうに盛りを過ぎた男性だった——わたしは店で腰をおろして彼の顔を、彼の目を見、彼と話をしたけど、あなたがいつもいってた男のようには見えなかったよ。〝あのごりっぱなアイルランド野郎〟、つづめていえばろくでなしのようには。すっかり角のとれた老人にしか見えなかったんだ。酒飲みの鼻、酒飲みの腹、だぶだぶのズボンにおさまっている垂れさがった尻。あの男に冷酷だったころがあったなんて思えなかったよ、ルース。たとえほんの一時期だって。びっくりしたな、正直な話。

冷酷さはどこかよそに置いてきたみたいに思えたよ。

いったいどういうことなんだろうね、ルース。なにもかもでっちあげだったのかい？　あなたならやりかねないな。

それとも、あなたにとって——あなたを通過すれば——嘘も真実も同じになるのかもしれない。

いまから、それを変える試みにとりかかるつもりなんだ。ちょっとした思い出話をするつもりなのさ。これからは、できるだけありのままに、中断することなく語りたい。

そうさ、あなたのためにこれを書いてるんだよ、ルース。なにしろ、あなたには一度もお返しをしなかったからね、

要するに、これはわたしの小切手なのさ。期限を過ぎてるし、借り越しになってるけどね。地獄で現金化するんだな。

3

翌日の朝早く、わたしは隣家を訪ねた。

気おくれして、ちょっぴりかたくなっていた。となりの家へ遊びに行くのはこれ以上ないほど自然な行動だったから、めったにないことといえた。

朝だった。それも真夏の。だとしたら、やることはひとつ。目を覚まし、朝食をとったら、外へ出て、あたりを見まわし、友だちをさがすのだ。

チャンドラー家はお決まりの出発点だった。

あのころのローレル・アヴェニューは——いまはそうではないが——袋小路で、ウェストメイプルの南側の境界になっている半円形の森へ浅く切れこんでいる、一、二キロの一本道だった。十九世紀はじめに道が切り開かれたときは、原生林が鬱蒼《うっそう》と茂っていて、暗闇横町《ダーク・レイン》と呼ばれていた。いまではその森も消えてなくなってしまったが、閑静できれいな通りであることに変わりはない。いたるところに木陰があったし、どの家もそれぞれにちがっていて、いまどきの住宅地のようにせせこましく寄り集まっていなかった。

当時、そのブロックには十三軒しか家がなかった。ルースの家とうち、それから丘の上の、わたしたちと同じ側にあった五軒と、通りの反対側にあった六軒だ。

ゾーンズ家以外には子供がいた。そしてどこの子もほかの子を、兄弟のようによく知っていた。だから、遊び友だちがほしければ、小川のほとりか、リンゴ園か、だれかの——その年いちばん大きなビニールプールか弓矢がある——家の庭へ行けばいいのだった。

迷子になるのは造作もないことだった。森はほんとうに深かった。

わたしたちは自分たちを〈袋小路《デッドエンド》キッズ〉と呼んでいた。

いつだってその仲間でつるんでいたのだ。

仲間だけの掟《おきて》があり、仲間だけの謎があり、仲間だけの秘密があった。序列は厳守されていた。そうした状態に慣れきっていた。

ところがいま、近所に新顔が登場した。新しい子供がルースの家へやってきたのだ。

おかしな感じだった。

新顔が新顔だっただけになおさらだった。

それがルースの家だったからなおさらだった。

なにしろおかしな感じだった。

ラルフィーがロックガーデンでうずくまっていた。八時ごろだったが、もう不潔になっていた。汗が筋をつくっていたし、顔は砂粒だらけだったし、手足は朝じゅう走りまわってばったり倒れ、もうもうたる砂埃を巻きあげたようなありさまだった。それを何度もくり返したようだな。ふだんのラルフィーからすると、実際にそうだったのかもしれない。ラルフィーは十歳だったが、彼が十五分以上清潔なままでいるのを見たことは、けっきょく一度もなかったような気がする。半ズボンとTシャツも汚れきっていた。

「よう、ウーファー」

ルースをべつにすれば、だれも彼をラルフィーと呼ばなかった——いつだってわんわん野郎《ウーファー》だった。その気になれば、彼はロバートスン家のバセットハウンド、ミッチーの真似を、ミッチーよりうまくできたからだ。

「やあ、デイヴ」

ウーファーは石をひっくり返していた。ハムシやヤスデが大あわてで陽ざしから逃れようとしたが、ウーファーは目もくれなかった。ウーファーは次から次へと石をひっくり返しつづけた。石を持ちあげては、すぐに手を離していたのだ。そばに〈リビーズ〉のライマメの空き缶が置いてあったが、石から石へ移動するたびに、ウーファーはそれをかさぶただらけの膝の近くへ移動させていた。

「缶にはなにがはいってるんだ？」

「ミミズだよ」ウーファーはそうこたえたが、ふりむかなかった。しかめっ面のまま、脇目もふらず、あのウーファー独特のぎこちなくて神経質なエネルギッシュさで作業をつづけた。想像を絶した大発見を目前にして、頼むから邪魔しないでくれと願っている、研究中の科学者のようだった。

またひとつ、ウーファーは石を裏返した。

「ドニーはいるかい？」

「うん」とウーファーはうなずいた。

なかにいるという意味だった。なんとなくはいりにくかったから、しばらくウーファーのそばにとどまった。ウーファーは大きな石をさかさにした。そして、めざすものを見つけたようだった。

赤蟻だった。その岩の下にうじゃうじゃいた——何百匹、何千匹の蟻が。だしぬけに光を浴びて、右往左往している。

わたしは蟻が苦手だった。わが家では、蟻の群れが玄関の四段の階段をのぼりたくなるたびに——どういうわけか、夏になると必ずのぼりたくなるらしかった——なべを火にかけて湯を沸かし、それを浴びせていた。父親のアイデアだったが、わたしも大賛成だった。蟻は、煮え湯をかけられて当然の存在だと思っていたからだ。

濡れた土と濡れた雑草の匂いといっしょに、蟻のヨードの臭気が漂ったものだった。

ウーファーは石を押しのけて、〈リビーズ〉の缶に手をのばすと、ミミズを一匹とりだし、蟻の群れのなかへ落とした。

落とすときも、一メートルほど離れたままだった。ミミズの肉で蟻を爆撃しているかのようだった。

蟻は反応を見せた。蟻がピンク色の軟らかい肉を発見すると、ミミズはのたうちまわりはじめた。

「残酷だなあ、ウーファー」わたしはいった。「ほんとに残酷だよ」

「あっちには黒蟻がいるんだ」とウーファーは、玄関の向かい側にある石を指さした。「ほら、でっかい蟻だよ。これからやつらをつかまえてきて、こいつらといっしょにするんだ。蟻戦争をさせるのさ。どっちが勝つか賭ける？」

「赤蟻が勝つさ。いつだって赤蟻が勝つんだ」

ほんとうだった。赤蟻は獰猛だった。わたしにとって、それは新しい遊びではなかった。

「もっとおもしろいことを教えてやろうか」わたしはいった。「おまえの手をそこへ突っこむんだ。キングコングの息子かなにかのつもりになれるぞ」

ウーファーはわたしを見た。わたしがいったことについて考えているのがわかった。それから、にやりと笑った。

「やだね」ウーファーはこたえた。「そんなばかなこと、するもんか」

わたしは立ちあがった。ミミズはまだじたばたしている。

「じゃあな、ウーフ」とわたしは声をかけた。

わたしは玄関へつづく階段をあがった。スクリーンドアをノックしてなかへはいった。

ドニーがソファにもたれかかっていたが、寝て起きたままの、しわくちゃになった白のボクサーショーツだけという格好だった。わたしより三カ月年上なだけだったが、胸囲も肩幅もわたしよりずっとあったし、最近では、兄のウィリー・ジュニアのあとを追って腹に肉がつきはじめていた。美しい光景ではなかったので、わたしは、メグはいまどこにいるのだろう、と考えた。

ドニーは〈プラスチックマン〉のコミックブックから顔をあげてわたしを見た。わたしのほうは、一九五四年にコミックスの検閲がはじまり、〈ウェブ・オブ・ミステリー〉が読めなくなってしまって以来、コミックスから遠ざかっていた。

「おはよう、デイヴ」

さっきまでルースがアイロンをかけていたのだろう。隅に立てかけてあるアイロン台から、熱せられた清潔な布地の麝香《じゃこう》を思わせる刺激臭が漂っていた。

わたしは見まわした。

「おはよう。みんなは？」

ドニーは肩をすくめた。「買い物に行ったよ」

「ウィリーが買い物に？　冗談だろ」

ドニーはコミックスを閉じて立ちあがった。微笑みながら腋の下を掻いた。

「ちがうよ。ウィリーは、歯医者の予約が九時だったんだ。空洞ができてたんだってさ。痛そうだろ？」

ドニーとウィリー・ジュニアは、一時間半の差でこの世に生を享《う》けたが、どういうわけか、ウィリー・ジュニアは歯が並外れて弱いのに、ドニーはそうではなかったのだ。ウィリー・ジュニアはしょっちゅう歯医者に通っていた。

わたしたちは笑った。

「彼女に会ったんだってな」

「彼女って？」

ドニーはわたしを見つめた。あのとぼけ方では、だれもだませなかっただろう。

「ああ、おまえのいとこか。うん。きのう、〈岩〉で会ったんだ。彼女、ザリガニを一発でつかまえたんだぜ」

ドニーはうなずいて、「そういうの、得意なんだ」

手放しの絶賛ではなかったが、ドニーにしたら――それもドニーの女の子にたいする評価としては――大変な褒め言葉だった。

「なあ」とドニー。「服を着てくるからここで待っててくれよ。エディがなにをしてるか見にいこうぜ」

わたしはうめいた。

ローレル・アヴェニューのすべての子供のなかで、エディはただひとりわたしがいっしょに遊びたくない子供だった。エディはクレイジーだった。

ゴムボール野球をしている最中に、上半身裸で、生きている大きな黒蛇をくわえたエディが通りを歩いてきたことがある。まさに自然児。エディは蛇をウーファーに投げつけて悲鳴をあげさせた。それからビリー・ボークマンに投げつけた。それどころか、蛇を拾っては、小さな子供全員に投げつけた。蛇をふりまわしながら追いかけた。それが、何度も道路に叩きつけられた衝撃で蛇が参ってしまい、さほど愉快でなくなるまでつづいた。

エディといるとトラブルに巻きこまれる。

エディが楽しいと思うのは、危険か違法のどちらか、できたらその両方のこと——建設中の家の大梁《おおばり》の上を歩くとか、カヌー・ブルック橋から車を狙ってリンゴを投げるとか——をしてうまく逃げおおせたときだった。仲間がつかまったり怪我をしてもかまわなかった。それはそれでおもしろいのだった。自分がつかまったり怪我をしても、やはりおもしろいのだった。

マーティン家のリンダとベティは、エディがカエルの頭を食いちぎるのを見たといっていた。だれも疑わなかった。

エディの家は通りのいちばん高いところの、わたしの家と反対側にあった。となりに住んでいたモリノ家のトニーとルーは、エディが父親に殴られている物音がしょっちゅう聞こえるといっていた。ほとんど毎晩。エディの母親と妹も殴られていた。エディの母親のことはいまも思いだせる。ごつくてぶ厚い農婦の手をした大柄な女性で、わたしの母とキッチンでコーヒーを飲みながら泣いていた。右目のまわりに黒々としたあざをつくっていた。

ミスター・クロッカーは、しらふのときはいい男なんだが酒癖が悪いんだ、とわたしの父はいっていた。わたしはそれについてなにも知らなかった。エディが父親譲りの癇癪持ちで、その癇癪がいつ自分の身にふりかかるかわからないことをべつにすれば。そうなったら、エディは、素手で殴るだけでなく、石や棒を拾いあげかねなかった。わたしたちはみな、どこかに傷をつくっていた。わたし自身も、一度ならず犠牲者になっていた。そういうわけだから、できるかぎりエディを避けるようになっていたのだ。

けれども、ドニーとウィリーはエディを好いていた。エディと付きあっていると毎日がエキサイティングだった。それだけは認めなければならない。もっとも、ドニーとウィリーですら、エディがクレイジーなのは承知していた。

エディといっしょにいると、彼らもクレイジーになった。

「わかった」とわたしは応じた。「いっしょに行くよ。ただ、長くいられないけど」

「おいおい」

「やらなきゃならないことがあるんだ」

「なにを？」

「なんだっていいだろ」

「なにをするっていうんだよ？　うちへ帰って、ママのペリー・コモのレコードでも聴くのか？」

わたしはドニーをにらんだ。ドニーは自分が見当外れなことをいっているのを承知していた。

わたしたちはエルヴィスのファンだったのだ。

ドニーは笑い声をあげた。

「勝手にしな。ちょっと待っててくれよ。すぐにもどってくるから」

ドニーは廊下を通って自分の寝室へはいった。それを見て、メグとスーザンがやってきたいま、チャンドラー家はどうしているのだろう、だれがどこで寝ているのだろう、とわたしは考えた。そしてソファに歩みより、ドニーの〈プラスチックマン〉をとりあげ、ぱらぱらとめくってからもとにもどした。それから、リビングルームを出て、テーブルにルースのきれいになった洗濯物がたたんであるダイニングを抜けてキッチンへ行き、冷蔵庫のドアを開けた。例によって、六十人分の食料がはいっていた。

わたしはドニーに声をかけた。「コークを飲んでもいいかい？」

「いいとも。おれにも一本とってくれよ」

わたしはコークをとりだし、右手の抽斗《ひきだし》を開けて栓抜きを出した。抽斗のなかには銀食器がきちんと整理してしまってあった。あれほどたくさん食べ物があるのに、どうしてルースは五人分の食器――五本のスプーン、五本のフォーク、五本のナイフ、五本のステーキナイフ、スープスプーンはなし――しか用意していないのだろう、といつもいぶかしんだものだった。もちろん、わたしの知るかぎり、わたしの家族以外に客があったためしはなかった。だが、いまでは六人家族になったのだ。一念発起して食器を買い足すのだろうか、と考えた。

わたしは栓を開け、出てきたドニーに一本渡した。ドニーは、ジーンズに〈ケッズ〉にTシャツという格好だった。Tシャツは腹にぴったり張りついていた。わたしはそこをぽんと叩いた。

「気をつけたほうがいいじゃないの、ドナルド」とわたしはいった。

「おまえもな、ホモ」

「そうさ、ぼくはホモさ、知らなかったのか？」

「うるせえぞ、あんぽんたん」

「ぼくがあんぽんたん？　それならおまえはスカンクだ」

「おれがスカンクだって？　スカンクは女どもさ。女とホモがスカンクだ。おまえがスカンクさ。おれは公爵さまだ」

ドニーはそういいながらわたしの腕にパンチをくれ、わたしは応戦し、そのあとしばらくじゃれあった。

ドニーとわたしは、当時の男の子にとっての親友にいちばん近い間柄だった。

わたしたちは裏口から庭へ出、ドライブウェイをたどって玄関へまわりこむと、エディの家をめざした。歩道を無視するのは名誉の問題だった。わたしたちはコークを飲みながら道路のまんなかを歩いた。いずれにしろ、車は一台も通らなかった。

「おまえの弟、庭で芋虫の真似をしてたぞ」とわたしはいった。

ドニーは肩ごしにちらりとふりかえった。「まったくかわいい弟だよ」

「どんな感じなんだ？」わたしはたずねた。

「なにが？」

「メグと彼女の妹といっしょに暮らすことさ」

ドニーは肩をすくめた。「さあな。来たばっかりだし」コークをがぶりと飲み、げっぷをし、微笑んで、「それにしてもメグは美人だろ? くそっ! おれのいとこなんだぜ!」

なにもいわなかったが、わたしは心のなかで同意した。

「またいとこだけどな。知ってるか? 大ちがいなんだ。近親かどうかで。よくわかんないけど。一度も会ったことがなかったんだよ」

「一度も?」

「ママは一度会ったっていってたけどな。小さいころだったからおぼえてないんだ」

「妹はどんな感じ?」

「スーザンか? どうもこうもないよ。ただのガキさ。十一かそこらになりゃべつだけどな」

「ウーファーは十歳だぜ」

「ああ。ウーファーだってただのガキだろ?」

反論はできなかった。

「だけど、事故で大怪我をしたんだ」

「スーザンが?」

ドニーはうなずいて、わたしの腰を指さした。「ああ、そこから下をどこもかしこも骨折したんだ。ママがそういってたよ。骨という骨をな。腰も、脚も、なにもかも」

「げっ」

「まだうまく歩けないんだ。固めてるところなのさ。ほら――なんていうんだっけ――金属の棒で、腕に縛りつけて、手でつかんでからだを支えるやつをつけてるんだ。小児麻痺の子供が使うあれ。あれ、なんていうんだっけ？　松葉杖みたいなやつだよ」

「へえ。また歩けるようになるのかな？」

「もう歩いてるよ」

「普通にってことだよ」

「どうかな」

わたしたちはコークを飲み終えた。ほとんど坂をのぼりきっていた。そろそろ別れる潮時だった。さもなければ、エディにひどい目にあわされる。

「ふたりとも死んじゃったんだ」ドニーはいった。

それだけだった。

もちろん、だれのことをいっているのかわかった。だが、つかのま、実感がわかなかった。すぐには。あまりにも突拍子なさすぎたのだ。

両親は、あっさりと死んでしまうような存在ではなかった。わたしの近所では。断じて交通事故などでは。そのような出来事は、どこかほかの場所、ローレル・アヴェニューよりも危険などこかで起きるはずだった。映画や本のなかや、ウォルター・クロンカイトが読みあげるニュースのなかで起きるはずだったのだ。

ローレル・アヴェニューは袋小路だった。道路のどまんなかを歩ける。

だが、ドニーが嘘をいっていないのはわかっていた。メグが事故や傷痕のことを話したがらなかったことを思いだした。それなのに、わたしは無理じいしたのだ。

ドニーが嘘をいっていないことはわかったが、どう応じればいいのかわからなかった。

わたしたちは肩を並べて歩きつづけた。わたしは黙りこくったままドニーのほうへ視線をむけていたが、実際にはドニーを見ていたわけでもなかった。

メグを見ていたのだ。


この上なく特別な瞬間だった。

そのとき、わたしは自分がメグに魅せられていることに気づいた。

とつぜん、メグはたんにきれいだとか、頭の回転が速いとか、巧みな身のこなしで小川を渡れるとかではなく——ほとんど非現実になった。本やマチネー以外では会ったことがない、会うことができない人物のように思えた。つくりごとのように、なにかのヒロインのように思えた。

〈岩〉にいたときのメグの姿を思いかえし、わたしのとなりに横たわっている少女の勇敢さに胸を打たれた。恐怖が見えた。苦痛が、救出が、惨事が見えた。

悲劇が。


すべてが一瞬の想念だった。

ぽかんと口を開けていたのかもしれない。ドニーは、わたしがなんの話だかわかっていないと思ったのだろう。

「メグの親だよ、まぬけ。父親も母親も。きっと即死だっただろうってママはいってた。なにに衝突したのかもわからなかっただろうって」ドニーは鼻を鳴らした。「実際には、クライスラーと衝突したんだけどな」

わたしがわれに返ったのは、ドニーの無神経な物言いのおかげだったのかもしれない。

「腕の傷を見たんだ」とわたしはいった。

「ああ、おれも見た。すげえだろ？　だけど、スーザンの傷に比べたら目じゃないね。からだじゅうに傷痕があるんだからな。ぞっとするぜ。命があったのはよっぽど運がよかったからだろうってママがいってたよ」

「ついてたんだろうな」

「とにかく、そういうわけでふたりはうちに来たんだよ。ほかに親類はいないんだ。うちに来るか、孤児院かどこかへ行くかなのさ」そういって、ドニーは微笑んだ。「あいつら、ついてるだろ？」

それから、ドニーはわたしがあとで思いだした言葉を口にした。当時はまったくそのとおりだと思ったが、どういうわけか記憶に残ったのだ。くっきりと刻みこまれたのだ。

ドニーがその言葉を口にしたのは、ちょうどエディの家に着いたときだった。

道のまんなかできびすをかえし、坂をくだっていま来た道を引きかえそうとしている自分が目にうかぶ。ひとりでどこかへ行くつもりだったのだ。エディとはかかわりたくなかった——少なくとも、あの日は。

芝生を横切って玄関へむかう途中、肩ごしにふりむいてわたしになにかいおうとしているドニーの姿が脳裏によみがえる。さりげない、しかし奇妙に真剣な、まるで絶対の福音を告げるかのような口調だった。

「ママがいってたよ。メグはついてるって」とドニーはいったのだ。「軽い、罰で、すんで、よかった、って」

4

ちらりと見かけたとき――ゴミ出しをしているときと庭で雑草をとっているとき――をべつにすれば、つぎにメグと顔をあわせたのはそれから十日ほどたってからだった。身の上を知ってしまったいまとなっては、ますます声をかけにくくなっていた。あんなにひっこみ思案になったことはなかった。メグになんていえばいいかは考えてあった。しかし、どれもしっくりこなかった。家族の半分をうしなったばかりの相手に、いったいなにがいえる？　そんなためらいが、よけることのできない岩のごとく立ちふさがっていた。それで、メグを避けていたのだ。

　そんなとき、年に一度の恒例で、サセックス郡に住む父方のおばの家へ連れて行かれたので、四日間は悩まなくてすんだ。そのあいだは、おおむね心安らかに過ごせた。なぜおおむねかといえば、この二年足らず先に離婚するはめになる両親といっしょの旅行はひどいものだったからだ――緊張と沈黙がつづく行き帰りの車中と、そのあいだにはさまれた、おじとおばを安心させるための、けっきょく功を奏さなかったわざとらしい陽気さの数日間は。ときおり、おじとおばは、この連中を叩きだしてしまえたら、といっているかのように顔を見あわせたものだった。

おじとおばは知っていた。だれもが知っていた。そのころまでに、わたしの両親は、盲人から硬貨を隠すこともできなくなっていたのだ。

だが、いったん家に帰ると、またメグのことであれこれ悩みはじめた。どうして一度として、すっぱり忘れてしまおう、わたしがメグの両親の死について話したくない以上に彼女は思いだしたくないかもしれない、と考えなかったのかはわからない。だが、とにかく悩んだのだ。なにかをいわなければならないと思いこんでいるのに、なにをいえばいいのか見当もつかなかったのだ。わたしにとって、それにかんしてばかげたふるまいをしないことが大切だった。わたしにとって、メグの目のまえでばかげたふるまいをしないことが大切だった。

スーザンについてもあれこれ考えた。二週間近くになるのに、まだスーザンを見かけていなかった。常識外れもいいところだ。となりの家の子供と顔をあわせないなんてありえなかった。わたしは彼女の脚と、ドニーがいっていた見るに耐えないひどい傷痕に思いをめぐらせた。外へ出るのを怖がっているのかもしれない。わからないではなかった。わたし自身、彼女の姉を避けて、家のなかで過ごすことが多くなっていたのだから。

もっとも、そんな状態も長くはつづかないはずだった。そのころには六月初旬になっていた。キワニス・カーニバルが近づいていた。

キワニス・カーニバルへ行かない夏なんて、夏じゃなかった。

うちの真向かいの半ブロックも離れていないところに、セントラル・スクールという、教室が六つしかない古い学校があった。近所の小さい子供は全員、一年生から五年生までそこに通っていた。毎年、その校庭でカーニバルが開かれていた。通りを渡ることが許される年齢になって以来、わたしたちはそこへ行き、カーニバルの準備を見物したものだった。

その一週間、あれほど近くに家があったわたしたちは、町でいちばん幸運な子供だった。民間奉仕団体のキワニスクラブが受け持つのは場内売場——食べ物の屋台、ゲームの露店、ルーレット式のくじ引き——だけだった。乗り物を運営するのはプロの巡業一座で、操作するのは座員だったのだ。わたしたちにとって、カーニバルの座員はすこぶるエキゾチックだった。気の荒そうな男女が、キャメルをくわえ、ゆらゆらと立ちのぼる煙に目をすがめ、入れ墨と傷痕をひけらかし、グリースと染みついた汗の匂いを漂わせながら作業をしていた。働きながら、悪態をつき、ビールはシュリッツを飲んだ。わたしたちと同じく、地面に唾を吐くことに抵抗をおぼえていなかった。

わたしたちはカーニバルもその座員も大好きだった。好きにならずにはいられなかった。彼らは、ある夏の日の午後、校庭にやってきて、野球のダイヤモンド二面とアスファルト舗装とサッカーフィールドを、その日のうちにテントと観覧車の真新しい都市へと変えてしまうのだった。その速さは、自分の目が信じられないほどだった。まさしく魔法だった。そして魔法使いはみな、金歯をきらめかせながら笑い、二頭筋に〝アイ・ラヴ・ヴェルマ〟と刻んでいた。抗しがたい魅力だった。

早い時間だったから、わたしが歩いていったときは、まだトラックから荷物をおろしている最中だった。

そういうときは話しかけられなかった。忙しすぎるのだ。機械を設置したり、テストしているときなら、彼らに道具を渡すことができる。ひょっとしたらビールをひと口飲ませてもらえるかもしれない。なんといっても、地元の子供たちは彼らのめしの種なのだ。夜になったら友だちや家族を連れてもどってきてもらうために、彼らはたいてい優しかった。けれども、いまは、離れたところから見物しているしかなかった。

シェリルとデニースが先に来ていた。ホームベースのうしろのバックネットに寄りかかって、金網ごしに眺めていた。

わたしは彼女たちのとなりに立った。

緊張感がみなぎっているように思えた。理由はあきらかだった。まだ午前中だったが、空は暗く、雲行きがあやしかった。何年かまえに、カーニバルのあいだじゅう、木曜日を除いて毎晩雨がふったことがあった。あのときはだれもががっかりした。道具係と座員は、いま、厳しい表情で、黙りこくったまま働いていた。

シェリルとデニースは、通りの奥の方の、向かいあわせの家の子供だった。ふたりは友人だったが、『ドビー・ギリス・ショー』のゼルダ・ギルロイがご近所といっていたのと同じ意味でしかなかったと思う。ふたりには共通点がほとんどなかった。シェリルは背が高くて痩せっぽちのブルネットで、数年後には美人になりそうだったが、いまのところは手足ばかりが目立つ少女だった。わたしよりふたつ年下だったが、わたしより背が高かった。シェリルには弟がふたりいた――ケニーとマルコムだ。マルコムはまだ幼児で、ときどきウーファーと遊んでいた。ケニーはわたしとほとんど同じ年だったが、学年は一年下だった。

三人とも、おとなしくて行儀がよかった。両親のロバートスン夫妻もきちんとした人たちだったが、わたしは、本来はケチなのではないかと疑っていた。

デニースはエディの妹で、まったく異なるタイプだった。

デニースは、短気で、神経質で、兄と同じくらい向こう見ずで、なにかというと人をあざわらう少女だった。なにもかもが悪いジョークで、彼女だけがオチを知っているかのようだった。

「あら、デイヴィッドじゃない」とデニースがいった。名前をいうだけであざけることができるのだった。気にいらなかったが、無視した。それがデニースを相手にするときのコツだった。反応がないと張りあいがないので、けっきょくあたりまえの態度をとるようになるのだ。

「やあ、シェリル、デニース。どんな具合？」

デニースがいった。「あれはきっと〈ティルト・ア・ワール〉よ。去年あそこにあったのは〈オクトパス〉だけど」

「だけど、やっぱり〈オクトパス〉かもしれないじゃない」とシェリル。

「ちがうちがう。あの台を見てよ」とデニースは幅の広い板金《いたがね》を指さした。「〈ティルト・ア・ワール〉にはああいう台を使うのよ。もうすぐ車を出すはずだから、見てなさいよ」

デニースが正しかった。車がとりだされると、〈ティルト・ア・ワール〉だとはっきりした。

父親や兄のエディと同様に、デニースは機械に強かった。道具に強かった。

「あの人たち、雨がふるんじゃないかと心配してるのよ」

「あの人たちが心配してるですって！」とシェリル。「わたしだって心配してるわよ！」とシェリルがぷんぷん怒ってため息をついた。いかにも大げさだった。わたしは微笑んだ。シェリルの真剣さは、いつだってどことなくかわいらしかった。はたして、シェリルのお気にいりの本は『不思議の国のアリス』だった。じつのところ、わたしはシェリルが好きだった。

「雨はふらないわよ」デニースがいった。

「どうしてわかるの？」

「ふらないっていったらふらないのよ」と、まるで彼女がふらせないような口ぶりだった。「ほら、あれ」デニースは、サッカーフィールドの中央にバックで進んでいる白と灰色の大きなトラックを指で示した。「あれは観覧車よ。去年も、そのまえも、あそこに観覧車を立てたんだもん。見に行かない？」

「行こう」とわたしはこたえた。

わたしたちは〈ティルト・ア・ワール〉と、座員がマカダム舗装におろしている小さい子むけのボートかなにかをまわりこみ、小川と校庭を隔てているフェンスぞいに進み、立ち並ぶテントをつっきり、輪投げや瓶投げなどを通り過ぎ、フィールドへ出た。ちょうど道具係がトラックのドアを開いたところだった。ドアに描かれたにっこり笑っているピエロの顔がまんなかでふたつに分かれた。道具係が大梁《おおばり》をひっぱりだしはじめた。

たしかに観覧車のように見えた。

デニースがいった。「去年、アトランティックシティで落ちた人がいるってパパがいっていたわ。立ちあがったからだって。立ちあがったこと、ある？」

シェリルがこたえた。「あるわけないでしょ」

デニースはわたしに顔をむけて、「立ちあがったこと、あるわけないわよね？」

わたしはその声の調子を無視した。デニースは、つねにクソガキでいるべく努力を怠らなかったのだ。

「ないね。どうしてそんなことをしなくちゃいけないんだい？」

「楽しいからに決まってるじゃない！」

デニースはにっこり笑っていたが、にっこり笑っているときの彼女はかわいいはずだった。歯は真っ白できれいだったし、口もとは形がよくて優美だったからだ。ところが、デニースの微笑みは、いつだってどこか変だった。いつだって、どことなく常軌を逸していた。相手にどう思わせたがっているかにかかわりなく、実際にはちっとも楽しいと思っていないかのようだった。

それに、デニースの微笑みは一瞬のうちにかき消えた。不気味だった。

デニースはこのときもそんなふうに笑みを消して、わたしだけに聞こえるようにいった。「このまえ〈ゲーム〉をやったときのことを考えてたの」

デニースの、目を見開いた真剣な面持ちを見て、そのあとにまだなにかを、重要なことをいうのではないかと思った。わたしは待った。わたしがなにかいうのを待っているのではないかと思いあたったが、黙っていた。代わりに、トラックのほうへ目をそらした。

〈ゲーム〉か。わたしは思った。すてきじゃないか。

〈ゲーム〉のことは考えたくなかった。しかし、デニースやほかのだれかがいっしょにいると、〈ゲーム〉のことが脳裏にうかんでくるのだった。

〈ゲーム〉がはじまったのは去年の初夏だった。何人かの子供――わたし、ドニー、ウィリー、ウーファー、エディ、トニーとルーのモリノ兄弟、そして最後に、あとになってデニースが加わった――がリンゴ園のわきに集まって、〈コマンドー〉というゲームをしていた。そればかりやっていたので、しまいにただ〈ゲーム〉と呼ぶようになったのだ。

だれが言い出しっぺだったのかはわからない。エディかモリノ兄弟だったのかもしれない。ある日なんとなくはじまり、それ以来、ただそこにありつづけたように思えた。

〈ゲーム〉では、だれかが〝鬼〟になる。その子がコマンドーだ。そしてリンゴ園がコマンドーの〝安全〟地帯になる。残りの子供は、そこから数メートル離れた、小川のほとりの丘の上に野営している小隊になる。その丘は、小さい子供だったころ、わたしたちがお山の大将ごっこをした丘だった。

それは、武器を持たない奇妙な部隊だった。たぶん、戦闘中に武器をなくしてしまったのだろう。しかし、コマンドーは武器を持っていた――持てるかぎりの果樹園のリンゴだ。

理屈上、コマンドーにはふいをつけるという利点があった。覚悟を決めたら、果樹園からこっそり抜けだし、茂みにまぎれて野営地を襲えたのだ。運がよければ、見つかるまえに、少なくともひとりにリンゴを投げつけられる。リンゴは爆弾だった。リンゴが当たると、死んだことになって、ゲームをつづけられなくなる。つまりゲームの目的は、自分がつかまるまえにできるだけ多くの兵士を倒すことだったのだ。

コマンドーはいつだってつかまった。

そこがポイントだった。

コマンドーは絶対に勝てない。

なぜつかまってしまうかといえば、ひとつには、かなりの大きさの丘の上に全員が座って、コマンドーを警戒し、待ちうけているからだ。草がよほど茂っていて、しかもよほど幸運でないかぎり、コマンドーは発見されてしまう。不意打ちの利点なんてそんなものだった。第二に、しょせん一対七の戦いだったし、唯一の〝安全〟基地は何メートルも離れた果樹園だった。そういうわけだからコマンドーは、全速力で基地をめざしながら、爆弾を肩ごしに、やみくもに放り投げる。そのあとを一団の子供たちが、犬の群れのように追いかける。ひとりかふたり、ひょっとしたら三人を倒すことはできるかもしれないが、けっきょくつかまってしまうのだ。

さっきもいったように、そこがポイントだった。

つかまったコマンドーは、果樹園のリンゴの木にくくりつけられる。両手をうしろ手に縛られ、両足をがっちりと結ばれてしまう。

さるぐつわを嚙まされ、目隠しをされる。

そして生き残りは、ほかの子供——〝死んだ〟子供たちも含めて——が見ているなかで、コマンドーになにをしてもいいのだ。

手心が加えられるときもあれば、そうでないときもあった。

攻撃は三十分ほどで終わる。

捕虜は一日じゅうつづくこともある。

いちばんましでも、ぞっとするような体験だった。

エディは、もちろん処刑をまぬがれていた。ほとんどつねに、だれもがエディをつかまえるのを恐れていた。エディは激しく抵抗し、ルールを破り、しまいに〈ゲーム〉は血を見る乱闘に変わってしまうからだった。そうならなくても、エディをつかまえてしまうと、どうやって解放するかという問題があった。エディに気にくわないことをした日には、彼を解き放すのは蜂の群れを自由にするのも同然になったからだ。

けれども、妹を仲間に入れたのはエディだった。

そしてデニースが加わると、〈ゲーム〉の様相は一変した。

最初はそうではなかった。最初はいつもと同じだった。みんなが順番にコマンドーになり、みんながひどい目にあった。ただし、今度は女の子が混じっていた。

とはいえわたしたちは、デニースに優しくする必要があるかのようにふるまいはじめた。交代でコマンドーになるのではなく、デニースに選ばせたのだ。小隊かコマンドーかを。デニースは〈ゲーム〉に慣れていないから。デニースは女の子だから。

ところがデニースが、つかまるまえにわたしたち全員をやっつけたいという強迫観念にとり憑かれてしまった。自分にたいする挑戦だと思いこんだかのように。今日こそは、とうとう彼女が、コマンドーとして勝利をおさめる日になるかもしれないというわけだった。

そんなことは不可能だ、とわたしたちは承知していた。第一、デニースはリンゴを投げるのが下手だった。

デニースは、〈コマンドー〉で一度も勝てなかった。

デニースは十二歳だった。髪は赤茶色の巻き毛で、全身に薄いそばかすが散っていた。乳房が膨らみかけており、色の薄いずんぐりとした乳首がつきでていた。

そんな記憶をたどりながら、わたしはまなざしをトラックに、作業員と大梁に据えていた。しかし、デニースは放っておいてくれなかった。

「もう夏よ」とデニースはいった。「どうしてやらないの?」

デニースは、どうしてわたしたちがやらないのかを承知していたが、ある意味で、彼女は正しかった——〈ゲーム〉をやめた理由は、寒くなりすぎたからにすぎなかった。もちろん、罪悪感もあったが。

「あんなことをするには大きくなりすぎたのさ」とわたしは嘘をついた。

デニースは笑い声をあげた。「あっそう。そうかもね。だけど、あなたたちが臆病者だからかも」

「かもね。だけど、それなら、きみのお兄さんに、お兄さんは臆病者かって聞いてみちゃどうだい？」

デニースは笑った。「あら、いい考えね」

空がますます暗くなってきた。

「雨になりそうね」とシェリル。

男たちもそう思っているにちがいなかった。ふってきたときに備えて、大梁のほかに、カンバスの防水布を引きだして芝生にひろげた。どっとふってくるまえに観覧車を組み立ててしまおうと、作業を急いでいた。わたしは、去年の夏に会った男を見分けた。エディの頼みに応じて煙草を恵んでくれた、ビリー・ボブだかジミー・ボブだかという名前の、からだがひきしまっていて髪がブロンドの南部男だ。それだけでも記憶に残るふるまいだった。男は、となりで働いている太った男がいったことに笑いながら、大きな丸頭ハンマーをふるって観覧車の部品を組み立てていた。高く、鋭い、ほとんど女性のような笑い声だった。

ハンマーのかんかんという音と背後でトラックが立てているギヤの音が響いていた。発電機が作動する音と機械のきしみが響いていた——そしてだしぬけに、スタッカートが轟いた。乾ききった運動場のつき固められた地面に雨粒が落ちてきたのだ。

「来た！」

わたしはジーンズからシャツをひっぱりだし、頭の上にかぶった。シェリルとデニースは、すでに木陰をめざして走りはじめていた。

わたしの家のほうが、彼女たちの家より近かった。じつをいうと、雨に濡れたってかまわなかった。しかし、とりあえず逃げだすためのいいきっかけだった。デニースから逃げだすための。

〈ゲーム〉のことを話したがるなんて、信じられなかった。

にわか雨なのはあきらかだった。とつぜんすぎたし、土砂ぶりすぎたからだ。雨がやむころには、ほかの子供が集まっているだろう。そうすれば、デニースにからまれないですむ。

わたしは木陰で雨宿りしているふたりのわきを走りすぎた。

「家へ帰る！」とわたしはいった。デニースの髪が両頰と額に張りついていた。デニースはまた笑みをうかべていた。濡れたシャツが透けていた。

シェリルがわたしのほうへ腕をのばしたのがわかった。その骨ばった長い腕をゆらゆら揺らした。

「わたしたちも行っていい？」とシェリルが叫んだ。わたしは聞こえなかったふりをした。雨が葉に、やかましい音をたててふりそそいでいた。シェリルは怪しまないだろう、とわたしは踏んだ。わたしは走りつづけた。

デニースとエディか。まったくなんて兄妹だ。

トラブルに巻きこまれるとしたら、彼らが原因に決まっていた。ふたりのうちのどちらかか、それともふたりともが。まちがいなかった。

となりの家のまえにさしかかると、ルースが玄関へ出て郵便ポストから手紙をとりだしているのが見えた。ルースは戸口でふりむき、笑顔になって手をふった。軒《のき》から雨が滝のように落ちていた。

5

母とルースのあいだにどのような軋轢があったのかは知らなかった。しかし、わたしが八歳か九歳のころに、なにかが起きたのだ。

それ以前、みなしごのメグがやってくる以前、わたしはよく、ドニー、ウィリー、ウーファーといっしょに、子供部屋の二台の二段ベッドに泊めてもらったものだった。ウィリーには、夜、ベッドへ勢いよく飛びこむ癖があり、そのせいで長年のあいだに何台かベッドを壊していた。ウィリーはいつだってなにかに飛び乗った。ルースによれば、ふたつかみっつのとき、ベビーベッドをばらばらにしてしまったのだそうだ。キッチンの椅子は、ウィリーがもたれかかるせいで、どれもこれもぐらぐらになっていた。でも、あのころ寝室にあった二段ベッドは頑丈だった。びくともしていなかった。

ルースと母のあいだになにかがあってからは、ときたましか隣家で泊まることを許されなくなった。

しかし、幼かったころの、いっしょに過ごした夜のことはよくおぼえている。闇のなかで、げらげら、くすくす笑ったり、わきから顔を出して下の段で寝ているやつに唾を吐いたりして一時間も二時間も騒ぎつづけ、ルースにどなられてからようやく寝入るのだ。

いちばん楽しかったのはカーニバルの夜だった。校庭に面した開けっ放しの窓から、蒸気オルガン《カリオペー》の音楽、叫び声、機械のうなりやきしみが聞こえてきた。夜空は、山火事が燃えさかっているかのようなオレンジがかった赤に染まった。木々に隠れてぎりぎりで見えない〈オクトパス〉がぐるぐるまわるにつれて、いっそうまばゆい赤と青が夜空を貫いた。

そこになにがあるのかはわかっていた――そこから帰ってきたばかりだったからだ。手には、まだ綿あめのべとべとが残っていた。しかし、この時ばかりは黙りこくったまま横たわって耳をそばだてていると――就寝時刻はとうに過ぎていた――カーニバルは謎めいていた。大人やティーンエイジャーをうらやみ、わたしたちが年齢を理由に乗れなかった、絶叫をまき散らす過激な乗り物のスリルと恐怖を想像しているうちに、音と光はしだいに消えてゆき、わたしたちのブロックを行き来して車を停めておいた場所をめざす、見知らぬ人々の笑い声へと変わっていった。

大きくなったら、いちばん最後まで居残っていよう、と誓ったものだった。

そしていまわたしは、屋台で買ったその夜三本めのホットドッグを立ち食いしながら、ひとりぼっちでなにをすればいいのだろうと考えていた。

乗りたかった乗り物にはすべて乗ってしまっていた。カーニバルのゲームというゲーム、ルーレットというルーレットに小遣いをつぎこんでいたが、戦利品は、母にプレゼントするつもりの小さな陶器のプードルだけだった。

リンゴあめとかき氷とピザも食べてしまっていた。

最初はケニーとマルコムといっしょだったが、マルコムが〈爆撃機急降下〉で気分が悪くなってしまった。そのあとトニーとルーのモリノ兄弟、リンダとベティのマーティン姉妹といっしょになったが、彼らも帰ってしまった。楽しかったが、ひとりになってしまった。もう十時だった。

だが、あと二時間ある。

さっきウーファーを見かけていた。けれども、ドニーとウィリー・ジュニアも、ルースもメグもスーザンも見あたらなかった。ルースがいつもカーニバルをおおいに楽しんでいたことを考えると、奇妙だった。通りを横切ってなにをしているのか確かめに行こうかと思ったが、そんなことをしたら自分が退屈していると認めることになってしまう。まだそんなことをする気にはなれなかった。もう少し様子を見よう、とわたしは心を決めた。

十分後、メグがあらわれた。

赤の七に運を託しながら、もうひとつリンゴあめを食べようかどうしようかと迷っていたとき、人混みのなかを、ひとりでゆっくりと歩いているメグを見つけたのだ。ジーンズと明るい緑のブラウスという姿だった——そしてとつぜん、わたしはそれほど気まずさをおぼえなくなっていた。気まずさをおぼえないことに驚いていた。そのころには、なにがあっても動じないようになっていたのだろう。赤が負けなのを確認してから、そっちへ歩きはじめた。そして、邪魔をしているような気分になった。

メグは観覧車を見あげていた。指で長い赤毛をかきあげた。腕をわきへおろしたとき、なにかがきらりと光った。

速い観覧車だった。てっぺんでは女の子たちが悲鳴をあげている。

「ハイ、メグ」わたしはいった。

メグはふりかえると、微笑んで、「ハイ、デイヴィッド」と応じた。それから、また観覧車へ目をもどした。

メグが観覧車に乗ったことがないのは一目瞭然だった。観覧車を見あげる様子を見るだけで。どんなふうに暮らしてたんだろう、とわたしはいぶかった。

「すごいだろ？　たいていの観覧車より速いんだ」

メグはふたたびわたしを見た。興奮していた。「そうなの？」

「ああ。とにかく、〈プレイランド〉のやつより速いのさ。〈バートラムズ・アイランド〉のやつよりもね」

「きれいね」

わたしは内心で同意した。以前から、観覧車のなめらかな動きが、恐怖を誘う乗り物にはない目的とデザインの簡潔さが気にいっていた。そんなことを口に出すことはできなかったが、まえから、観覧車は優雅でロマンチックだと考えていたのだ。

「乗らない？」

その自分の声のものほしさに、死んでしまいたくなった。なにをいってるんだ？　相手は年上の女の子だぞ。たぶんみっつは上だ。気でも狂ったのか？

わたしは言い直そうとした。

メグを驚かせてしまったかもしれないと思ったからだ。

「よかったら、いっしょに乗ってあげようと思って。怖いんだったらの話だけど。ぼくは怖くないから」

メグは笑い声をあげた。わたしは、喉からナイフの切っ先が消えたような気分になった。

「乗りましょうよ」とメグはいった。

メグはわたしの手をとってひっぱった。

わたしはどうにかふたり分のチケットを買い、メグとゴンドラに乗りこみ、腰をおろした。おぼえているのは、メグの手の感触だけだ。ひんやりとした夏の夜気のなか、温かくて乾いていた。指はほっそりしていて力強かった。そのこととわたしの頬のほてりが、自分は大人同然の女性といっしょに観覧車に乗っている十二歳の子供なのだと意識させた。

そして、係員が他のゴンドラに客を乗せ、わたしたちがてっぺんへ上がっていくあいだ、なにを話すかという昔ながらの難問をつきつけられた。わたしは、黙っているという解決策を選んだ。メグはそれでかまわないようだった。ちっとも気づまりではないようだった。リラックスして、人々やまわりに広がる光に縁どられたカーニバルを見おろすことを楽しんでいるようだった。家並みをとりまく木々よりも上で、ゴンドラをゆっくりと前後に揺らしながら、わたしの知らない曲をハミングしていた。

やがて観覧車がまわりはじめると、メグは声をあげて笑った。わたしはそれをいままで聞いたなかでいちばん好ましい、すてきな音だと思い、メグを誘って幸せな気分にさせ、こんなふうに笑わせたことを誇りに感じた。

さっきもいったように観覧車は速かった。そしててっぺんに来ると、ほとんどなんの音もしなかった。カーニバルのざわめきは、なにかに包まれているように下界にとどまっていたが、地面が近づくとあっというまに音がよみがえった。涼しい風の吹くてっぺんでは、ほとんど重力を感じず、つかのま、どこかへ飛んでいってしまいそうな気がして、思わずクロスバーを握りしめた。

指輪に気づいたのは、バーをつかむメグの手を見おろしたときだった。月明かりのなか、指輪は淡くぼんやりと見えていた。指輪がきらりと光った。

眺めを楽しんでいるふりをしていたが、わたしが楽しんでいたのは、もっぱら、メグの微笑みと、瞳にうかぶ興奮と、ブラウスの胸もとが風にはためくさまだった。

そして観覧車の一回分はクライマックスに達し、回転がいっそう速まった。すべるように風を切る運動は最高に優雅でスリル満点になり、わたしはメグを見つめた。メグの屈託のない美しい顔が、まず星空の、つぎに暗い校舎の、ついでキワニスクラブの淡い茶色のテントの背景をよぎった。メグの髪がうしろに、そして観覧車がふたたびあがりはじめるとまえになびいて紅潮した頬にかかった。そのときとつぜん、わたしは赤ん坊だったころのメグを想像し、まるで呪いのようなむごすぎる巡りあわせを憎んだ。つかのま、不公平だ、という思いがつきあげた。ぼくはメグをこうして楽しませられるけど、それ以上のことはしてやれない。そんなの不公平だ。

そんな怒りは消えた。一回分が終わりに近づき、てっぺん近くで待っているとき、残っているのは楽しげで生き生きとしたメグを見る幸せだけだった。

もう話せるようになっていた。

「どうだった?」

「楽しかった。最高だったわ! あなたにはよくしてもらってばっかりね、デイヴィッド」

「一度も乗ったことがなかったなんて、信じられないよ」

「パパとママは……こういう場所じゃないところへ連れていってくれたの。たとえば〈パリセーズパーク〉みたいな遊園地へ。近くになかったからじゃないかしら」

「聞いたよ……ぜんぶ。大変だね」

やった。とうとういった。

メグはうなずいた。「最悪なのは、会いたいことなの。それなのに、もう会えないってわかってることなの。わかってはいるのよ。だけどときどきそれを忘れて、旅行かなにかへ行ってるだけのような気がして……電話でもしてくれればいいのにって思っちゃうのよ。会いたくてたまらないの。それで、もう二度と会えないってことを忘れちゃうのよ。この半年間の出来事をぜんぶ忘れちゃうの。気味が悪いでしょ？　まともじゃないでしょ？　そのうち、はっとわれに返って……現実にもどるのよ。

パパとママの夢をよく見るの。夢のなかでは、ふたりとも生きてるのね。わたしたちは幸せなのよ」

メグの目に涙がうかんでいるのがわかった。メグは微笑んで、かぶりをふった。

「いやね、思いださせないでよ」

ゴンドラはもう下りはじめていた。前方には五、六台のゴンドラしかない。順番を待っているつぎのグループが見えた。バーごしに見おろした拍子に、またメグの指輪が目にとまった。メグはわたしの視線に気づいた。

「ママの結婚指輪。ルースはわたしがこの指輪をはめるのをよく思ってないみたいだけど、外すつもりはないの。二度と外さないつもりなの」

「にあうよ。きれいだよ」

メグは微笑んだ。「傷痕よりも？」

顔が赤くなったが、問題はなかった。わたしをからかっているだけだった。「比べものにならないよ」

輪がまた下がった。あとゴンドラ二台。時間は夢のなかのように流れていた。だが、それでも速すぎた。終わってほしくなかった。

「どう？」とわたしはたずねた。「チャンドラー家の居心地は？」

メグは肩をすくめた。「悪くないと思うわ。家と同じというわけには行かないけど。昔とはちがうわよ。ルースは……ときどき、よくわからなくなる。悪気はないと思うんだけど」いったん言葉を切ってから、「ウーファーはちょっと不気味ね」

「その意見には大賛成だね」

わたしたちは笑った。けれどもルースについての感想には違和感をおぼえた。いいたいことをいっていないような雰囲気があった。小川のほとりではじめてあった日のような、冷えびえとしたものが感じられた。

「まだわからないわよ。新しい環境に慣れるには時間がかかるわ」

もういちばん下に着いていた。座員のひとりがクロスバーを上げ、足でゴンドラを固定した。わたしはその男にほとんど注意をむけなかった。わたしたちはゴンドラをおりた。

「ひとつ、大嫌いなものを教えてあげる」とメグがいった。

ほとんどささやくような声だった。盗み聴きされ、告げ口されるのを恐れているかのようだった──わたしたちがなかよしで、対等で、親友であるかのようだった。

「なに？」

「あの地下室よ。あの地下室は大嫌い。あのシェルターは」

6

メグがそういうのももっともだった。

若いころのウィリー・チャンドラー・シニアは並外れて器用だった。器用だったが、いささか偏執的だった。

そういうわけで、フルシチョフがアメリカに「目にもの見せてやる」と喧嘩を売ったとき、ウィリー・シニアはくそくらえとかなんとかいいながら、地下に核シェルターをつくったのだろう。

それは部屋のなかの部屋だった。大きさは、縦二・四メートル、横三メートル、高さ一・八メートルと、政府の推奨仕様に厳密に従っていた。キッチンから階段をおり、階段の下に積んであるペンキ缶、シンク、洗濯機、乾燥機のまえをすぎ、角を曲がって錠のかかった金属製の重い扉——もともとは食肉用冷凍庫の扉だった——を抜ければ、地下のほかの部分よりも温度が五、六度低くてかび臭くて真っ暗なコンクリートの密室へはいれた。

電気の差しこみ口も電灯もなかった。

ウィリーはキッチンの根太《ねだ》に梁《はり》を釘づけし、それを太い木の柱で支えた。そして家の外側に切られている唯一の窓を砂袋で覆い、内側を太さ一センチ以上あるワイヤー製の頑丈な金網で補強した。消火器、電池式ラジオ、斧、かなてこ、電池式ランプ、救急箱、瓶詰めの水といった必需品はそろっていた。小さいががっしりした手作りの硬木製作業台には、缶詰のはいった箱が積み重ねてあった。固形燃料式コンロも、旅行用目覚まし時計も、隅に丸めてあるマットレスを膨らませるための空気ポンプも用意してあった。

それらをみな、牛乳配達の給料で、つくりあげたり購入したりしたのだ。

爆発のあと、穴を掘って脱出するための、つるはしとスコップまであった。

政府が推奨していてウィリーが省略したもののひとつに化学処理式簡易トイレがあった。簡易トイレは高価だった。そこまで手がまわらないうちに、ウィリーは蒸発してしまったのだ。

いまやシェルターは荒れ果てていた――食糧の備蓄はルースが漁《あさ》って料理に使ってしまったし、消火器は壁の台から落ち、ラジオとランプの電池は切れ、そのほかの品々も、まる三年間まったく顧みられなかった結果、埃まみれになっていた。シェルターは、ルースにウィリーを思いださせた。ルースに掃除をするつもりはなかった。

わたしたちは、ときどきそこで遊んだ。しかし、しょっちゅうというわけではなかった。

シェルターは薄気味悪かった。

ウィリーがつくったものは独房のように思えた——なにかがはいってくるのを防ぐためのシェルターというよりも、なにかを閉じこめておくための真っ暗な穴蔵のように思えたのだ。

そして、中央に位置するそのシェルターが、いってみれば地下全体を特徴づけていた。地下で洗濯をしているルースと、コークを飲みながら話しているとき、ふと肩ごしにふりかえると、そのぞっとする掩蔽壕《えんぺいごう》じみたしろものが見えるのだった。そのぼってりした壁は、一年じゅう、したたるほどの汗をかいていたし、あちこちにひび割れがあった。まるで壁自体が、年老い、病み、死にかけているかのようだった。

ときたま、わたしたちはそこで遊び、お互いに脅かしあった。

シェルターはそのための役に立った。お互いに脅かしあうための。それ以外の使い道はなかった。

わたしたちがそこへはいるのは、ごくまれだった。

7

「あのチンケなカーニバルからなくなって残念なのは、昔懐かしいフーチークーだね！」

ルースは、テレビの画面で『シャイアン』のシャイアン・ボディがまたしても保安官代理に任命され、臆病者の町長が彼の房飾りのついた牛革のシャツに保安官代理バッジをとめるさまを眺めていた。シャイアンは表情に誇りと決意をにじませていた。

ルースは片手にビール、片手に煙草を持って、暖炉のそばの、詰め物をしてあって大きくて低い、くたびれた椅子に腰かけていた。長い脚をのばし、素足をクッションに載せていた。

ウーファーは床からルースを見あげた。「フーチークーって？」

「フーチークー。フーチークーチーともいうけどね。女の踊りさ、ラルフィー。それに見世物小屋だね。あんたと同じくらいの年だったとき、三本腕の男を見たことだってあるんだよ」

ウィリー・ジュニアがルースにむきなおって、「嘘だあ」といった。

しかし、そのような疑念はルースの思惑どおりなのがわかった。

「母親に口ごたえするんじゃないよ。ほんとに見たんだ。腕が三本ある男を――このあたりから、三本めのちっぽけな腕が生えてたのさ」

ルースは片腕をあげて、ドレスの内側の、きれいに剃ってあってつるんとしている腋の下を指さした。

「ほかの二本は、普通の腕とぜんぜん変わりなかった。同じ見世物小屋で、頭がふたつある雌牛を見たこともある。もちろん、死んでたけどね」

わたしたちはゼニス社製のテレビのまえに、でこぼこの輪を描いて座っていた。ウーファーはルースのとなりの絨毯の上、わたしとウィリーとドニーはソファ、エディはテレビのまんまえにしゃがみこんでいたので、ウーファーは、エディが邪魔にならないように移動しなければならなかった。

このようなときは、エディに気をつける必要はなかった。エディの家にはテレビがなかった。エディはテレビに夢中だった。それに、ほかのだれにもエディを押さえられないとしても、ルースならいうことを聞かせられた。

「ほかには？」とウィリー・ジュニアがたずねた。「ほかにどんなものを見たの？」

ウィリー・ジュニアはクルーカットにしたブロンドの髪をいじった。彼の癖だった。感触が心地よかったのだろうが、いったいどうしてグリースで固めた頭のてっぺんが気にいったのか、見当もつかなかった。

「ほとんどは瓶詰めだったね。死産の赤ん坊もあった。死産ってわかるかい？　ホルマリン漬けになってたのさ。すっかり縮んじまってたよ――山羊とか猫とか。そんなたぐいのものがね。

はるか昔のことさ。もう忘れちまったよ。だけど体重が二、三百キロもある男のことはおぼえてるよ。三人がかりで立ちあがらせてたっけ。あんなデブを見たのははじめてだったよ。二度と見たくないけどね」

三人がかりで立たせなければならないほどのデブを思い描いて、わたしたちは笑った。

わたしたちはみんな、ルースが体重に気を使っていることを知っていた。

「わたしが小さかったころのカーニバルは、ほんとにたいしたもんだったよ」

ルースはため息をついた。

そしてルースの表情はおだやかに、夢を見ているようになった。ときどき、昔の——はるか昔の——思い出にひたっているときにそうなるのだった。ウィリーのことではなく、少女時代の出来事に思いをはせているときに。わたしは、そういうルースを見るのが好きだった。みんなそうだったと思う。皺と輪郭が柔らかくなったし、ルースは、友だちの母親としては、ほとんど美しいといっていいほどだった。

「まだ?」とウーファーがせかした。彼にとって、今晩は画期的な夜だった。これほど遅くカーニバルへ出かけられるのははじめてだったのだ。ウーファーは、早く出かけたくてうずうずしていた。

「まだだよ。そのソーダを飲んじまいな。わたしもビールを飲み終えるから」

ルースは深々と煙草を吸って煙をため、それから一気に吐きだした。

ルース以外でこれほど強烈な煙草の吸い方をするのは、わたしの知るかぎりエディのパパだけだった。ルースは缶を傾け、喉を鳴らしてビールを飲んだ。

「そのフーチークーのことをもっと話してよ」とウィリーはソファのわたしのとなりで身を乗りだし、肩をまわしてルースのほうをむいた。

成長し、背が高くなるにつれ、ウィリーの背中はますます曲がってきた。このままの割合で背がのび、背中が曲がりつづけたら猫背になってしまうだろう、とルースはいっていた。身長百八十センチを超えたら。

「そうだよ」とウーファー。「どんなだったの？　ちっともわからないよ」

ルースは笑い声をあげた。「いっただろ、女の子の踊りだよ。なんにも知らないんだね。何人かは半分裸だったよ」

ルースは色あせたプリントドレスを太腿のなかばまで上げてつかのま手を止め、わたしたちにむけてひらひらさせてから、また引き下げた。

「こんなに短いスカートとちっちゃなブラジャー、身につけてるのはそれだけだったのさ。こことここに、濃い赤で小さな円を描いてあったね」とルースは左右の乳首を示し、指でゆっくりと小さな円を描いてから、わたしたちを眺め渡した。

「それを聞いてどう思う？」

わたしは頬が赤らむのを意識した。

ウーファーは笑った。

ウィリーとドニーはルースをしげしげと見つめていた。

エディの視線はシャイアン・ボディに釘づけになっていた。

ルースは笑い声をあげた。「考えてみたら、健全なキワニスクラブがそんなもののスポンサーになるはずがないね。あの男たちが。ほんとは好き者のくせに。ほんとは大好きなんだ！　だけど、みんな女房持ちだからね。クソッたれな偽善者ってわけさ」

ルースはいつだってキワニスクラブやロータリークラブをけなすのだった。

ルースは社交的ではなかった。

わたしたちはそれに慣れていた。

ルースはビールを飲みほし、煙草をもみ消した。

ルースは立ちあがった。

「飲み物を飲んじまいな。出かけるよ。さあ、出発だ。メグ？　メグ・ロクリン？」

ルースはキッチンへ歩いていき、ビールの空き缶をごみバケツへ落とした。

廊下の奥のルースの部屋のドアが開き、メグが出てきた。最初、ちょっと警戒してるみたいだったな、とわたしは思った——ルースがどなったせいだろう。メグはすぐにわたしに目をとめ、にっこりと微笑んだ。

なるほど、こうしてるわけか、とわたしは納得した。メグとスーザンは、ルースのものだった部屋で暮らしているのだ。二部屋のうちで狭いのはそっちだったから、論理的な解決策といえた。しかしそれは、ルースがベッド兼用ソファで寝るか、ドニー、ウーファー、ウィリー・ジュニアといっしょに寝るかしなければならないことも意味していた。パパとママはそれを聞いたらなんていうだろう、とわたしは考えた。

「それじゃ、男の子たちをミスター優等生の祭りへ連れてくからね、メギー。妹の世話は頼んだよ。それから、冷蔵庫をあさるんじゃないよ。デブを養うなんてまっぴらだからね」

「はい」

ルースはわたしにむきなおった。

「デイヴィッド、やらなきゃいけないことはわかってるね？　スーザンに挨拶しに行きな。知らん顔をするなんて、礼儀知らずのすることだよ」

「うん、わかった」

メグが先に立って案内してくれた。

姉妹の部屋のドアは、左手の、バスルームの向かいにあった。ドアごしに、ラジオの音楽が低く漏れていた。トミー・エドワーズの〈恋のゲーム〉だった。メグがドアを開け、わたしたちはなかへはいった。


十二歳の少年にとって、小さい子は小さい子にすぎない。実際の話、その存在に気づかないことすらある。小さい子は、虫か、鳥か、リスか、そこらをうろついているだれかの飼い猫――つまるところ風景の一部であって、それ以外の何物でもないのだ。もちろん、ウーファーのような子の場合、気づかずにいることは不可能だが。

だが、スーザンにも気づいたことだろう。

ベッドに横になって読んでいた〈スクリーン・ストーリーズ〉誌から顔をあげてわたしを見たのは九歳の少女だとわかっていた——メグがそういっていたからだ。しかし、スーザンはそれよりずっと幼く見えた。ベッドカバーを掛けているため腰と脚のギプスが見えなかったから、わたしはほっとした。全身の骨折のことを思いださなくても、スーザンは充分にひ弱に見えた。けれども、わたしは彼女の手首と、雑誌を支えている長くてほっそりとした指に目をひかれた。

事故のせいでそんなふうになってしまったのかい、とわたしは内心でたずねた。

明るいグリーンの瞳をべつにすれば、メグとはほとんど正反対だった。メグが健康そのもので、元気と活力にあふれているのと比べると、その少女はまるで影だった。電気スタンドに照らされている肌は、透きとおっているのかと思うほど白かった。

ドニーによれば、スーザンはまだ毎日解熱剤と抗生物質を飲んでいるし、快復しきっておらず、いまでも苦痛に耐えなければ歩けないということだった。

わたしは、やはり歩くだけで痛かったという、ハンス・クリスチャン・アンデルセンの人魚姫を思いだした。絹のような長いブロンドの髪も、おとなしやかで繊細な容貌も、長いあいだ傷つきつづけた結果の悲しげな表情も、よく似ていた。岸に打ちあげられてしまったような雰囲気が。

「デイヴィッドでしょ?」とスーザンがたずねた。

わたしはうなずいて、やあと声をかけた。

グリーンの瞳がわたしを凝視した。知的な瞳だった。それに、暖かかった。そしてスーザンは、九歳以下に見えると同時に、それより大人びて見えた。

「メグが、いい人だっていってたわ」とスーザンはいった。

わたしは微笑んだ。

スーザンはさらにもう一瞬、わたしを見つめてから、にっこり微笑んで、ふたたび雑誌を読みはじめた。ラジオでは、ＤＪのアラン・フリードがエレガンツの〈リトル・スター〉をかけていた。

わたしは廊下へ引き返した。ほかのみんなが待っていた。

ルースのまなざしを感じた。わたしは絨毯に視線を落とした。

「よし」ルースがいった。「これで顔あわせはすんだね」

第二部

8

カーニバルが終わって二日後の夜、わたしたちは子供だけでキャンプをした。

そのブロックの年上の男の子たち――ルー・モリノとグレン・ノットとハリー・グレイ――は、何年もまえから、夏の暑い夜、それぞれが缶ビールの六本パックをいくつかと、マーフィの店で万引きした煙草を持って、リトル・リーグのグラウンドの裏の森に立つ古い給水塔の下でキャンプをしていた。

わたしたちは、まだそれには小さすぎた。給水塔は、かなり離れた、町の反対側にあったからだ。けれども、わたしたちは彼らをうるさく、しつこくうらやましがるのをやめなかったから、根負けした両親たちは、とうとう、自分たちの監視下でなら――つまりだれかの家の裏庭でなら――わたしたちもキャンプをしてかまわないという許可を与えた。そういうわけで、わたしたちもキャンプできることになったのだ。

わたしはテントを持っていたし、トニー・モリノは兄のルーのテントを、ルーが使っていないときに借りられたから、キャンプをするのはいつもわたしの家かモリノ家の庭だった。

わたしとしては、自分の家のほうがましだった。トニーの家が悪いというわけではなかった――だが、わたしたちが望んでいたのは、できるかぎり家から離れて、わたしたちだけで過ごしているという幻想をいだくことだったのに、トニーの家の裏庭はそれにふさわしくなかったのだ。トニーの家は丘のてっぺんに建っていたから、裏には茂みが点在する原っぱが広がっているだけだった。茂みの点在する原っぱは退屈だったし、ひと晩じゅう斜面で過ごさなければならなかった。それに比べて、わたしの家の裏庭は、深い森へ直接つながっていた。日が落ちると、楡《にれ》や樺《かば》や楓《かえで》の陰で暗く不気味に変わったし、小川から聞こえるこおろぎや蛙の声で荒野の雰囲気満点だったのだ。それに、平坦だったからずっと過ごしやすかった。

もっとも、ほとんど眠らなかったのだが。

少なくとも、その夜、わたしたちは眠らなかった。

日が暮れてからずっと、わたしたちは、四人用のテントに六人――わたし、ドニー、ウィリー、トニー・モリノ、ケニー・ロバートスン――がぎゅうぎゅう詰めになって横たわったまま、悪趣味ジョークや〝四の五の〟ジョーク（「ママ、ママ！　ビリーがこんろの上の鍋にゲロを吐いちゃったよ！」「四の五のいわずにシチューを食べちまいな」）を飛ばしあって笑い転げていた。

ウーファーは、またもやプラスチックの兵隊を裏庭の焼却炉の網に載せて遊んでいた罰を受けていた――さもなければ、大声でしつこく駄々をこね、けっきょく彼を連れていくはめになっていたことだろう。しかしウーファーは、しょっちゅうその火遊びをしていた。焼却炉の網に騎士や兵隊をひっかけ、神のみぞ知るなにかを想像しながら、その手足がごみといっしょにじわじわと燃え、プラスチックの炎がしたたり、兵隊が丸まり、黒煙がもくもくと立ちのぼるのを眺めるのだ。プラスチック人形は高価だったし、焼却炉のなかはひどいありさまになってしまった。

ビールはなかったが、粉末ジュース《クールエイド》を満たした水筒と魔法瓶があったから問題はなかった。エディが父親から両切りのクールを半箱くすねてきたので、テントのたれぶたを閉めきって、ときどき煙草をまわした。わたしたちは手であおいで煙を払いのけた。やがて、ママが様子を見に来るといけないので――そんなことは一度もなかったのだが――たれぶたを開けた。

ドニーがわたしのとなりへ転がってきた。〈テイスティ・ケーキ〉の包装紙がドニーの巨体に押しつぶされた。

その夜、〈テイスティ・ケーキ〉のトラックが通りかかったときに、みんなで通りまで買い出しに行ったのだ。

いまでは、だれかが身動きするたびに、なにやらバリバリと音がするありさまだった。

ドニーがジョークを披露した。「その子は学校にいた。まだ小さい子で、自分の机に座ってた。年をとってて感じのいい女の先生がその子を見て、すごく悲しそうな顔をしてるのに気づいた。どうかしたのってその先生が聞くと、その子はこたえた。えーん、ぼく、朝ごはんを食べてないんです！　まあ、かわいそうに、と先生はいった。だいじょうぶよ、もうすぐお昼だから。そのとき、なにか食べればいいわ。それでは地理のお勉強にもどりましょう。イタリア人がいるのはどこかしら？

その子はこたえた。ベッドでママとファックしてます。だから朝ごはんを食べられなかったんです！」

わたしたちは笑った。

「それ、聞いたことがあるぞ」とエディ。「〈プレイボーイ〉で読んだような気がするな」

「そうさ」ウィリーはいった。ウィリーはわたしと反対側で、テントの布にくっついていた。彼はヘアワックスの、それにときどき虫歯の不快なにおいをさせていた。「きっと〈プレイボーイ〉で読んだんだろう。おれがデブラ・パジェットとファックしたみたいにな」

エディは肩をすくめた。エディにさからうのは危険だったが、ドニーがあいだに寝ていたし、ドニーはエディより七キロは体重があった。

「おやじが買ってきたんだよ」とエディ。「毎月買ってくるんだ。それを抽斗《ひきだし》から抜きとって、ジョークを読んだりグラビアを眺めたりしてから、もとにもどしておくのさ。おやじはぜんぜん気がつかないんだ。ちょろいもんさ」

「ほんとに気がついてないといいけどな」とトニー。

エディはトニーにむきなおった。わたしたちはみな、エディの家と通りを隔てた向かいに住んでいるトニーから、エディは父親に殴られていると聞いていた。

「ばかいうんじゃねえぞ」エディの声には威嚇の響きがあった。

トニーがひるんだのが、ほとんど実際に感じられた。トニーは痩せっぽちのイタリア人にすぎなかったが、うぶ毛のような口ひげが生えはじめていたので、わたしたちのあいだで一目置かれていた。

「毎号見られるの？」とケニーがたずねた。「ジェーン・マンスフィールドが載ってる号があるって聞いたけど」

「毎号ってわけには行かないさ」とエディ。

エディが煙草に火をつけたので、わたしはまたたれぶたを閉めた。

「だけど、その号は見たぜ」

「ほんと？」

「ああ」

エディは煙草を吸った。おちつきはらっていた。ウィリーがわたしのとなりで上体を起こした。ウィリーのしまりなく膨らんだ腹の柔らかい感触を背中に感じた。ウィリーはエディから煙草をまわしてもらおうとしたが、エディはまだ渡そうとしなかった。

「あんなでっかいおっぱい、見たことないよ」とエディはいった。

「ジュリー・ロンドンのより？　ジューン・ウィルキンスンより？」

「そうとも！　ウィリーのおっぱいよりでっかかったさ」エディはそういった。エディとドニーとトニーがげらげら笑った――もっとも、ドニーにとってはそれほどおかしくないにちがいなかった。ドニーにもおっぱいができはじめていたからだ。筋肉があるべきところに、小さな脂肪のたるみが生じていたのだ。ケニー・ロバートスンは、おびえきって、笑うどころではなかったらしい。ウィリーのとなりに寝転んでいたからわたしも黙っていた。

「わっはっは」とウィリーはいった。「あんまりおかしすぎて、笑うのを忘れちまったぜ」

「そうとんがるなよ」とエディ。「なんだってんだ。おまえは三年生か？」

「うるせえ」とウィリー。

「おまえのかあちゃんを突き飛ばしておけばよかったぜ、トンマ野郎」

「ねえ」とケニー。「ジェーン・マンスフィールドのことを話してよ。乳首を見たのかい？」

「もちろん。スタイル抜群のからだも、つんとがってて小さくてぐっとくる乳首も、でっかいおっぱいも、見事な尻もな。だけど、脚は細いんだぜ」

「その脚とファックしてえ！」とドニー。

「おまえは脚とファックしろよ」とエディ。「おれはそれ以外のところでファックするから」

「すごいや！」とケニー。「乳首もなにもかもか！　ぞくぞくするなあ」

エディがケニーに煙草を渡した。ケニーはせかせかと吸って、ドニーにまわした。

「それにしても」とケニーがいった。「ジェーン・マンスフィールドは映画スターだよ。なんでそんなことをしなきゃいけなかったの？」

「そんなことってどんなことだよ？」とドニーが問い返した。

「雑誌でそんなふうに乳首を見せることとさ」

わたしたちは考えをめぐらした。

「まあ、ほんとの映画スターってわけじゃないからな」とドニー。「ほら、ナタリー・ウッドはスターだけど、ジェーン・マンスフィールドはただ映画に出てるだけじゃないか」

「スターの卵だね」とケニー。

「いいや」とドニー。「スターの卵なんて呼ぶには年を食いすぎてるよ。ドロレス・ハートはスターの卵だけどさ。『さまよう青春』は見たか？　あの墓場のシーン、よかったなあ」

「おれも好きだよ」

「リザベス・スコットとのシーンだろ？」とウィリー。

「どこが？」

「ぼくはソーダ・ショップのシーンが好きだな」とケニー。「エルヴィスが歌って、あいつをぎゃふんといわせるところが」

「あれはよかった」とエディ。

「ほんとによかった」とウィリー。

「まったくだ」

「とにかく、〈プレイボーイ〉は、ただの雑誌と考えちゃいけないんだ」とドニーがいった。「なんてったって〈プレイボーイ〉だぞ。マリリン・モンローだって載ったんだ。最高の雑誌なのさ」

「ほんとに？　〈マッド〉よりも？」ケニーは半信半疑だった。

「もちろん。〈マッド〉も悪くないさ。だけど〈マッド〉は子供むきの雑誌なんだぜ」

「〈フェイマス・モンスター〉は?」トニーがたずねた。

これは難問だった。わたしたちは、創刊されたばかりの〈フェイマス・モンスター〉誌に夢中になっていたのだ。

「なるほど」とドニーは煙草を吸ってからにやっと笑った。したり顔の笑みだった。「だけど〈フェイマス・モンスター〉でおっぱいを見られるか?」

全員が笑った。反論する余地のない論理だった。

ドニーは煙草をエディに返した。エディは最後にひと吸いすると、草の上でもみ消して、吸い殻を森のなかへはじき飛ばした。

全員が黙りこんでしまい、会話がふっと途絶える瞬間があるが、このときもそうなった。

やがて、ケニーがドニーを見ながら、「生《なま》を見たことある?」とたずねた。

「なんの?」

「おっぱいの」

「生のおっぱいか?」

「うん」

ドニーは笑った。「エディの妹のやつを見たじゃないか」

またしても笑いが起きたのは、みんなが見ているからだった。

「女の人のっていう意味だよ」

「ないな」

「みんなは？」とケニーは見まわした。

「ママのを見たことがあるよ」トニーがそういったが、それを恥ずかしがっているのが明白だった。

「まえに、バスルームへはいったら、ママがブラジャーをつけてるところだったのさ。ちょっとのあいだだけど見えたんだ」

「ちょっとってどれくらい？」ケニーは真剣だった。

「ほんの一瞬だよ」

「へえ。どんなだった？」

「どんなってどういう意味だよ？。おれのママなんだぞ！　おい！　この変態野郎」

「怒らないでよ、そんなつもりじゃなかったんだ」

「いいって。怒っちゃいないさ」

けれども、そのとき、全員がミセス・モリノの乳房を想像していた。ミセス・モリノは、腰まわりにたっぷりと肉がついている、脚の短いシチリア島出身の女性で、トニーより口ひげが濃いくらいだったが、胸はかなり大きかった。そんな格好のミセス・モリノを思い描くのは、興味しんしんであると同時に、ちょっぴり吐き気を催した。

「きっと、メグのほうがきれいだろうな」とウィリーがいった。

つかのま、だれも返事をしなかった。だが、ひとりでもミセス・モリノのことを考えつづけていたとは思えない。

ドニーが兄を見つめた。

「メグだって？」

「ああ」

運命の車がまわるのが感じられた。しかしウィリーは、ドニーがわかっていないかのようにつづけた。弟をからかっていたのだ。

「おれたちのいとこだよ、ばか。メグだ」

ドニーは兄を見つめるばかりだった。やがてドニーはいった。「なあ、いま何時だ？」

ケニーが腕時計を持っていた。「十一時十五分前だよ」

「いいぞ！」

ドニーはいきなりテントを這いだし、立ちあがると、なかを覗きこんでにんまり笑った。

「来いよ！　いい考えがあるんだ！」

わたしの家からチャンドラー家へは、裏庭を横切り、生け垣にそって進むだけで行けた。そうすれば、チャンドラー家のガレージの裏に出るのだ。

チャンドラー家は、バスルームとキッチン、それにメグとスーザンの寝室に明かりがともっていた。それまでに、わたしたちはドニーの意図をさとっていた。わたしは、自分が喜んでいるのかどうかよくわからなかった。かといって、そうでないともいいきれなかった。

刺激的なのははっきりしていた。テントを離れることは禁じられていた。見つかったら、二度とテントで寝られなくなり、そのほかさまざまな禁止をいいわたされるはずだった。

一方、もしも見つからなければ、給水塔でキャンプするよりもよかった。ビールよりもよかった。

いったんその気になると、じつのところくすくす笑いを止めるのが困難になった。

「梯子なんてないぞ」とエディがささやいた。「どうすりゃいいんだ？」

ドニーがあたりを見わたして、「白樺だ」といった。

ドニーのいうとおりだった。裏庭の左手、家から四、五メートル離れたあたりに、冬の嵐のせいでひどく曲がった高い白樺が生えていたのだ。その幹は、芝生のほとんどなかばの、みすぼらしい芝の上まで達していた。

「全員は登れないぞ」とトニー。「折れちまう」

「じゃあ、順番だ。一度にふたりだな。あとは運しだいだ」

「よし。最初はだれだ？」

「あれはうちの木だぞ」とドニーがにやっと笑った。「おれとウィリーが最初だ」

わたしはちょっぴりむっとした。ぼくたちは親友のはずじゃなかったのか？　しかし、すぐに思いなおした。まあ、なんてったってウィリーは兄貴なんだからな。

ドニーは全力で芝生を横切り、ウィリーがそのあとにつづいた。

その木は頑丈なふたつの枝に分かれていたから、ふたりでそこに並んで横たわれた。寝室はまっすぐに覗けたし、バスルームもよく見えた。

しかしウィリーは、楽な姿勢をさがして場所を変えつづけた。ウィリーがどれほど肥満しているかは一目瞭然だった。自分の体重を扱いかねてじたばたしているのだ。それに比べて、ぽっちゃりしているにもかかわらず、ドニーは木の上で生まれたかのようだった。

わたしたちは、眺めているふたりを眺めていた。ルースが姿をあらわさないことを願いながら、わたしたちは家を、キッチンの窓を見つめた。

「つぎはおれとトニーだ」とエディ。「時間は?」

ケニーが目をほそめて腕時計を見た。「あと五分」

「くそっ」とエディはクールの箱を開け、一本とりだして火をつけた。

「だめだよ!」ケニーがささやいた。「あっちから見えちゃうじゃないか!」

「バカか」とエディ。「手で隠すんだよ。ほら、こんなふうに。見えるもんか」

家のなかでなにかが起きているのかどうかを知りたくて、わたしはドニーとウィリーの表情を読みとろうとした。ほとんど見分けられなかったが、わたしはあきらめなかった。ふたりは、大きな黒っぽいこぶのように横たわっていた。

あの木のたわみは元どおりになるだろうか、とわたしは考えた。

それまでは蛙とこおろぎの声に気づいていなかったが、いまは、静寂《しじま》のなかに打楽器の単調なくりかえしのような鳴き声が聞こえていた。物音といえば、その鳴き声と、エディが煙草を深々と吸い、煙を吐きだす音、そしてときおり白樺があげるきしみだけだった。裏庭には蛍がいて、ふわふわと漂いながら明滅していた。

「時間だよ」ケニーがいった。

エディはクールを捨てて踏み消し、トニーをともなって木に走りよった。一瞬後、エディとトニーが木に登り、下におりたウィリーとドニーがわたしたちのところへもどってきた。

木はさっきよりも高い位置にとどまっていた。

「見えた？」とわたしはたずねた。

「ぜんぜん」とウィリーがこたえた。びっくりするほどむっとした口調だった。姿をあらわさなかったメグが悪いと思っているかのようだった。メグにだまされたと憤《いきどお》っているかのようだった。もっとも、ウィリーはいつだってゲス野郎だった。

わたしはドニーの顔に目をやった。充分な光はなかったが、フーチークーチー・ガールと彼女たちがなにを身につけ、なにを身につけていなかったのかを話しているルースを見つめていたときと同じ、真剣でひたむきな表情のように思えた。なにかを解き明かそうとしているのだが、こたえがわからなくてちょっぴりいらついているような面持ちだった。

わたしたちは黙りこくってたたずんでいたが、ケニーがいきなりわたしの肩を叩いた。

「時間だよ」とケニーがいった。

わたしたちは木に駆けよって、トニーの足首を叩いた。トニーがすべりおりてきた。

わたしたちはエディがおりてくるのを待った。わたしはトニーを見た。トニーは肩をすくめ、地面に目を落としながら首を横にふった。成果なし。数分後、エディもあきらめ、わたしのとなりにすべりおりてきた。

「ちくしょう」とエディ。「あのアマ。あのくそアマめ」

そしてエディとトニーは立ち去った。

わけがわからなかった。エディまでむかっ腹をたてていた。

わたし自身は心配していなかった。

わたしたちは木に登った。簡単に登れた。

木の上でおちつくと、ぞくぞくするような興奮をおぼえた。声をあげて笑いたいくらい気分が高揚していた。なにかが起ころうとしていた。それがわかっていた。エディとドニーとウィリーには気の毒だったが――幸運に恵まれるのはわたしたちにちがいなかった。いまにもメグが、わたしたちのまえに姿をあらわすはずだった。

覗きをするのはメグにたいする裏切りかもしれないと悩んだりはしなかった。覗く相手がメグだとすらほとんど意識していなかった。わたしたちが見ようとしているのは実際のメグだと思えなかった。もっと抽象的ななにかのように思えた。雑誌の白黒のグラビアではない、本物の女の子、女性の裸だ。

とうとう秘密を学べるのだ。

これから体験するのは最優先事項だった。

わたしたちはじっと待ち受けた。

ケニーをちらっと見た。にやにや笑っていた。

どうしてほかの連中があんなふうにむくれているのか、不思議でならなかった。

こんなに楽しいのに！　びくついていることまで楽しかった。ルースがとつぜん玄関に出てきて、そこからおりてきなさいとどなられるのではないかと思うと怖かった。バスルームの窓の外を眺めたメグと目があってしまうのではないかと思うと怖かった。

わたしは待った。自信満々で。

バスルームの明かりが消えたが、気にかけなかった。わたしはバスルームに精神を集中していた。そこでメグを見られるはずだった。まじまじと。裸の彼女を。少しは知っている女性の肉体を。

瞬きするのも嫌だった。

木の幹にあたっている部分がちくちくした。

頭のなかで、同じ曲が何度も何度も流れていた——（キッチンへ行って鍋やフライパンをがちゃがちゃいわせなよ……きみはぜったいナイロンストッキングをはいた悪魔さ……）そのくりかえしだった。

すごいや、とわたしは思った。ぼくはここ、この木にいる。メグはあそこにいる。

わたしは待った。


寝室の明かりが消えた。

そのとたん、家は真っ暗になった。

なにかをうち砕きたかった。

目のまえの家をばらばらにしたかった。

そしていま、ほかの子たちがどんなふうに感じていたのか、どうして彼女に、メグに腹をたてていたのかがはっきりわかった——なぜなら、メグが悪いように思えたからだ。そもそもメグがこんなところに登らせ、さんざん希望を持たせたあげく、なにひとつ約束を果たさなかったように感じられたからだ。

あばずれめ、とわたしは内心で毒づいた。

そしてすぐさま罪悪感にさいなまれた。ひとを侮辱してしまったからだ。それも、メグを。

そして落ちこんだ。

わたしの一部はわかっていた——信じたくなかった、いや考えたくもなかったけれど、最初からわかっていたように思えた。

ぼくがそんなについてるはずはなかったんだ。はじめからインチキだったんだ。

エディがいってたみたいに。

そしてどういうわけか、その理由はメグで、女の子で、それどころかルースやママを含めた女性一般で包まれていた。

すべてを理解するには大きすぎる問題だったから、わたしの心はなりゆき任せにすることに決めたらしかった。

残ったのは憂鬱と鈍痛だった。

「もう行こう」わたしはケニーに声をかけた。ケニーはしつこく家を凝視していた。まだ信じられないのだった。もう一度明かりがつくかもしれないと信じているかのようだった。だが、ケニーにもわかっていた。わたしのほうをむいた顔で、彼もわかっていると知れた。

みんなと同じように。

わたしたちは、黙ったまま、ぞろぞろとテントへもどった。

なかへはいると、とうとうウィリー・ジュニアが、水筒をおろしてから口を開いた。

彼はいった。「メグを〈ゲーム〉の仲間にひきこめないかな」

わたしたちはそれについて考えた。

夜はまだ長かった。

9

わたしは庭で赤い大型動力芝刈り機を始動させようとしていた。Tシャツが早くも汗でびっしょりになっていた。くそいまいましいその機械は、モーターボートを始動させるよりも手間がかかったからだ。そのときルースが、それまで聞いたことがなかったような声でどなった——かんかんになっていた。

「いいかげんにしておくれ！」

わたしは紐を離し、顔をあげた。

それは、以前、わたしの母が癇癪を起こしたときにあげたたぐいの声だった。父と公然たる戦争状態にあったにもかかわらず、そんなことはめったになかったが、そうなったら身を隠せる場所へ逃げこまなければならなかった。だがルースが怒る相手は、たいていの場合、睨むだけで事足りるウーファーだった。唇を堅く結び、目をほそめてぎらぎら光る小石のようにすれば、ウーファーは口をつぐみ、やっていたことをやめるのだった。ルースのひと睨みは迫力満点だった。わたしとドニーとウィリーはよくその真似をして笑っていた——しかし、ルースに睨まれたら、笑いごとではすまなかった。

芝刈り機と格闘するのをやめる口実ができたわたしは、もっけの幸いと、ガレージのわきをまわって隣家の裏庭を覗けるところへ移動した。

ルースの洗濯物が物干しロープで風になびいていた。ルースは両手を腰にあてて玄関で立っていた。どなり声を聞かなくても、それともなんとどなっているのか聞きとれなくても、ルースが激怒しているのはひと目でわかっただろう。

「底抜けのばかだね、あんたは！」ルースはそうどなったのだ。


正直いって、わたしはぎょっとした。

たしかにルースは水夫のような悪態をついた。それはわたしたちがルースを好いていた理由のひとつだった。夫のウィリー・シニアは〝あのごりっぱなアイルランド野郎〟もしくは〝あのアイルランド系あんぽんたん〟だったし、町長の――ルースに求婚したことがあるのではないかとわたしたちが疑っていた――ジョン・レンツはしょっちゅう罵倒されていた。

だれもがときどきこきおろされていた。

だがそれは実際にはただの憎まれ口で、たいして腹をたてているわけではなかった。だれかを犠牲にして笑いをとろうとしているだけだったし、その試みはたいていい成功した。

ルースなりのあだ名にすぎなかったのだ。

それはわたしたちのやり方にそっくりだった。友だちはみんな、低能だったりクズだったり太っちょだったりぼんくらだったりした。彼らの母親はみんな、ラクダの死体にたかる蝿を食べた。

このときの罵声はまったくちがっていた。ルースは本心から相手をののしっていた。

メグはいったいなにをしでかしたんだろう、とわたしはいぶかった。

わたしは自分の家の裏口を見あげ、スクリーンドアが開いているのに気づいて、ママが聞きつけなきゃいいんだけど、と考えた。ただでさえルースをよく思っていない母から、となりの家へ遊びに行きすぎると小言をいわれていたからだ。

ついていた。母は近くにいなかった。

わたしはルースを見た。なにもいわなかったが、彼女に口を開く必要はなかった。表情がすべてを物語っていた。

奇妙な気分だった。二日連続で覗きをしているかのようだったからだ。しかしもちろん、それ以外に選択肢はなかった。そんなふうに感情をさらけだしているルースを見ていることを知られるつもりはなかった。ばつが悪すぎた。なんらかの理由でルースがこっちに視線をむけないようにと願いながら、わたしはガレージにからだを押しつけてルースの様子をうかがった。ルースはこっちを見なかった。

しかし、チャンドラー家のガレージが視野をさえぎっていたから、なにが問題なのかはわからなかった。わたしはメグが姿をあらわすのを、どうして底抜けのばかとののしられるはめになったのかわかるのを待った。

そして、またしても仰天した。

叱られているのはスーザンだった。

洗濯物を干すのを手伝っていたのだろう。ところが、昨夜、雨がふった。そしてスーザンが運んでいる一枚のシーツか二枚の枕カバーのように見えるものに泥がついていることからすると、芝生がぬかるんで歩きにくかったせいで、真っ白になったルースの洗濯物を落としてしまったらしかった。

スーザンは泣いていた。全身がふるえるほど号泣しながら、玄関先でかんかんになって立っているルースのほうへもどろうとしていた。

哀れだった——両腕、両脚に補助具をつけた小柄な少女が、最初から運ばせるのが無理だった、小さくたたんで腋にはさんだ白い布を落とすまいとしながら、のろのろと歩いているさまは。

そしてとうとう、ルースもそう感じたのだろう。

というのも、ルースはポーチからおり、スーザンから洗濯物をとりあげると、身をふるわせてむせび泣きながらうなだれている少女を見つめたまま躊躇したからだ。やがてルースの緊張がゆっくりと解けていくのがわかった。そしてルースは片腕をあげ、最初はおずおずと手をのばし、スーザンの肩を軽く叩いてから、くるりと向きを変えて家へもどっていった。

そしてふたりが階段の最上段に達した最後の瞬間、ルースがこっちに目をむけたから、わたしはあわててガレージの壁にへばりつかなければならなかった。

しかし、それにもかかわらず、そのまえにまちがいなく見たのだ。

じつのところ、ふりかえってみると、そのことはわたしにとっていささか重要な意味を持つようになった。わけを説明しよう。


ルースの顔は疲れきっているように見えた。怒りの爆発が激しすぎて、疲労困憊してしまったかのようだった。それとも、あれはなにか——もっと大きななにか——の一部だったのかも知れない。そのなにかは、わたしが気づいていなかっただけでかなり以前から進行していた、LPレコードにおけるクレッシェンドのようなものにすぎなかったのかも知れない。

しかし、わたしが目にしたもうひとつのことには、いま思いかえしても胸をつかれ、当惑させられてしまう。

当時ですら、わたしは不思議に思った。

さっと身を隠す寸前、スーザンの肩に手を置いたルースは痩せこけ、疲れはてているように見えた。向きを変えた、まさにその瞬間は。

そのうえ、誓ってもいいが、ルースは涙を流していたのだ。


あれはいったい、なんの涙だったのだろう？

10

つぎは天幕毛虫だった。

毛虫は一夜にしてわいたかのようだった。前日まで、木々はきれいで正常だったのに、翌日、枝はあのどっしりとした白い網目状の袋でたわんでいたのだ。その袋の底にはなにやらぼんやりと黒っぽい、病的な見かけのものが認められ、じっと目を凝らすと、毛虫がうごめいているのがわかるのだった。

「燃やしちまうよ」とルースはいった。

チャンドラー家の庭で白樺のそばに立っているは、ウーファー、ドニー、ウィリー、メグ、わたし、そして深いポケットのついた古ぼけたブルーのホームドレスを着たルースだった。時刻は午前十時で、メグは雑用を終えたばかりだった。メグの左目の下には小さな泥汚れがあった。

「男どもは枝を持ってきな」とルースは命じた。「長くて太い枝だからね。燃えないように、青々とした枝を折ってくるんだよ。メグ、あんたは地下室からずだ袋を持ってくるんだ」

ルースは、朝の光を浴びながら目をすがめて被害を検分した。白樺も含め、庭の木のほぼ半分に袋が下がっていた。野球のボールほどしかないものもあったが、幅も高さもショッピングバッグ並みのものもあった。森は毛虫だらけになっていた。

「こんちくしょう。あっというまに木を丸坊主にされちまう」

メグは家にもどり、わたしたちは枝をさがしに森へはいった。ドニーが鉈《なた》を持ってきていたので、若木を切り倒し、枝を払い、適当にふたつにした。たいした時間はかからなかった。

庭にもどると、ルースとメグはガレージで袋に灯油を染みこませていた。わたしたちはそれを若木に巻きつけ、ルースに物干しロープで縛ってもらい、もう一度灯油に浸けた。

ルースはそれをひとりに一本ずつ配った。

「まずわたしが見本を見せるからね」とルース。「それからあんたらがやるんだ。山火事にならないように気をつけとくれよ」

信じられないくらい大人になった気分がした。

ルースは火を、たいまつを扱わせるほどわたしたちを信頼してくれていたのだ。

ママは絶対そんなことはしない。

ルースに引き連れられ、火のついていないたいまつをかかげて庭へ出ていったわたしたちは、フランケンシュタインの怪物をさがしにゆく農夫の一団のように見えたことだろう。もっとも、わたしたちが大人っぽくふるまっていたというわけではない——わたしたちは、パーティーへ出かけるときのようにはしゃいでいたのだ。わたしたちは興奮し、ふざけあっていた。メグをべつにして。メグは真剣そのものだった。ウィリーはウーファーにヘッドロックをかけ、クルーカットにした頭をげんこつでぐりぐりした。ビッグスプラッシュで有名な体重二百七十キロの巨漢プロレスラー、ヘイスタック・カルホーンの試合でおぼえたプロレスの技だった。ドニーとわたしは、マーチングバンドの楽隊長コンビのようにたいまつを上下に動かし、ばかみたいにくすくす笑いながら、彼らのあとを並んで歩いていた。ルースは気にしていないようだった。

白樺のそばまで来ると、ルースはポケットからブックマッチをとりだした。

白樺の巣は大きかった。

「この巣はわたしが片づける」とルース。「よく見てるんだよ」

ルースはたいまつを火にかざし、炎がおちついて安全に扱えるようになるまで、しばらくそのまま持っていた。それでもかなりの火勢だった。「気をつけるんだよ」とルース。「さもないと、木を燃やしちまうからね」

ルースは、十五センチ下からたいまつで袋をあぶった。

袋が溶けはじめた。

燃えあがりはしなかった。発泡スチロールが溶けるように溶け、縮み、後退した。中身がぎっしり詰まっていたし、多層になっていたが、あっというまに小さくなった。

そしてとつぜん、のたうちまわるものが大量に落ちてきた。まるまると太った黒い毛虫だった――ぱちぱちと煙をあげていた。

毛虫たちの悲鳴が聞こえるかのようだった。

ひとつの巣だけで、無数の毛虫がいるにちがいなかった。袋のひとつの層が燃えると、つぎの層が炎にさらされ、さらに多くの毛虫が落ちてきた。毛虫は、黒い雨のようにわたしたちの足もとにふりそそぎつづけた。

そのときルースが主脈をさぐりあてた。

ソフトボールほどの大きさの生けるタールの塊があふれ出てきてたいまつの上に直接落ち、ばらばらになって落下した。おびただしい毛虫のせいでたいまつがぱちぱちと音を立て、つかのま消えそうになった。だがすぐに炎は勢いをとりもどし、たいまつにへばりついていた毛虫たちは焼け焦げて落ちた。

「うわあ！」とウーファァー。

ルースはウーファァーをじろりと見た。

「ごめんよ」とウーファァーは謝った。だが、目は大きく見開かれていた。

正直いって、仰天した。あのような殺戮を目《ま》のあたりにするのははじめてだった。ポーチの蟻など、これとは比べものにならなかった。蟻はちっぽけでとるにたりない生物だった。熱湯を浴びせると、その瞬間に丸まって死んでしまった。ところが、毛虫のなかには三センチ近いやつもいた。毛虫は身をよじり、のたうちまわった――死にたくないと思っているかのようだった。あたり一面毛虫だらけになっていた。ほとんどは息絶えていたが、まだ生きている毛虫も多く、そいつらは這って逃げようとしていた。

「こいつらはどうするの？」とわたしはルースにたずねた。

「ほっときな。すぐに死んじまうさ。さもなきゃ、鳥が片づけてくれる」とルースは笑った。

「あたしたちは、料理ができあがるまえにオーブンを開けたんだ。こんがりと焼けるまえにね」

「いまじゃ、こいつらがこんがり焼けてるのさ」とウィリー。

「石を持ってこようよ」とウーファー。「叩きつぶしてやる！」

「いっただろう、ほっときなって」とルースはまたしてもポケットに手を入れて、「ほら」とわたしたちにブックマッチを配りはじめた。「このあとも庭がそのまま残っているようにしておくれよ。それから、森まではいりこむ必要はないからね。森は自力でなんとかできるんだから」

わたしたちはブックマッチを受けとった。メグ以外は。

「わたしはだめ」とメグはいった。

「なんだって？」

ルースはマッチをさしだした。

「わたし……だめ。洗濯をすませちゃうわ。いいでしょう？　これは……まるで……」

メグは地面に、黒焦げになった毛虫が丸まり、生きのびた毛虫が這いまわっている地面に目を落とした。顔が真っ青になっていた。「だめ。わたしにはとても……」

ルースは笑った。「なにいってんだい。男の子たちを見てごらん。やってもらうよ」

ルースはあいかわらず笑顔だったが、だしぬけにこわばった笑みになっていた。わたしはぎょっとし、スーザンを叱った日のことを連想した。午前じゅう、メグにたいしていわば一触即発の状態だったのだが、わたしたちがそれに気づいていなかったのかもしれなかった。わたしたちはわれを忘れるほど興奮していたのだ。

「ごらん。これは女らしさについての教訓なのさ」とルースはわたしたちに歩みよった。「メグはおぞけをふるってる。これで女の子が、どんなふうにおぞけをふるうかわかったね？　レディはおぞけをふるう。つまりメグはレディなんだ。たしかにメグはレディだよ！」

嫌味の痛烈さで、ルースの怒りがはっきりとわかった。

「ということは、いったいぜんたい、あたしはどういう女なんだろうねえ、メギー。あんたはわたしをレディとみなしてないんだね？　レディはやらなきゃならない仕事をやらなくてもかまわないと思ってるんだね？　自分のくそったれな庭のくそったれな害虫を駆除しなくてかまわないって？」

メグは当惑していた。事態の急転回を考えれば、無理もなかった。

「そんな……」

「口ごたえをするんじゃないよ！　あたしは、自分の顔も満足にぬぐえないTシャツ姿のガキに、そんな当てこすりをいわれて黙ってる女じゃないんだ。わかったかい？」

「はい、わかりました」

メグは一歩あとずさった。

それでルースはいくぶんおちつきをとりもどしたらしく、息をついた。

「わかったよ。地下へ行きな。さっさと洗濯をすませちまいな。ほかにも仕事はあるんだからね」

「はい、わかりました」

メグは向きを変え、ルースは微笑んだ。

「男の子たちだけで始末できるさ」とルース。「そうだろう?」

わたしはうなずいた。一瞬、声を出せなかった。だれも口をきかなかった。メグを外すに際しての威厳と奇妙な〝公正さ〟に、わたしはじつのところルースになにがしかの畏敬の念をおぼえていた。

ルースはウーファーの頭をぽんと叩いた。

わたしはメグの様子をうかがった。メグは家へもどっていくところだった。うなだれながら、ルースにいわれた汚れをさがして顔を拭いていた。

ルースはわたしの肩に腕をもたせかけて、裏の楡《にれ》の木々のほうをむかせた。ルースのにおいがした――石鹸と灯油と煙草と清潔でみずみずしい髪のにおいが。

「男の子たちだけで始末できるさ」とルースはいった。このうえなく優しい声にもどっていた。

11

一時までに、わたしたちはチャンドラー家の庭の毛虫の巣という巣をたいまつであぶっていた。ルースのいったとおりだった――いまでは鳥たちが饗宴を開いていた。

灯油のにおいが鼻をついた。

腹ぺこで、〈ホワイト・キャッスル〉のハンバーガーを二、三個食べたくてたまらなかった。ボローニャ・サンドイッチで我慢することにした。

そして家へ帰った。

キッチンで手を洗ってサンドイッチをつくった。

母はリビングルームで鼻歌を歌いながらアイロンをかけていた。去年、父とバスでニューヨークへ観に行った『ザ・ミュージックマン』のオリジナル・キャスト・アルバムの曲だった。その直後、たぶんまたしても父の浮気のせいで騒動が持ちあがったのだった。父は浮気のチャンスに恵まれていたし、それを無駄にしたりしなかった。〈イーグルズ・ネスト〉というバー兼レストランの共同経営者だった父は、早い時間にも、遅い時間にも浮気をしていたのだ。

けれど、この瞬間、母はそれらすべてを忘れ、ハロルド・ヒル教授とその仲間たちとの楽しい思い出にひたっていたのだろう。

わたしは『ザ・ミュージックマン』が大嫌いだった。

しばらく自分の部屋にこもって、ページの隅を折ってある〈マカーブル〉と〈ストレンジャー・ザン・サイエンス〉をぱらぱらめくったが、どちらの雑誌にも興味をひかれなかったから、もう一度出かけることにした。

裏口から外へ出ると、メグがチャンドラー家の裏のポーチに立ってリビングルームの敷物の埃をふり落としていた。メグはわたしに気づいて手招きをした。

どちらに誠実であるべきか、つかのま、わたしは迷った。

もしもルースがメグをくそだと思っているのなら、それなりの理由があるのかもしれない。けれど、観覧車に乗ったときと〈大岩〉で会った朝のこともおぼえていた。

メグは敷物を注意深く鉄製の手すりに掛け、階段をおり、ドライブウェイを横切ってわたしのところへやってきた。顔の汚れは消えていたが、あいかわらず薄汚れた黄色いシャツを着、すそをまくりあげたドニーの古いバーミューダをはいていた。髪に埃がついていた。

メグはなにもいわずにわたしの腕をとり、彼女の家のわき、ダイニングルームの窓から死角になっているところへ導いた。

「わけがわからないのよ」とメグはいった。

メグが胸を痛めているのが、思い悩んでいるのがわかった。

「どうしてあの人たちはわたしを嫌うのかしら、デイヴィッド?」

思いもかけない言葉だった。「あの人たちって、チャンドラー家の人たちのこと?」

「ええ」

メグはわたしをじっと見つめていた。真剣だった。

「そんなばかな。きみを嫌ってなんかいないさ」

「いいえ、嫌ってるわ。だって、気にいってもらうために、ありとあらゆることをしてるのよ。いいつけられた以上の仕事をしてるし、話しかけて理解できるように、理解してもらえるように心がけてるのに、あの人たちは聞こうともしないの。まるで、わたしを嫌いたがってるみたいに。そのほうが都合がいいみたいに」

わたしは当惑した。メグが不平を訴えているのはわたしの友人たちだったからだ。

「それなら、きっとルースはきみに腹をたててるんだ。理由はわからないけど、虫の居所が悪かったのかも知れない。だけど、ほかのみんなはきみに腹をたてたりしてないさ。ウィリーとウーファーとドニーはきみに腹をたてたりしてないよ」

メグは首をふった。「あなたにはわかってないのよ。ウィリーとウーファーとドニーは腹をたてたりしてないわ。そうじゃない。そういうことじゃないの。彼らはわたしが見えないみたいにふるまうのよ。わたしがそこにいないみたいに。わたしなんかとるにたりないと思ってるみたいに。話しかけても、彼らは鼻を鳴らして歩いていってしまうの。かといって、わたしを見るときは……まともな見方じゃないのよ。わたしを見る目つきが。それにルースは……」

憤懣《ふんまん》をぶちまけはじめたメグを止めるすべはなかった。

「……ルースはわたしを憎んでるの！　わたしとスーザンの両方を。あなたは見てないから今度だけだと思うかもしれないけど、そうじゃないの。しょっちゅうなのよ。もう何日も一日じゅう働いてるのに、ルースを満足させられないの。なにひとつきちんと、ルースがやるようにできないの。ルースがわたしをばかで、怠け者だと思ってるのはわかってるの。それにぶさいくだって……」

「ぶさいく？」少なくともそれだけは、どう考えたってばかげていた。

メグはうなずいた。「これまでは、そんなこと、思ってもいなかったけど、いまでは、わからなくなっちゃった。デイヴィッド、あなたは生まれたときからあの家の人たちを知ってるようなものなんでしょ？」

「うん、そうだよ」

「だったら教えて。わたしがなにをしたっていうの？　夜、ベッドにはいって考えることといったら、そればっかり。わたしとスーザンは、いままでずっと幸せだったのに。あのね、わたし、ここに来るまでは絵を描いてたの。ときどき水彩画を描くくらいで、ぜんぜんたいしたことはなかったんだけど。絵がうまいなんて、思ってないのよ。だけど、ママはいつもほめてくれた。スーザンも、先生たちもほめてくれた。絵の具と絵筆は持ってきてるんだけど、もう絵を描く気にならないの。なぜだかわかる？　ルースがどうするか、なにをいうのかわかりきってるからなのよ。ルースはわたしの顔をじろっと見るだけに決まってるし、絵を描くなんてばかげた時間の無駄だってわかってるからなのよ」

わたしはかぶりをふった。わたしの知っているルースがそんなことをするはずはなかった。ウィリーとウーファーとドニーのふるまいがぎこちなくなってしまうのは理解できた――なんといってもメグは女の子だった。けれど、ルースはいつだってわたしたちによくしてくれていた。近所のほかの母親たちとちがって、いつでもわたしたちと長い時間を過ごしてくれた。ルースの家のドアは、つねに開かれていたのだ。ルースはわたしたちに、コークとサンドイッチとクッキーと、ときにはビールを渡してくれた。そんなはずはなかったし、メグにもそういった。

「まさか。ルースはそんなことしないさ。試してみなよ。ルースの絵を描いてあげるんだよ。ルースの水彩画を描くんだ。きっと喜んでくれるさ。ひょっとしたら、女の子の扱いかたがよくわからないのかもしれない。慣れるのに時間がかかってるだけかも。やってみなよ。絵を描いてあげるんだよ」

メグは思案した。

「だめ。やっぱりだめ」

つかのま、わたしたちは黙って立ちつくしていた。メグはふるえていた。なにがどうなっているにせよ、メグは冗談をいっているのではなかった。

わたしは名案を思いついた。

「それなら、ぼくを描いてよ。ぼくの絵なら描けるでしょ?」

アイデアが閃いていなかったら、秘密の計画がなかったら、そんなことを頼むだけの勇気は出せなかっただろう。しかし、このときはいいだせたのだ。

メグの表情がちょっぴり明るくなった。

「ほんとに描いてほしいの？」

「もちろん。描いてくれたらすごくうれしいよ」

メグがじっと見つめるので、わたしは視線をそらしてしまった。そのとたん、メグが微笑んだ。

「わかった。描くわ、デイヴィッド」

メグは、ほとんどいつものメグにもどっていた。ああ！　わたしはメグの笑顔が大好きだった。

そのとき、裏口のドアが開く音が聞こえた。

「メグ？」

ルースだった。

「もう行かなくちゃ」メグがいった。

メグはわたしの手をぎゅっと握った。メグの母親の結婚指輪を、その宝石の感触を感じた。顔が真っ赤になった。

「描くわ」とメグはいい、角を曲がって姿を消した。

12

メグはすぐさま絵にとりかかったにちがいなかった。翌日は一日じゅう雨ふりだったから、わたしは自分の部屋で、『ブライディー・マーフィーを探して』という催眠術で前世の記憶をとりもどした女性の本を読みながらラジオを聴き、あと一度でもおぞましいドメニコ・モドゥーニョが〈ボラーレ〉を歌ったら人殺しをしかねないと思っていた。そして夕食後、リビングルームで母とテレビを観ていたとき、メグが裏口をノックしたのだった。

母が立ちあがった。わたしもつづいて立ち、冷蔵庫からペプシを出した。

黄色のレインコートを着たメグが微笑んでいた。髪の毛からしずくがしたたっていた。

「ここで失礼しますから」とメグがいった。

「なにいってるの」と母が応じた。

「いえ、けっこうです」とメグ。「ミセス・チャンドラーからこれをことづかっただけなんです」

メグは母に、牛乳の容器がはいった濡れた茶色の紙袋を渡した。ルースと母は、なかよくしているとはいえなかったが、となり同士にはちがいなかったし、となり同士は貸し借りをするものだった。

母は紙袋を受けとって、会釈をした。「ミセス・チャンドラーにお礼をいっておいてちょうだい」

「わかりました」

そしてメグは社交辞令を切りあげ、わたしを見た。心からの笑みをうかべていた。

「それから、これはデイヴィッドに」

そしてわたしに絵を手渡した。

不透明で厚ぼったいトレーシングペーパーでくるんで、両端をテープでとめてあった。紙を透かして多少の色と線は見えていたが、形までは判別できなかった。

わたしがありがとうとかなんとか口に出せるようになるまえに、メグは「じゃあね」といって手をふり、雨のなかへもどってドアを閉めてしまった。

「まあ」と母が口を開いた。いまでは母も微笑んでいた。「いったいなにをくれたのかしら?」

「絵だと思うよ」

わたしは、片手にメグの絵、片手にペプシを持ってその場に立っていた。母がなにを考えているのかはわかっていた。

母が考えていることのなかには、〝かわいい〟という言葉が含まれているはずだった。

「開けて見たら?」と母。

「うん、そうだね。そうする」

わたしはペプシを置き、母に背中をむけて、テープをはがしはじめた。そしてトレーシングペーパーをとりさった。

母が肩ごしに覗いているのがわかったが、とつぜん、そんなことは気にならなくなった。

「うまいわねえ」と母は驚いた。「ものすごく上手じゃない。たいしたもんだわ」

たしかにうまかった。わたしは美術評論家ではなかったが、そうでなくてもわかった。インクで描いてあったが、太く大胆な線もあれば、ごく細い線もあった。色は淡くしかついていなかった——かろうじて見分けられる程度の色だったが、紙の地があちこちに残っているおかげで明るい夏の陽ざしの感じがよく出ていた。生き生きとしていたし真に迫っていた。

その絵に描かれているのは小川と少年だった。少年は、木々と大空に囲まれ、大きな平たい岩で腹這いになって川面を見おろしていた。

13

額をつくってもらうために、わたしはその絵を〈ドッグハウス〉へ持っていった。〈ドッグハウス〉は、もともとペットショップだったのだが、いまでは趣味一般の店になっていた。ショーウィンドウにはビーグル犬の子犬が展示されていたが、奥では魚や亀や蛇やカナリアのあいだで、弓矢や〈ワム・オー〉のフラフープや模型や額縁も売っていたのだ。店主は、絵を見て、「悪くないね」といった。

「明日までにできますか？」

「ばかいってんじゃないよ」と店主はいった。店にはひとりの客もいなかった。十号線沿いにできた〈2ガイズ・フロム・ハリスン〉のチェーンストアがこの店の客を奪っていた。「今日じゅうにできるさ。四時半ごろ来てくれ」

わたしは十五分前の四時十五分に店へ行ったが、額はできていた。マホガニーふうに着色した松材製のすてきな額だった。店主は茶色の紙に包装してくれた。

わたしの自転車のうしろのふたつのかごの一方にぴったりあった。

家に帰ってすぐに夕食の時間になったので、ポットローストとサヤインゲンとグレーヴィーソースをかけたマッシュポテトを食べ、そのあと生ゴミを出さなければならなかった。

それからやっと出られた。

テレビからは、いちばん嫌いなドラマ、『パパは何でも知っている』のテーマが鳴り響き、キャシーとバドとベティが、にこにこ笑いながら十億回めの階段をおりてきた。フランクフルトと豆とザウアークラウトのにおいがした。ルースは、椅子に腰かけ、両脚をクッションに載せていた。ドニーとウィリーはソファに並んで寝そべっていた。ウーファーは、耳が悪いのかと疑いたくなってしまうほどテレビの間近で腹這いになっていた。スーザンはダイニングで背もたれがまっすぐな椅子に座ってテレビを眺め、メグは皿洗いをしていた。

スーザンが微笑みかけてくれた。ドニーは黙って手をふっただけで、テレビに目をもどした。

「ちぇっ」とわたしはいった。「全員無視か」

「なに持ってきたんだ?」とドニーがたずねた。

「おまえがほしがってたマリオ・ランツァのレコードさ」

ドニーは笑った。「げっ」

それで、ルースもわたしのほうをむいた。

わたしはその機会を逃さなかった。

キッチンの水音がやんだ。ふりむくと、メグがエプロンで両手を拭きながらこっちを見ていた。わたしはメグに微笑みかけたが、彼女はおそらく即座にわたしの意図を見抜いたのだと思う。

「ねえ、ルース」

「え、なんだって？　ラルフィー、テレビを小さくしておくれ。それでいい。なんだい、デイヴィッド？」

　わたしはルースのそばまで歩いていった。肩ごしにメグを一瞥した。ダイニングを通ってわたしのほうへ歩いてくるところだった。首を左右にふっていた。口は、声に出さない「だめ」の形になっていた。

　問題はない。恥ずかしがっているだけだ。ルースに絵を見せれば、わかってくれるはずだ。

「ルース」とわたしは声をかけた。「これはメグからのプレゼントなんだ」

　わたしは絵をルースにさしだした。

　ルースはまずわたしに、それからメグに微笑んで、絵を受けとった。ウーファーが『パパは何でも知っている』の音量を絞っていたので、ルースがごわごわする茶色の紙を開けるときのばりばりという音が聞きとれた。紙が落ちた。ルースは絵を見つめた。

「メグ！」ルースはいった。「これを買う金はどうしたんだい？」

　ルースが感心しているのがわかった。わたしは笑った。

「お金がかかったのは額だけだよ。メグがルースのために描いたのさ」

「メグが？　あたしのために？」

　わたしはうなずいた。

ドニーもウーファーもウィリーもまわりに集まって絵を眺めた。

スーザンも椅子をすべりおりた。「まあ、きれい」

わたしはメグをちらりと見た。あいかわらずダイニングで、希望と不安をたたえた表情でたたずんでいた。

ルースは絵を見つめた。やけに長いあいだ見つめているように思えた。

そしてルースは口を開いた。「いいや、そうじゃない。わたしのために描いたんじゃないね。からかわないでおくれ。メグはあんたのために描いたのさ、デイヴィッド」

ルースは微笑んだ。どういうわけか、おかしな微笑みに思えた。そのとたん、わたしも不安になりはじめた。

「これをごらん。岩の上の男の子だ。もちろん、メグはあんたのために描いたんだよ」

ルースは絵をわたしに返した。

「いらないね」

わたしは困惑した。ルースが絵を突き返すなんて、思ってもいなかった。一瞬、頭のなかが真っ白になった。わたしは手にした絵を見おろしながら立ちつくしていた。美しい絵だった。

わたしは説明しようとした。

「だけど、メグはほんとにルースにあげようと思って描いたんだよ。嘘じゃないんだ。メグから聞いたんだよ。メグはあなたにあげたいっていってたけど、恥ずかしがり屋だから……」

「デイヴィッド」

わたしをさえぎったのはメグだった。そしてわたしはいっそう困惑した。メグの声は、警告を発しているような堅い調子だったからだ。

わたしはほとんど腹をたてた。ここでこうして、くだらない騒動に巻きこまれているというのに、メグは切り抜けるための手助けをしようとしなかったからだ。

ルースがまたしてもにっこりと微笑んだ。そしてウィリーとウーファーとドニーを見やった。

「ひとごとじゃないんだよ、みんな。おぼえておきな。大切なことだからね。おまえたちが女に親切にすれば――その女はおまえたちにありとあらゆるいいことをしてくれる。いま、デイヴィーはメグに親切にして、絵をもらった。すてきな絵だ。あんたはこれをもらったんだろ、デイヴィー？　つまり、あんたがもらったのはそれだけなんだろうね？　あんたはまだちょっとばかり小さすぎるけど、わかったもんじゃないからね」

わたしは赤面しながら笑った。「やめてよ、ルース」

「冗談じゃないさ。実際、わかったもんじゃないんだから。若い娘なんてちょろいもんなのさ。それが問題なんだよ。ちょっとした約束をしてやるだけで、たいていはなんだって手にはいるんだ。あたしには実体験があるのさ。おまえたちの父親を見てごらん。ウィリー・シニアを見てごらん。あたしたちが結婚したとき、あの男は会社を経営してた。牛乳配達のトラックを何台も持ってた。一台からはじめて、そこまで会社を大きくしたんだ。あたしが、戦時中にハワード・アヴェニューでやってたみたいに会計を助けるはずだった。戦争中は、あたしがあの工場を切りまわしてたのさ。あたしは、あたしが子供のころのモリスタウンの実家以上に金持ちになれるはずだった。実家もそうとうな金持ちだったんだけどね、実際の話。それなのに、いったいなにが手にはいった？　なんにも手にはいらなかったんだ。なにひとつ。ひとり、またひとり、またまたひとりって具合に子供を産ませただけで、あのごりっぱなアイルランド野郎は蒸発しちまった。そしてあたしは、腹を減らした子供を三人食わしていかなきゃならないってのに、そのうえふたりもひきとらなきゃならなくなったんだ。

いいかい、若い娘はばかだ。若い娘はちょろいんだよ。骨の髄までいいカモなのさ」

ルースはわたしの横を通り過ぎてメグのまえで足をとめた。メグの肩に腕をまわしてから、わたしたちのほうにむきなおった。

「その絵はあんたがもらっときな」とルースはいった。「おまえがデイヴィッドのために描いたのはわかってるんだ。言い訳はよしな。だけど、わたしが知りたいのは、その絵でいったいなにを手に入れようとしたのかってことなんだよ。この男の子が、いったいなにをくれると思ったんだい？　なるほど、デイヴィーはいい子さ。実際、たいていの男の子よりいい子だ。だけど、いいかい――なにもくれやしないんだよ！　そう思ってるなら、がっかりするはめになるからね。

ようするに、あたしがいってるのは、あんたがデイヴィーに与えたのはあの絵だけだといいし、こんりんざいほかのものを与えるのはやめたほうがいいってことなんだ。あんたのためを思っていってるんだよ。なぜって、あんたはもう男がほしがるものを持ってるんだし、それはやくたいもない芸術作品なんかじゃないからなのさ」

顔がふるえはじめるのが見分けられたので、メグが泣きそうになっているのがわかった。この顚末と同じくらい意外だったのは、わたしが笑いをこらえていたことだ。ドニーも同じだった。なにもかもが奇妙だったし、ある程度は緊迫していたが、ルースが芸術作品についていったことは愉快だった。

ルースはメグの肩にまわした腕に力をこめた。

「もしもあんたが男たちに男たちがほしがってるものを与えたとしたら、あんたはふしだらな女になっちまうんだよ。ふしだらってわかるかい？　スーザン、あんたはどうだい？　わかるわけがないね。あんたはまだ小さいからね。ふしだらな女っていうのは男に脚を開く女のことだよ。単純だろ？　つっこみやすいようにそうするのさ。ウーファー、にやにやするんじゃないよ。

ふしだらな女は鞭《むち》で打たなきゃならない。この町のだれに聞いたって賛成するはずさ。だから、注意して聞くんだよ、メグ。この家でふしだらな真似をしたら、あんたの尻はルースの芝刈り機の芝になるんだからね」

ルースはメグを放し、キッチンへ歩いていき、冷蔵庫を開けた。

「だれか」とルースはいった。「ビールを飲むかい？」

ルースは絵を指さした。

「どのみち陰気な絵だね。そう思わないかい？」そういって、六本入りパックに手をのばした。

14

当時はビール二本が限界だった。わたしはけだるいけれども高揚した気分で家にもどった。いつものように、両親には黙っているように約束させられたが、そんな必要はなかった。両親にばらすくらいなら、指をちょん切るほうがましだった。

その夜、ルースの演説のあとはなにも起こらなかった。メグはしばらくバスルームにこもっていたが、もどってきたときはなにごともなかったような様子だった。目に涙をうかべてもいなかった。無表情で、なにを考えているのかわからなかった。わたしたちは『ダニー・トーマス・アワー』を見、ビールを飲み、CMのあいだにウィリーとドニーと土曜日にボーリングへ行く約束をした。メグのまなざしをとらえようとしたが、メグはわたしのほうを見ようとしなかった。ビールを飲み終えると、わたしは家へ帰った。

絵は、わたしの部屋の鏡の横にかけた。

だが、奇妙な感覚は消えなかった。ふしだらという言葉ははじめて聞いたが、意味はわかった。母から失敬した『ペイトン・プレース物語』という本を読んだことがあったからだ。エディの妹のデニースはまだ小さすぎて無理なのだろうか、とわたしは考えた。わたしは裸で木に縛りつけられたデニースを、彼女のずんぐりして、すべすべで、柔らかい乳首を思いだした。泣いていた、笑っていた――ときには泣きながら笑っていたデニースを。両脚のあいだの閉ざされた肉を。

そしてメグに思いをはせた。

ベッドに横になりながら、人を傷つけるのはあんなに簡単なんだ、と考えた。からだを傷つける必要はないんだ。相手が大切にしているものを思いきり蹴飛ばすだけでいいんだ。ぼくにだって、その気になればできるんだ。

人間はなんて傷つきやすいんだろう。

わたしは両親のことを、両親がやっていることを、両親がどんなふうに蹴飛ばしあっているかを考えた。いまではあまりにもそれがしょっちゅうなので、たとえその真っ只中にいても、どちらのことも気にかけないでいられるようになっていた。

たいていは些細な事柄だったが、両親はそれを積み重ねていた。

その夜は眠れなかった。両親の寝室はとなりの部屋だった。父親の鼻息が聞こえた。わたしは起きあがってコークを飲みにキッチンへ行った。そのあとリビングルームへ行き、ソファに腰かけた。明かりはつけなかった。

とうに真夜中を過ぎていた。

夜になっても暑かった。そよとも風が吹いていなかった。いつものごとく、両親は窓を開けっ放しにしていた。

スクリーンドアごしに、チャンドラー家のリビングルームがよく見えた。電灯がまだあかあかとついていた。やはり窓が開いていたので、声が聞こえた。ほとんど聞きわけられなかったが、だれがしゃべっているのかはわかった。ウィリー。ルース。そしてメグ。それからドニー。ウーファーまでまだ起きていた——女の子のようなかん高い笑い声が聞こえる。

それ以外の全員が、なにやらわめいていた。

「……男のためさ！」とルースがどなったのがわかった。そのあとのルースの声は、またしても声と物音のごた混ぜに紛れてしまった。

メグの姿がリビングルームの窓枠のなかにもどってきた。指さしながらどなっていた。全身を怒りにこわばらせ、ふるわせていた。

「そんなこと、ぜったいにさせないから！」メグがそういっているのがわかった。

するとルースが、わたしには聞きとれないほど低いが、うなり声のように聞こえる口調でなにかいった。わかったのはそれだけだった。するとメグが、とつぜん、くずおれてうずくまった。メグは泣いていた。

そして、手がのびてメグを平手打ちした。

その勢いでメグはうしろへ飛ばされ、窓から見えなくなった。

ウィリーが前進しはじめた。

メグのほうへ。ゆっくりと。

獲物を追っているかのように。

「そこまでにしときな！」というルースの声が聞こえた。ウィリーに、それ以上メグにかまうな、と命じたのだろう。

一瞬、全員の動きがとまったように思えた。

それからしばらく、窓のまえを人影がふわふわと行き来した。だれもがむっつりと不機嫌そうだった。ウィリーとウーファーとドニーとルースとメグが、床からものを拾ったり、椅子を並べなおしたりしながらゆっくりと動いていた。それからあとは、どなり声も話し声も聞こえなかった。姿が見えないのはスーザンだけだった。

わたしは座ったまま見ていた。

明かりが消えた。寝室のぼんやりとした明かりがついていたが、それだけだった。その明かりも消え、家はうちと同じように真っ暗になった。

15

そのつぎの土曜日、ケニー・ロバートスンは第十フレームで七番ピンをはずし、簡単なスペアをとりそこなって百七点で終わった。ケニーは痩せっぽちだったが、全体重を乗せて思いきりボールを投げすぎるきらいがあった。ケニーは父親の——その日は彼にそれほどの幸運をもたらさなかった——ラッキー・ハンカチで額をぬぐいながらもどってきた。

ケニーは、スコアカードをつけているわたしとウィリーのあいだに腰をおろした。ドニーを見ると、いつものごとく、二番めの矢印の左の位置についたところだった。

「あのこと、まだ考えてるの？」とケニーがたずねた。「ほら、メグを〈ゲーム〉仲間にするかどうかだけどさ」

ウィリーがにやっと笑った。いい気分だったのだろう。ウィリーは百五十点を越える勢いだったが、そんなことはめったになかった。彼はかぶりをふった。

「おれたちは新しい〈ゲーム〉をはじめたのさ」とウィリーはいった。

第三部

16

チャンドラー家に泊まった夜、ふざけあうのに飽き、ウーファーが寝てしまうと、わたしたちは無駄話をした。

話をするのは、ほとんどドニーとわたしだった。ウィリーにはたいして話題がなかったし、気のきいたこともいえなかった。でも、ドニーは頭の回転が速かったし、さっき述べたように親友にいちばん近い存在だったから、わたしたちは話をした——学校や女の子、『アメリカン・バンドスタンド』に出演した男の子たち、セックスという尽きせぬ謎、ラジオで聴いたロックンロールの歌詞のほんとうの意味などについて、夜がふけるまで語りあった。

夢や希望、ときには悪夢について話をした。

話の口火を切るのはいつだってドニーで、最後まで話しているのはわたしだった。へとへとになるほど話し疲れてからしばらくすると、ベッドの上の段から身を乗りだして、たとえば、おい、なんとかいえよ、と声をかけると、ドニーは眠ってしまっているのだ。ひとり残されたわたしは、なんとなくものたりない気分のまま、ときには夜明けまでもの思いにふけるのだった。わたしは、いったんなにかが気になるといつまでもこだわってしまい、それをなかなか忘れられなくなってしまうたちだった。

いまでもそれは変わっていない。


いまではそれがひとり言になっている。会話はしない。だれとベッドをともにしていても。わたしの心はときに悪夢へすべり落ちるが、それを分かちあったりはしない。わたしは、当時なりかかっていた性格にすっかりなりきっているのだ——完璧な自己防衛的性格に。

そうなるきっかけは、七歳のころ、母がわたしの部屋にはいってきたことだったのかもしれない。わたしは眠っていた。母はわたしを起こして、「パパと別れるつもりなの」といった。「だけど、心配しなくていいのよ。あなたは連れていくつもりだから。あなたを残していったりしないから。ぜったいに」そして七歳から十四歳まで、わたしは覚悟を決めながら待ちつづけ、両親のどちらとも打ち解けられないようになっていってしまったのだ。

それがきっかけだったと思う。

けれども、七歳から十三歳までのあいだに、ルースの件があった。メグとスーザンの件があった。あれがなければ、母との会話は、ひょっとしたらわたしによい影響をおよぼしたのかもしれない。いざというときの、ショックと混乱を軽減してくれたのかもしれない。子供は立ち直りが早いものだからだ。すぐに信頼と分かちあいの精神をとりもどすものだからだ。

わたしの場合はそうならなかった。そしてそれは、このあとに起きた出来事の、わたしがしたこととしなかったことのせいだったのだ。


最初の妻のイヴリンは、夜、ときどき電話をかけてきてわたしを起こす。

「子供たちは元気？」と彼女はたずねる。おびえきった声で。

わたしたちのあいだに子供はなかった。イヴリンとわたしのあいだには。

イヴリンは、ひどい鬱状態と不安が原因で入退院を何度もくりかえしているが、彼女の妄想はいまだにわたしをぞっとさせる。

なぜなら、イヴリンには話していないからだ。ほのめかしてもいないのだ。

どうしてわかったのだろう？

寝言をいったのだろうか？　ある夜、わたしはイヴリンに告白したのだろうか？

それとも、わたしの秘密——わたしたちが子供をつくらなかったほんとうの理由——を感じとったにすぎないのだろうか？　わたしがどうしても同意しなかったそのわけを？

イヴリンの電話は、頭の上でかん高い鳴き声をあげながら飛びまわる夜の鳥のようなものだ。やってくるのはわかっている。けれども、いざやってくると、やはりぎょっとしてしまうのだ。

肝をつぶしてしまうのだ。

子供たちは元気？

イヴリンを刺激してはいけないことは、とっくのとうに学んでいる。ああ、イヴリン、とわたしは彼女にこたえる。元気だよ。安心して眠れよ、とわたしはいう。

だが、子供たちは元気ではない。
元気になることはない。

17

わたしは裏のスクリーンドアをノックした。

返事はなかった。

スクリーンドアをあけ、なかにはいった。

すぐに笑い声が聞こえた。一方の寝室からだ。メグはかん高く笑い、ウーファーはヒステリックにげらげら笑っていた。ウィリー・ジュニアとドニーの笑い声は、もっと低くて男っぽかった。

わたしはそこにいてはいけないことになっていた——外出を禁止されていたのだ。わたしは、父からクリスマス・プレゼントにもらった模型のB52戦略爆撃機の模型を組み立てていた。だが、右翼の車輪がどうしてもうまくはまらなかった。三度か四度はめようとしたあと、車輪をひきはがし、模型を蹴飛ばして寝室のドアにぶつけ、ばらばらにしてしまった。やってきた母に大目玉を食い、禁足をいいわたされたのだ。

母はいま買い物に行っていた。少なくともいまのところ、わたしは自由だった。

わたしは寝室にむかった。

メグは寝室の、窓のわきの隅に追いつめられていた。

ドニーがふりむいた。

「よお、デイヴィッド！　くすぐったがりなんだ！　メグはくすぐったがりなんだよ！」

そしてつぎの瞬間、打ちあわせずみの合図があったかのごとく、彼らはいっせいにメグの脇腹を狙ってとびかかった。メグは身をよじりながら彼らを押しのけようとした。そしてからだをふたつに折ると、笑いながら両肘をおろして脇腹を守った。赤毛の長いポニーテールが揺れていた。

「やっちゃえ！」

「くすぐっちゃえ！」

「行け、ウィリー！」

見わたすと、スーザンがベッドに腰かけていた。スーザンも笑っていた。

「痛っ！」

ぴしゃりという音が響いた。わたしは顔をあげた。

メグは片手で胸をおおっていたし、ウーファーはみるみる赤くなる頬を手で押さえながら泣きそうになっているのがわかった。ウィリーとドニーは遠巻きにしていた。

「なにすんだよ！」

ドニーはかんかんになっていた。自分がウーファーを殴るのはかまわなかったが、他人が殴るとなると気にさわるのだった。

「てめえ！」とウィリー。

ウーファーはメグの頭のてっぺんにぎこちなく平手を飛ばしたが、あっさりかわされてしまった。ウーファーはあらためて手を出そうとはしなかった。

「どうしてあんなことしたんだよ？」

「あの子がなにをしたか見たでしょ！」

「なにもしてないじゃないか」

「つねったのよ」

「それがどうした」

ウーファーはもう泣いていた。「ぶっ、ぶったんだ！」とウーファーはわめいた。

「ええ、ぶったわよ」とメグ。

「おまえだってぶたれたら嫌だろ」とウーファー。

「知っ、知ったこっ、こっちゃないわよ。あんたたちのことなんて知るもんですか」メグはウィリーを押しのけ、彼らのあいだを抜け、わたしのまえを通り過ぎて廊下を歩いていき、リビングルームへはいった。玄関のドアがばたんと閉まる音が聞こえた。

「くそ女め」とウィリーはスーザンにむきなおった。「おまえのねえちゃんはくそったれだよ」

スーザンはなにもいわなかった。だが、ウィリーが近よってくるのを見て、たじろいだのがわかった。

「見ただろ、あれ」

「見てなかったんだ」とわたしはこたえた。ウーファーは鼻をすすった。顎が鼻水まみれになっていた。

「殴ったんだ！」とウーファーは叫んだ。それから、彼もわたしのまえを通り過ぎていった。

「ママにいいつけてやる」とウィリー。

「おれも行くよ」とドニー。「メグがなんの罰も受けないなんて許せないからな」

「ふざけてただけなのに」

ドニーがうなずいた。

「本気で叩きやがった」

「たしかにウーファーはメグのおっぱいに触ったさ」

「それがどうした。ただの冗談だったんだぞ」

「あざができそうなくらい力をこめやがった」

「これからあざになるかもしれないぞ」

「とんでもない女だ」

部屋にはぴりぴりするようなエネルギーが充満していた。ウィリーとドニーは閉じこめられた雄牛のようにうろうろ歩きまわっていた。スーザンがベッドからすべりおりた。歩行補助具が、がしゃんという鋭い金属音をたてた。

「どこへ行くんだ？」とドニーが問いただした。

「メグの様子を見にいきたいの」とスーザンがおだやかにこたえた。

「メグなんかほっとけ。おまえはここにいろ。あいつがなにをしたか、見ただろ？」

スーザンはうなずいた。

「よし。メグはこれから罰を受けるんだ、わかるな？」

ドニーは意をつくして語っているように思えた。まるで血のめぐりの悪い妹になにかを辛抱強く説明している兄のようだった。

「それなら、おまえはメグの肩を持って、いっしょに罰を受けたいのか？　権利を奪われたいのか？」

「いいえ」

「それならここにいるんだ、いいな？」

「はい」

「この部屋にだぞ」

「はい」

「ママをさがしに行こうぜ」ドニーはウィリーにいった。

わたしは彼らについて寝室からダイニングを抜け、裏口から外へ出た。

ルースはガレージの裏でトマト畑の雑草を抜いていた。色あせ、くたびれ、大きすぎるドレスをウエストできつく締めていた。深いU字型の襟ぐりが大きくあいていた。

ルースはぜったいにブラジャーをつけなかった。見おろす形になっていたので、ほとんど乳首まで乳房が見えた。小さくて青白い乳房が、ルースがからだを動かすたびにふるえる。気づかれるのではないかと心配で、何度も目をそらそうとしたが、わたしの目はコンパスの針、ルースの乳房は真北のようだった。

「メグがウーファーを殴ったんだ」とウィリー。

「殴った？」ルースは気にかけていないように見えた。草とりをつづけていた。

「平手打ちしたんだ」とドニー。

「どうして？」

「みんなでふざけあってたんだ」

「みんなでメグをくすぐってたんだ」とウィリー。「そうしたら、メグがウーファーの顔を思いきりはたいたのさ。いきなりだったんだよ」

ルースは雑草をひとまとめに引っこ抜いた。乳房が揺れた。鳥肌がたっていた。わたしは魅せられていた。ルースがこっちをむいたので、すんでのところで目と目をあわせた。

「あんたもかい、デイヴィー？」

「え？」

「あんたもメグをくすぐってたのかい？」

「ううん。ちょうど来たところだったんだ」

ルースは微笑んだ。「しかってるんじゃないんだよ」

ルースは、いったん両膝をついてから立ちあがると、汚れた作業手袋を脱いだ。

「メグはどこだい？」

「知らない」とドニー。「走って外へ行っちゃったんだ」

「スーザンは？」

「寝室にいるよ」

「スーザンはぜんぶ見てたのかい？」

「うん」

「わかった」

ルースは芝生を横切って家へむかい、わたしたちはそのあとにしたがった。ポーチにのぼると、骨張っていてほっそりした両の手を尻でぬぐった。ショートカットにした茶色の髪をたばねていたスカーフを解き、頭をひとふりして髪をほぐした。

　母が買い物から帰ってくるまでにあと二十分はあるだろうと踏んでいたので、わたしもなかへはいった。

　わたしたちはルースのあとから寝室へはいった。スーザンは、ベッドの、わたしたちが出ていったときとまったく同じ位置に座って雑誌を読んでいた。一方のページにリズとエディ・フィッシャー、もう一方のページにデビー・レイノルズの写真が載っていた。エディとリズは幸せそうに、デビーは不機嫌そうに見えた。

「スーザン、メグはどこだい？」

「わかりません。行っちゃったんです」

ルースはスーザンのとなりに腰をおろし、彼女の手をぽんと叩いた。

「一部始終を見てたって聞いたけど、ほんとかい？」

「はい。ウーファーがメグにさわって、メグがウーファーをぶったんです」

「さわった？」

スーザンはうなずき、国旗にたいして忠誠を誓っているかのように、骨と皮ばかりの小さな胸に片手をあてた。「ここに」

ルースはしばし見つめるばかりだった。

それから、「あんたはとめようとしたのかい？」

「メグをっていう意味ですか？」

「ああ。ラルフィーを殴るのをとめようとしたのかい？」

スーザンはとまどった。「無理でした。あっというまだったんです、ミセス・チャンドラー。ウーファーがさわったとたん、メグがぶったんです」

「とめようとするべきだったね」ルースはふたたびスーザンの手を軽く叩いた。「メグはあんたのねえさんなんだから」

「はい」

「顔を殴るっていうのは、大怪我をさせかねない、大変なことなんだよ。手もとが狂って鼓膜を破ったり、目に指をつっこんでもおかしくないんだ。危険なふるまいなんだよ」

「はい、ミセス・チャンドラー」

「ルース。いっただろ、ルースだよ」

「はい、ルース」

「それなら、そんなふるまいに知らん顔をきめこむことがなにを意味するかはわかるね？」

スーザンはかぶりをふった。

「同罪なんだよ、べつになにかをしたわけじゃなくても。共犯者同然なのさ。わかるね？」

「わかりません」

ルースはため息をついた。「もう一回説明するよ。おまえはねえさんを愛してるんだろう？」

スーザンはうなずいた。

「愛しているから、おまえはメグがあんなことをしても許すんだろう？　ラルフィーを叩いたって」

「メグは怪我をさせようとしたわけじゃありません。かっとなっただけなんです！」

「もちろんそうだろうさ。で、おまえはメグを許すんだね？」

「ええ、まあ」

ルースは微笑んだ。「それなら、それが大まちがいだってことがわかるはずだろう！　だからおまえは知らん顔をきめこんだっていうんだ。メグはよからぬふるまいをした。悪いことをしたんだ。それなのにおまえは、愛しているというだけでメグを許してる。それもやっぱり、悪いおこないなんだよ。同情はやめな、スージー。メグがおまえのねえさんかどうかなんて関係ない。正義は正義。きちんとした人間になりたいならおぼえておくんだね。さあ、ベッドからおりたら、ドレスをまくりあげてパンツをおろしな」

スーザンはルースを凝視していた。目を見開いたまま凍りついていた。

ルースはベッドから離れた。ベルトをはずした。

「さあ」とルース。「自業自得なんだ。ぐるになるというのがどういうことか教えてやる。メグはここにいないから、報いを受けさせることはできない。おまえの分の報いは、メグ、そんなことやめな、と――ねえさんだろうがなかろうが――いわなかったことだ。正義は正義さ。そしてメグの分の報いは、そもそもそんなことをしたことだ。さっさとこっちへ来な。それともひきずりよせなきゃならないのかい？」

スーザンは見つめるばかりだった。動けないようだった。

「そうかい」とルース。「反抗の罪が加わったね」

ルースは手をのばし、ぎゅっと――乱暴にとはいえないまでも――スーザンの腕をつかんで、ベッドからひきおろした。スーザンは泣きべそをかいていた。補助具ががちゃがちゃと音をたてた。ルースはスーザンの向きを変え、ベッドのほうをむかせてまえかがみにさせた。そして、フリルのついた赤いドレスのうしろをまくりあげ、ウエストバンドにたくしこんだ。

ウィリーは笑いながら鼻を鳴らした。ルースが彼をじろっと見た。

ルースは小さな白いコットンのパンティを下げ、足首を支える補助具の上までおろした。

「知らん顔をした罰に五回、メグの分を十回。それから、反抗の分が五回。ぜんぶで二十回だよ」

いまやスーザンはほんとうに泣いていた。泣き声が聞こえた。頬をつたう涙が見えた。わたしはだしぬけに恥ずかしくなり、あとずさりで戸口から部屋を出ようとした。ドニーもそうしたがっているような雰囲気を漂わせていた。だが、ルースはわたしたちの様子に気づいたにちがいなかった。

「そこにいるんだよ、みんな。女の子は泣くもんだ。どうしようもないのさ。だけど、これはスーザン自身のためだし、あんたらがこの場にいるのも罰のひとつなんだ。ここにいてもらいたいね」

ベルトは薄い布で、革ではなかった。あれなら、たいして痛くないかもしれないな、とわたしは安心した。

ルースはそれをふたつ折りにして、頭の上までふりあげた。しゅっと音をたててふりおろした。

ピシッ。

スーザンはあえぎ、大声で泣き叫びはじめた。

スーザンの背中はルースの乳房と同じくらい白く、プラチナ色の細く柔らかいうぶ毛でおおわれていた。いまはうぶ毛もふるえていた。左尻のくぼみの近くに赤く盛りあがっている部分があった。

わたしは、またしてもベルトをふりかざしたルースを見やった。くちびるを堅く結んでいた。それ以外は無表情だった。集中していた。

ベルトがふたたびふりおろされ、スーザンがわめいた。

つづけざまに、三度め、そして四度め。

スーザンの尻は、もはや赤いまだら模様になっていた。

五度め。

スーザンは涙と鼻水で喉を詰まらせかけており、しゃくりあげて泣いていた。

ルースはいっそう力をこめてベルトをふるっていた。わたしたちは思わずあとずさった。

わたしは勘定した。六。七。八。九。十。

スーザンは両脚をけいれんさせていた。ベッドスプレッドを握りしめているこぶしの指関節が白くなっていた。

あんな泣き声を聞くのははじめてだった。

逃げろ。わたしは考えた。そうとも！　ぼくだったらぜったいに逃げだしてる。

だが、もちろんスーザンは逃げられなかった。その場に鎖でつながれているも同然だった。

そしてそのことが、〈ゲーム〉を連想させた。

いまルースは、とわたしは考えた。〈ゲーム〉を楽しんでるんだ。なんてこった。そして、ベルトがふりおろされるたびに顔をしかめていたにもかかわらず、どうしてもその連想をふりはらえなかった。その思いつきに仰天していた。大人が。大人が〈ゲーム〉をしてる。まったく同じというわけじゃないけど、そっくりだ。

そしてとつぜん、それほど禁断の遊びには思えなくなった。罪悪感が薄れていった。だが興奮は残った。爪がてのひらに食いこむのがわかった。

わたしは数えつづけた。十一。十二。十三。

ルースの上唇と額に小さな汗の玉がうかんでいた。機械的に腕をふりおろしていた。十四。十五。腕があがった。ベルトがなくなってぶかぶかになったドレスの下で、腹が上下しているのがわかった。

「うわあ！」

十六。

ウーファーがわたしとドニーのあいだからこっそり部屋にはいってきた。

ウーファーは、スーザンの、歪み、真っ赤になった顔を見つめた。「うわあ」ともう一度いった。

わたしには、ウーファーが、わたしと同じことを考えているのがわかった。わたしたち全員と同じことを考えているのが。

体罰はこっそりおこなわれていた。少なくともうちではそうだった。わたしの知るかぎり、だれの家でもそうだった。

これは体罰ではなかった。〈ゲーム〉だった。

十七。十八。

スーザンは床にくずおれた。

ルースはかがみこんだ。

スーザンはすすり泣いていた。華奢《きゃしゃ》なからだ全体をひくひくふるわせていた。補助具が許すかぎり、両膝を胸にぎゅっとかかえこんでいた。

ルースは荒い息をついていた。スーザンのパンティをあげた。スーザンをふたたびベッドの上へひっぱりあげ、横向きに寝かせ、両脚の上でドレスをのばした。

「もういいよ」とルースはやさしくいった。「ここまでにしとこう。ゆっくり休みな。二発は貸しにしとくよ」

それからつかのま、わたしたち全員が、くぐもったすすり泣きを聞きながらその場で立ちつくしていた。

となりの家に車がとまる音が聞こえた。

「くそっ！」とわたしは毒づいた。「ママだ！」

わたしはリビングルームを走り抜け、チャンドラー家の勝手口から外へ出て、生け垣ごしに覗いた。母はガレージに車を入れ終えていた。ステーションワゴンの後部を開け、かがみこんで、〈A&P〉というスーパーマーケットの店名入りの袋を持ちあげているところだった。

わたしはドライブウェイを全速力で走って玄関へたどり着くと、階段を駆けあがって自分の部屋にはいった。雑誌を開いた。

裏口のドアが開く音が聞こえた。

「デイヴィッド！　おりてきて、買い物を運ぶのを手伝ってちょうだい！」

ドアがばたんと閉じた。

わたしは車のところへ行った。母は不機嫌な顔でつぎからつぎへとわたしに袋を渡した。

「ものすごい混雑だったわ」母はいった。「なにしてたの?」

「べつに。雑誌を読んでた」

ふりかえったとき、チャンドラー家の向かいの、ゾーンズ家のまえの木のわきにメグが立っているのが見えた。

チャンドラー家を見つめながら草の葉を噛んでいた。なにかを思いさだめようと考えをめぐらせているように見えた。

わたしには気づいていないようだった。

メグは知っているのだろうか、とわたしは考えた。

わたしは袋を家へ運んだ。


そのあと、ガレージへ水まきホースをとりに行ったとき、庭で姉妹を見かけた。メグとスーザンだけで、白樺のむこうの、のびすぎてまだらになった芝生で座っていたのだ。

メグはスーザンの髪にブラシをかけていた。長く、なめらかにブラシをかけるその手つきは、きっぱりしていると同時にデリケートだった。きちんとすかないと、髪の毛が傷ついてしまうかのようだった。もう一方の手で、下からすくうように髪をなでていた。指先だけで持ちあげては、すべらすように動かして、髪がふわりと落ちるにまかせていた。

スーザンは微笑んでいた。満面の笑みというわけではなかったが、うれしがっていることが、

メグが妹の心を慰めているのがわかった。

そしてつかのま、ふたりがどれほど固いきずなで結ばれているのかが、そしてそのきずながこの世にふたつとない特別なものであることが理解できた。わたしは、姉妹をほとんどうらやんだ。

わたしは邪魔をしなかった。

水まきホースが見つかった。ガレージから出ると、弱い風の向きが変わっていたので、メグのハミングが聞こえた。低い、ほとんど子守歌のようなハミングだった。〈グッドナイト・アイリーン〉だ。わたしが小さかったころ、夜、長いあいだ車を走らせているときに、母がよく歌ってくれ曲だ。

《おやすみ、アイリーン、おやすみ。夢で会いましょう》

一日じゅう、ふと気づくとその曲をハミングしていた。そしてそのたびに、芝生の上で座っているメグとスーザンが目のまえにうかび、顔に陽ざしを感じ、髪をくしけずるブラシとやわらかでなめらかな手の感触をおぼえるのだった。

18

「ねえデイヴィッド、お金、持ってる?」

ポケットをさぐると、しわくちゃになった一ドル札と、小銭が三十五セントあった。グラウンドへむかっている途中だった。メグといっしょに。もう少しで試合がはじまることになっていたのだ。わたしは、左ききの野手用グローブと、黒いテープを巻いた古いボールを持っていた。

わたしはメグに持っている金を見せた。

「それ、貸してくれない?」

「ぜんぶってこと?」

「お腹がすいてるの」

「え?」

「〈コジー・スナックス〉でサンドイッチを買いたいのよ」

「サ、サ、サ、サンドイッチを?」

わたしは笑った。「チョコバーを二、三個黙って持ってくればいいじゃないか。あそこはちょろいんだよ」

わたし自身、数えきれないほど何度も万引きをしていた。ほとんどの子供がやっていた。ほしいもののところへ行って、手にとり、そのまま店を出てしまうのがいちばんだった。こそこそしないで堂々とふるまうのが。〈コジー・スナックス〉はいつだって忙しかった。造作もなかった。それに、経営者のミスター・ホリーは嫌われ者だったから、なんの罪悪感もなかった。

けれども、メグは眉を寄せるばかりだった。「わたしは黙って持ってきたりしないの」

ちぇっ、ミス潔癖ってわけか、とわたしは思った。

そしてちょっぴりメグを軽蔑した。だれだって、だれだって黙って持ってくるんだ。それが子供ってもんじゃないか。

「とにかく、お金を貸してちょうだい。ぜったいに返すから」

メグに腹をたてつづけることはできなかった。

「わかったよ」とわたしは金をメグのてのひらに落とした。「だけど、どうしてサンドイッチなんかほしいんだい？　ルースの家でつくればいいじゃないか」

「つくれないの」

「どうして？」

「つくっちゃいけないの」

「なんで？」

「まだ食べちゃいけないっていわれてるのよ」

わたしたちは道路を渡った。わたしは左を見て、右を見てからメグの顔を見た。例の、仮面をかぶったような顔をしていた。口にしなかったなにかを隠しているかのような顔を。それに、頬が紅潮していた。

「わけがわからないよ」

ケニーとドニーとルー・モリノが、すでにダイヤモンドでキャッチボールをしていた。デニースが、バックネットの裏に立ってそれを眺めていた。しかし、まだだれもわたしたちに気づいていなかった。メグが立ち去りたがっているのはわかったが、わたしは彼女をじっと見つめた。

「ルースはわたしが太ってるっていうの」メグはとうとうそういった。

笑ってしまった。

「どう？」とメグはたずねた。

「どうって、なにが？」

「わたし、太ってる？」

「まさか。太ってるかって？」メグが真剣なのはわかっていたが、それでも笑いを抑えることができなかった。「そんなわけないだろ。ルースはからかってるんだよ」

メグはとつぜんきびすをかえした。「たいしたジョークね。夜も、朝も、昼も、一、、、、日じゅうなにも食べないで過ごしてみなさいよ」

そこで言葉を切ると、メグはわたしにむきなおって、「ありがとう」といった。
そして歩き去った。

19

試合は、はじまってから一時間ほどで不成立になった。そのころまでに、ブロックの子供のほとんどが集まっていた。ケニーとエディとデニースとルー・モリノばかりでなく、ウィリーとドニーとトニー・モリノ、それにルーがいるからやってきたグレン・ノットとハリー・グレイまで。年上の男の子たちがいたから、最初の試合はつつがなく進行していた——エディが三塁線に強烈なライナーを放ち、走りはじめるまでは。

エディ以外のだれもが、ファウルだとわかっていた。だがエディにそれをいっても無駄だった。エディは塁をまわり、ケニーがボールを追いかけた。そして、おさだまりの言い争いになった。うるせえ、バカ。なにいってんだ、バカ。おまえこそバカだろ。

唯一のちがいは、このときエディは、バットを拾いあげてルー・モリノを追いかけたことだった。

ルーのほうがからだが大きかったし年上だったが、エディはバットを持っていた。けっきょく、鼻を折られたり脳震盪を起こしたりする危険をおかすよりはと、ルー・モリノはハリーとグレンをともなってグラウンドをあとにし、エディも反対方向へ大股で歩き去った。

残されたわたしたちはキャッチボールをしていた。

メグがもどってきたのはそのときだった。

メグはいくらかの小銭をわたしの手に落として、わたしはそれをポケットに入れた。

「八十五セントの借りね」とメグはいった。

「オーケー」

メグの髪がちょっぴり脂っぽいことに気づいた。今朝、髪を洗わなかったらしかった。もっとも、それでもメグはすてきだった。

「なにかしない?」とメグはいった。

「なにを?」

わたしは見まわした。ほかの子供に聞かれるのが心配だったのだろう。

「じゃ、小川へ行く?」

ドニーがわたしにボールをまわした。わたしはウィリーに送球した。ドニーはまえかがみになって捕球しようとしたが、例のごとく動作がのろすぎて受けそこなった。

「やめとく」とメグ。「忙しいみたいだし」

気分を害したか、傷ついたのかのどちらかだった。メグは立ち去りかけた。

「ねえ、ちょっと待ってよ」

メグにキャッチボールをやろうと誘うことはできなかった。硬球だったし、メグはグローブを持っていなかったからだ。

「わかった。小川へ行こうよ。ちょっと待ってて」

この場をうまくおさめる方法はひとつだけだった。ほかのみんなも誘うしかなかった。

「ねえ、みんな！　小川へ行かないか？　ザリガニかなにかをとろうぜ。ここは暑すぎるよ」

実際、小川へ行くというのは悪くないアイデアのように思えた。ほんとうに暑かったのだ。

「いいね。おれは行く」とドニー。ウィリーも、肩をすくめてうなずいた。

「わたしも行く」とデニース。

あーあ、とわたしは思った。デニースまで来るのか。あとはウーファーがそろえばオールスターだ。

「ぼくは昼めしを食べに行く」とケニー。「たぶん、あとで小川に行くよ」

「オーケー」

トニーは迷ったが、やっぱり空腹を満たそうと決めた。残ったのは五人だけだった。

「うちに寄ろうぜ」とドニー。「ザリガニを入れる瓶と、クールエイドを詰めた魔法瓶を持っていこうよ」

裏口からはいると、地下室で洗濯機がまわっている音が聞こえた。

「ドニー？　おまえかい？」

「そうだよ、ママ」

ドニーはメグにむきなおって、「クールエイドをつくっておいてくれない？　おれは瓶をさがすのと、ママになんの用か聞くので地下へ行くから」

わたしは、ウィリーとデニースといっしょにキッチンのテーブルに座った。わたしはテーブルに散らばっていたトーストの屑を払い落とした。煙草の吸い殻でいっぱいの灰皿もあった。わたしは灰皿を眺めたが、ちょろまかしてあとで吸えるほど大きな吸い殻はなかった。

メグが魔法瓶を出し、ルースの大きな水差しからライム味の粉末ジュースを注意深く注いでいると、ふたりが階段をあがってきた。

ウィリーは、ピーナツバターの瓶をふたつと、たくさんの空き缶をかかえていた。ルースは色あせたエプロンで手をぬぐっていた。ルースはわたしたちに微笑みかけると、キッチンのメグに視線をむけた。

「なにしてるんだい？」とルースは問いただした。

「クールエイドを注いでるだけ」

ルースはエプロンのポケットからタレイトンの箱をだし、一本に火をつけた。

「キッチンにははいっちゃいけないっていっておいたはずだけどね」

「ドニーがクールエイドがほしいっていったの。ドニーに頼まれたのよ」

「だれに頼まれようが、関係ないんだよ」

ルースは煙を吐きだし、咳をしはじめた。肺から直接わきあがってくるような嫌な咳で、しばらくは声もだせないほどだった。

「クールエイドだけよ」とメグ。「なにも食べてないわ」

ルースはうなずいた。

「聞きたいのは」と、また煙草を吸った。「聞きたいのは、あたしがここに来るまえに、なにを盗み食いしたかさ」

メグはジュースを注ぎ終え、水差しを置いた。「そんなことしてないわ」

ルースはまたしてもうなずくと、「こっちへ来な」と命じた。

メグは動かなかった。

「こっちへ来いっていってるんだよ」

メグは歩いていった。

「口をあけて、息を嗅がせな」

「え？」

わたしのとなりで、デニースがくすくす笑いはじめた。

「口ごたえはよしな。さっさと口をあけるんだよ」

「ルース……」

「あけな」

「いや！」

「なんだって？　いまなんていった？」

「あなたにそんなことをする権利は……」

「あたしには充分な権利があるのさ。あけな」

「いや！」

「あけろっていってるんだよ、この嘘つき」

「わたしは嘘つきじゃないわ」

「ふしだらなのは知ってたけど、そのうえ嘘つきとはね。あけるんだ！」

「いやよ」

「口をあけるんだ！」

「いや！」

「あけろっていってるんだよ」

「いや、あけない」

「いいや、あけるさ。どうしてもあけないなら、ここにいる男の子たちに命令して、無理やりこじあけてやる」

ウィリーが鼻を鳴らした。ドニーは、あいかわらず、空き缶と瓶を持ったまま戸口に立っていた。困惑しているように見えた。

「その口をあけるんだよ、あばずれ」

それを聞いたデニースが、またくすくす笑いはじめた。

メグはルースの目をまっすぐに見つめた。息を吸った。そしてつぎの瞬間、メグは大人と、唖然とするほどの威厳でわたりあっていた。

「いったでしょ、ルース」とメグはいった。「いやだって」

それには、デニースですら黙りこんだ。

わたしたちは仰天していた。

そんなことをいった子供はひとりもいなかった。

子供は無力だった。無力だと相場が決まっていた。子供には、屈辱に耐えるか、逃げだすかしか選択肢はなかった。反抗するとしても、遠まわしな反抗しかできなかった。自分の部屋に駆けこんでドアをばたんと閉じることはできる。泣き叫ぶこともできる。夕食のあいだじゅう、ぶすっとしていることもできる。感情を行動であらわしても——つまりなにかを故意にうっかり壊してもいい。ふさぎこんで返事をしなくてもいい。学校でへまをしてもいい。だが、それくらいのものだった。それで兵器庫にある銃はおしまいだった。しかし子供にできないのは、大人を向こうにまわして雄弁にくたばりやがれということだった。堂々と対決して、おだやかにノーということだった。わたしたちはまだ、そんなことをするには幼すぎた。そういうわけだから、これは驚愕すべき事態だった。

ルースは笑みをうかべて、煙草を吸い殻でいっぱいの灰皿でもみ消した。

「スーザンを連れてきたほうがいいようだね」とルース。「たしか、部屋にいるはずだ」

今度はルースがメグを視線で威嚇する番だった。

ふたりはガンマンのように対決したが、それは一瞬しかつづかなかった。

そしてメグは平静をうしなった。

「妹は関係ないでしょ！　妹はほっといて！」

メグは両手を、指関節が白くなるほどぎゅっと握りしめた。そしてそのとき、わたしはメグが、このあいだの折檻を知っていることをさとったのだった。

ほかにもあったのだろうか、折檻はあれだけではなかったのだろうか、とわたしは考えた。

だが、わたしたちは、ある意味でほっとしていた。このほうが違和感がなかった。わたしたちが慣れ親しんでいる関係に近かった。

ルースは肩をすくめただけだった。「そんなにびくつくことはないんだよ、メギー。あんたが食事のあいだに冷蔵庫をあさってるかどうか聞きたいだけなんだから。あんたがわたしにさからっても、スーザンにたずねればわかるはずだからね」

「スーザンは、わたしたちといっしょにいもしなかったのよ！」

「あの子は聞いてるはずさ。隣人は聞いてるものだからね。どっちにしろ、姉妹同士ってのはなんでもわかるはずだろう？　実際、直観的にわかるものなんだ」

ルースは寝室のほうをむいた。「スーザン？」

メグは手をのばしてルースの腕をつかんだ。恐怖と無力感と絶望にうちひしがれたメグは、まるで別人のようだった。

「やめてよ！」

それがまちがいだったのは、すぐにわかった。

ルースはくるりとふりかえって、メグを平手打ちした。

「手を出したね？　このあたしに手を出したね？　つかみかかったね？」

ルースがもう一度びんたを張ると、メグはよろよろとあとずさった。さらに平手打ちをくらうと、メグは冷蔵庫にぶつかってバランスを崩し、膝をついた。ルースはかがみこんでメグの顎をつかみ、ぐいとひっぱった。

「さあ、くそったれな口を開きな。さもないと、あんたとあんたの大事な妹を、くそを垂れるほど蹴りつけてやるからね。いいのかい？　ウィリー？　ドニー？」

ウィリーは立ちあがって母親のそばへ行った。ドニーはとまどっているようだった。

「メグを押さえな」

わたしはぞっとした。なにもかもがあっというまに進行していた。となりで、デニースが目を丸くしているのがわかった。

「押さえろといってるんだよ」

ウィリーはメグの右腕をつかんだ。メグが抵抗しなかったことからすると、ルースは彼女の顎を、痛いほど強くつかんでいたのだろう。ドニーは瓶と空き缶をテーブルに置いて、メグの左腕をつかんだ。空き缶がふたつ、テーブルから床へ転がり落ちてやかましい音をたてた。

「ほら、あけるんだよ、売女《ばいた》」

そのとき、メグはあらがった。彼らにさからって、もがき、身をよじって立ちあがろうとした。だが、彼らはがっちりと押さえていた。ウィリーは楽しんでいた。それは一目瞭然だった。だが、ドニーの表情は暗かった。いまやルースは、両手で口をこじあけようとしていた。

メグが嚙みついた。

ルースは悲鳴をあげ、よろよろとあとずさった。メグはからだをくねらせながら立ちあがった。ウィリーがメグの腕をうしろ手にねじりあげた。メグは悲鳴をあげてからだをふたつに折り、腕をもぎ離そうとした。左腕を激しくふり、いうなれば突発的なパニックにおちいって、ドニーから逃れようとした。もう少しでうまくいきそうだった。ドニーはしっかり握っていなかったから、もう少しで自由になれそうだった。

そのとき、ルースがふたたび詰めよった。

一瞬、ルースはメグを見つめながら、なにもしないで立っているだけだった。たぶん、隙間をさがしていたのだろう。それから、こぶしを握りしめ、男が男を殴るのとまったく同じように、そしてほとんど変わらない強さでメグの腹を殴った。バスケットボールを殴りつけたような音が響いた。

メグは倒れた。息を詰まらせてあえいだ。

ドニーは腕を放した。

「うわあ！」とわたしの横でデニースが小さく声を漏らした。

ルースはうしろに下がった。

「やりたいのかい？」とルース。「上等だ。やってやろうじゃないか」

メグはかぶりをふった。

「殴りあいをしたいのかい？　ええ？」

メグはかぶりをふった。

ウィリーは母親を見やった。

「そいつは残念だな」とウィリーはおだやかにいった。

ウィリーはメグの腕を放していなかった。そしていま、その腕をねじりはじめた。メグはからだを折り曲げた。

「ウィリーのいうとおりだ」とルース。「ほんとに残念だよ。さあ、メグ、戦ってみな。ウィリーとやりあってみなよ」

ウィリーは腕をねじりあげた。メグは痛みに跳びあがってあえぎ、三度《みたび》かぶりをふった。

「どうやらやりたくないみたいだね」とルース。「この娘は、あたしのいうことに、きょうはなにからなにまでさからうつもりらしいよ」

ルースはメグに嚙まれた手をふって、ダメージをたしかめた。わたしの見るところ、赤くなっているだけのようだった。メグは、皮膚を嚙み破ったわけではなかった。

「放してやりな」とルースは命じた。

ウィリーはメグの腕を放した。メグはまえにくずおれた。涙を流していた。

見ていられなかった。わたしは目をそらした。

廊下にスーザンがいた。壁につかまり立ちして、陰から覗いていたのだ。視線は姉に釘づけになっていた。

「もう行かなくちゃ」とわたしは、奇妙にしわがれて聞こえる声でいった。

「小川へ行くんじゃないのか?」とウィリー。がっかりしているような声音だ。くそ野郎め。

なにごともなかったみたいに、よくもそんなことを。

「あとでな」とわたしはこたえた。「ちょっと用事があるんだ」

ルースに見られていることはわかっていた。わたしは立ちあがった。どういうわけか、メグのそばを通りたくなかった。そこで、スーザンのわきを通って玄関へむかった。スーザンはわたしに気づいていないようだった。

「デイヴィッド」ルースの声は冷静そのものだった。

「はい？」

「これは家族のもめごとってやつだからね」とルースはいった。「うちわの問題なんだ。たしかにあんたは騒ぎを目にした。だけど、家族以外の人間にはかかわりのないことなんだ。そうだろ？　わかるね？」

わたしは躊躇してからうなずいた。

「いい子だ」とルース。「あんたがいい子なのはわかってたけどね。わかってくれると思ってたよ」

わたしは外へ出た。蒸し暑い日だった。家のなかのほうが涼しかった。

森のほうへもどった。小川へつづく小道をはずれて、モリノ家の裏の深い森へ分けいった。そこのほうが涼しかった。松と土のにおいがした。

涙を流しながらくずおれるメグが脳裏によみがえりつづけた。それから、ルースのまえで、冷静に相手の目を見つめながら、「いったでしょ、いやだって」というメグが思いうかんだ。

どういうわけか、同じ週、わたしが母にした口ごたえを、それらのイメージと交互に思いだした。おまえはパパにそっくりだね、と母はいった。わたしはその言葉にかっとなった。メグとは大ちがいだった。わたしは自制をうしなった。わたしは逆上した。わたしは母を憎んだ。でもそのときは、感情にとらわれることなくそれについて考え、その日に体験したその他の事柄に思いをめぐらせた。

だが、すべてがすべてを打ち消してしまったかのようだった。

わたしは森を抜けた。

なにも感じなかった。

20

家を出て森を抜け、〈大岩〉をつたって小川を渡り、対岸ぞいに進んで古い家を二軒と建設現場を通りすぎると、〈コジー・スナックス〉へ行けた。翌日も、スリーマスケッティアーズ・チョコバー、赤いリコリス・キャンディをいくつか、〈フリア〉のダブルバブル風船ガムを何枚か――メグの言葉を思いだして、ちゃんと代金を払ったのだ――がはいった紙袋を持って、そのルートをたどって家へ帰る途中だった。そしてそのとき、メグの悲鳴が聞こえたのだ。

メグの悲鳴だとわかった。ただの悲鳴だったから、だれの悲鳴でもおかしくはなかった。それでもわかったのだ。

音をたてないようにしながら、そのまま川岸を進んだ。

メグは〈大岩〉に立っていた。袖をまくりあげたほうの腕から川の水がしたたり、青黒く長い傷痕が虫のようにのたくりながら肌を這いあがっているのが見えたから、ウィリーとウーファーは彼女が川に片腕をつっこんでいる最中に不意打ちしたにちがいなかった。

ふたりはメグに、地下室から持ってきた空き缶を投げつけていた。そして少なくとも、ウーファーの狙いは正確だった。

ところが、ウィリーは頭を狙っていた。

難しい的だった。ウィリーはいつだって狙いをはずした。

一方、ウーファーはまずむきだしの膝小僧に、そしてメグが向きを変えたあとで背中のまんなかに命中させた。

メグがふたたびむきなおると、ふたりはピーナツバターの瓶を手にとっていた。ウーファーが投げた。

ガラスがメグの足もとで砕け、かけらが脚にふりそそいだ。

破片のどれかがひどい怪我を負わせてもおかしくなかった。

小川のなか以外には、逃げ場がなかった。わたしがいる側の、高くなっている土手にのぼることはできなかった。まにあうはずがなかった。そこでメグは唯一の道を選んだ。

水のなかへ飛びこんだのだ。

その日、小川の流れは速かったし、川底は苔が生えた石でおおわれていた。メグはあっというまに足をすべらせて転び、もうひとつの瓶が近くの岩で砕けた。肩まで濡れたメグはあえぎながら起きあがると、走りだした。四歩走ったところで、また転んだ。

ウィリーとウーファーはげらげら笑っていた。笑いすぎて、瓶を投げるのを忘れていた。

メグは立ちあがり、今度は足を踏みはずすことなく、水をはね散らしながら下流へむかった。

カーブを曲がってしまうと、それはメグにとって身を守るためのこのうえないチケットになった。

それで終わりだった。

驚いたことに、だれもわたしに気づかなかった。とうとう最後まで見つからなかった。幽霊になったような気分だった。

ウィリーとウーファーに目をもどすと、残った缶と瓶を集めているところだった。やがてふたりは、笑いつづけながら小道を、自分たちの家のほうへ歩きはじめた。彼らの笑い声はいつまでも響いていたが、やがて聞こえなくなった。

くそ野郎どもめ、とわたしは内心で毒づいた。ガラスの破片だらけになっちまったじゃないか。これじゃ川のなかを歩けやしない。少なくとも、もう一度洪水になるまでは。

わたしは慎重に〈大岩〉を横切って、対岸へ渡った。

21

メグは七月四日に反撃した。

日が傾いてきれいな夕暮れになり、暑い夜へと変わりかけているところだった。何百人もが高校の正面の〈メモリアル・フィィールド〉にひろげた毛布に腰をおろして独立記念日の花火がはじまるのを待っていた。

ドニーもわたしの両親といっしょに座っていた――わたしがその夜の夕食に誘ったのだ。そのほか、両親の友人で二ブロック離れたところに住んでいるヘンダースン夫妻もいっしょだった。

ヘンダースン夫妻はカトリックなのに子供がなかった。それはあきらかになにかがおかしいことを意味していたが、なにがおかしいのかはだれも正確には知らなかった。ミスター・ヘンダースンは大柄なアウトドア・タイプで、年じゅう格子縞とコーデュロイを身につけていた。いうなれば、いつも陽気で男に好かれる男だった。裏庭でビーグル犬を飼っていて、わたししたちが遊びに行くと空気銃を撃たせてくれた。ミセス・ヘンダースンは痩せていて、ブロンドで、獅子鼻で、かわいらしかった。

なにが問題なのかわからない、とドニーがいったこともあった。おれならたちまち押し倒してるのに、と。

わたしたちが座っているところから、グラウンドの反対側のモリノ家のとなりに座っているウィリー、ウーファー、メグ、スーザン、ルースが見えた。

全町民が集まっていた。

七月四日には、歩けるか、運転できるか、這えるかする者は、全員が花火見物に出かけた。戦没将兵追悼記念日《メモリアル・デイ》のパレードをべつにすれば、一年で最大のイベントだった。

形式上、警官が警備にあたっていたが、だれもトラブルを心配していなかった。町はまだ、住民全員が顔見知りか、それとも間接的な知りあいばかりからなっている段階だった。外出するときも、だれかが来るといけないので、一日じゅうドアを開けっ放しにしていたのだ。

警官のほとんどとは家族ぐるみの友人だった。父親は警官と、バーや海外従軍復員軍人会《VFW》で知りあっていた。

警官たちの最大の仕事は、癇癪玉が毛布のすぐそばに投げられないように気をつけることだった。警官も、わたしたちと同様に、イベントがはじまるのを楽しみにしながら立っていたのだ。

ドニーとわたしは、ビーグル犬が産んだばかりの子犬についての話を聞きながら、魔法瓶のアイスティーを飲み、笑いながらポットローストのにおいのするげっぷを浴びせあっていた。母は、いつも玉葱をたっぷり使ったポットローストをつくった。父はいつも文句をつけたが、わたしたちは大好きだった。食べてから三十分もすると屁が出るのだった。

スピーカーからジョン・フィリップ・スーザの曲が鳴り響いていた。

高校の校舎の上に三日月が出ていた。

ぼんやりとした薄明かりのなか、子供たちが人混みを縫って追いかけっこをしているのが見えた。花火をしている人もいた。背後では、ひと袋分の吹きだし花火がマシンガンのように火花を噴いていた。

わたしたちはアイスクリームを買いに行くことにした。

〈グッド・ヒューマー〉のトラックは大繁盛で、子供たちが四重にとりかこんでいた。わたしはブラウンカウを、ドニーはファッジシクルを買って引きかえそうとした。

そのとき、わたしたちはトラックのそばでミスター・ジェニングスと話をしているメグに気づいた。

そしてわたしたちは、はたと足をとめた。

というのも、ミスター・ジェニングスはジェニングス巡査でもあったからだ。彼は警官だったのだ。

それに、身ぶり手ぶりで、身を乗りだして訴えているメグの様子にはただならぬものがあったから、なにを話しているのかすぐにぴんときた。

あわせた。


ぞっとした。背筋が寒くなった。

わたしたちはその場に釘づけになった。

メグは告げ口をしていた。ルースを裏切っていた。ドニーやみんなを裏切っていた。

メグは反対方向をむいていた。

わたしたちはしばらく呆然とメグを見つめてから、合図があったかのように、同時に顔を見あわせた。

そして歩きはじめた。アイスクリームを食べながら。さりげないそぶりで。

わたしたちはメグのすぐ斜めわきでとまった。

ミスター・ジェニングスはわたしたちのほうをちらりと見たが、すぐにルースやウィリーたちがいるあたりへ目をやってから、うなずき、注意深く耳を傾け、またメグをじっと見つめた。

わたしたちはひたすらアイスクリームを食べつづけた。あたりを見まわした。

「まあ、それは彼女の権利だと思うな」とミスター・ジェニングスはいった。

「い、い、いいえ、そうじゃないんです」とメグ。「ぜんぜんちがうんです」

だが、そのあとは聞こえなかった。

ミスター・ジェニングスは微笑んで肩をすくめた。そしてそばかすのある大きな手をメグの肩に置いた。

「いいかい」とミスター・ジェニングス。「きっときみのご両親も同じことをいうんじゃないかな。そう思わないかい？　いまは、ミズ・チャンドラーをママだと思わなきゃいけないんだ。

いいね？」

メグはかぶりをふった。

そしてそのとき、ミスター・ジェニングスはわたしたちに気づいたのだと思う。そのときはじめて、わたしとドニーがどこの子供か、いましている会話にかんしてそれがどんな影響をおよぼしかねないかを意識したのだろう。表情が変わったのがわかった。だが、メグはあいかわらず訴えつづけていた。

ミスター・ジェニングスは、メグの肩ごしにわたしたちをじっと見つめた。

そしてメグの腕をとった。

「ちょっと歩こう」と彼はいった。

メグはルースのほうを不安そうに一瞥したが、すっかり暗くなって、月と星、それにときおりの花火しか明かりがないいまでは見分けにくくなっていた。つまり、ルースにミスター・ジェニングスといっしょにいるところを見られる可能性は低かったのだ。わたしがいるところからだと、人々はすでに、大草原に点在する薮とサボテンのような、形のない塊にしか見えなかった。ルースたちが座っている場所はわかっていたが、彼らを、それにわたしの両親とヘンダースン夫妻を見分けることはできなかった。

けれども、メグがなにを怖がっているのかはよくわかった。わたし自身も怖かった。メグがやっているのは、刺激的な禁断の行為に感じられた。白樺にのぼってメグを覗き見するような。

ミスター・ジェニングスはわたしたちに背をむけ、メグをやさしくいざなっていった。

「くそ」とドニーが小さな声で悪態をついた。

シューッという音が聞こえた。空が爆発した。真っ白な花がぱっと咲き、垂れさがった。

うおおと見物人がどよめいた。

そして打ちあげ花火の名残りの不気味な白光に照らされながら、わたしはドニーを見た。混乱と不安が見てとれた。

ドニーは、最初から、メグにかんしてためらいがちだった。それはいまだに変わっていなかった。

「どうする？」とわたしはたずねた。

ドニーは首をふった。

「きっと信じないさ。なんにもしないに決まってる。警官は、口ばっかりでなんにもしないんだ」

ドニーは、わたしたちの毛布へもどる途中も、それを呪文のようにくりかえした。そうであってほしいと願っているかのように。

それはほとんど祈りだった。

22

翌日の午後八時ごろ、パトカーがやってきた。

様子をうかがっていると、ミスター・ジェニングスが階段をあがってドアをノックし、ルースが彼を招じいれた。そのあとわたしは、リビングルームの窓から覗きながら待ちうけた。胃のなかで、なにかがうごめきつづけた。

わたしの両親は、カトリックの社会福祉団体であるコロンブス騎士会が開いた誕生パーティーへ出かけていて留守だったし、シッターはリンダ・コットンだった。リンダは、そばかすを散らした十八歳の娘で、かわいらしかったが、メグとは比べものにならなかった。時給七十五セントでは、静かにしていて、テレビで『エラリー・クイーン』を観るのを邪魔しないかぎり、わたしがなにをしているかを気にするはずはなかった。

リンダとは協定を結んでいた。リンダの恋人のスティーヴがやってきたことや、ふたりがソファでひと晩じゅう抱きあっていたことを黙っているかわりに、両親がもどるまえに家に帰ってきてベッドにはいっているという条件で、たいていのことは見逃してくれる、という協定を。

リンダも、わたしがシッターなど不要なほど大きくなっていることを知っていたのだ。

そういうわけで、わたしはパトカーが走り去ってから、となりの家を訪れた。八時四十五分ごろだった。

みんな、リビングルームとダイニングに座っていた。全員そろっていた。だれも口を開かなかったし、動こうとしなかったから、ずっとこうだったんだろうな、とわたしは考えた。

全員がメグを見つめていた。スーザンまでが。

奇妙な感じをおぼえた。

その後、六〇年代になって、わたしはその感じを理解することになる。選抜徴兵局からの手紙をあけたら、わたしの等級が1Aに変わったことを通知するカードがはいっていたのだ。

それはエスカレートの感覚だったのだ。

いまや、賭け金が吊りあがったのだ。

わたしは戸口で立っていた。わたしに気づいたのはルースだった。

「こんばんは、デイヴィッド」ルースの声はおだやかだった。「こっちへ来て座りな」といってため息をついた。「だれかビールを持ってきてくれないかい？」

ダイニングにいたウィリーが立ちあがって、キッチンへ行き、ルースの分と自分の分のビールを出し、両方をあけて、一本をルースに渡した。そしてふたたび腰をおろした。

ルースは煙草に火をつけた。

わたしは、テレビの灰色をしたうつろな画面のまえで、折りたたみ椅子に腰かけているメグを見やった。おびえているが、覚悟を決めているように見えた。『真昼の決闘』のラストで静まりかえった通りへ出てゆくゲイリー・クーパーを連想した。

「さて」とルースがいった。「さてと」

ルースはビールをすすり、煙草を吸った。

ウーファーがソファでもじもじした。

わたしは、もう少しできびすをかえして出てゆくところだった。

そのとき、ダイニングでドニーが立ちあがった。メグのほうへ歩きだした。メグのまえで立ちどまった。

「よくも警官を呼んでママを調べさせようとしやがったな」とドニーはいった。「おまえが調べさせようとしたのはおれのママなんだぞ」

メグはドニーを見あげた。表情がいくぶんやわらいだ。なんといっても、相手はドニーだった。ためらいがちなドニーだった。

「ごめんなさい」とメグはいった。「だけど、一度、きちんと……」

ドニーは腕をふりあげ、メグの横っ面を張った。

「黙れ！　黙れよ！」

ドニーは、いつでも殴れる形にした手をメグのまえで構えていた。その手はふるえていた。

ドニーにできるのは、もう一度、今度はもっとずっと強く殴らないように我慢することだけのようだった。

　メグは呆然とドニーを見あげていた。

「座りな」ルースがおだやかにいった。

　ドニーはルースの声が耳にはいらないようだった。

「座りな！」

　ドニーは身をもぎ離した。兵士のような回れ右をして、大股でダイニングへもどった。

　そしてまた静まりかえった。

　とうとうルースが身を乗りだして、「あたしが知りたいのは、あんたがなにを考えてたのかなんだよ、メギー？　どういうつもりだったんだい？」

　メグはこたえなかった。

　ルースは咳きこんだ。例の、からだの奥から発するような空咳だった。やがてルースは咳を抑えこんだ。

「つまるところ、あの警官がやってきて、おまえをどこかへ連れていってくれると思ってたのかい？　おまえとスーザンを？　ここから救いだしてくれると？

　教えてやろう。そんなことはありえないんだよ。あの警官はおまえたちをどこへも連れていかないのさ。なぜなら、おまえたちのことなんか気にかけてないからだ。もしも本気で気にかけてるのなら、あのとき、花火会場でなにか手を打ってたはずじゃないか。それなのに、そうはしなかっただろう？

だとしたら、あとはなんだい？　なにが狙いだったんだい？

ひょっとして、あたしがあいつを怖がるとでも思ったのかい？」

メグは座っているだけだった。腕を組み、あの覚悟を決めたような色を目にうかべながら。

ルースは微笑んでビールをすすった。

そしてルースも、彼女なりの覚悟を決めた顔つきになった。

「問題は、これからどうするかだね。あの男にしろ、ほかの男にしろ、あたしはだれも怖くないんだよ、メギー。いままで気がつかなかったとしても、これではっきりわかっただろう。そうはいっても、おまえが十分か十五分おきに警官のところへ駆けこむのを許しておくわけにはいかない。だから、決めなきゃならないのは、どうすればいいのかなんだよ。

おまえを送りこめる場所があるなら、送りこみたいんだ。ほんとだよ。あたしの評判を地に落とすような小さい売春婦を、だれが手もとに置きたいもんか。それに、苦労しておまえを立ち直らせる気になるほどの金はもらってないしね。実際、あれだけの金じゃ、おまえたちにおまんまを食わせるのだって楽じゃないんだ」

ルースはため息をついた。「考えなきゃならないね」

そういうと、立ちあがって、キッチンへ歩いていった。冷蔵庫をあけた。

「部屋に行ってな。スージーも。部屋から出るんじゃないよ」

ルースはビールを出し、笑い声をあげた。

「ドニーがかっとなって、おまえをまたひっぱたくまえにね」

ルースはバドワイザーの缶をあけた。

メグは妹の腕をとって、寝室へむかった。

「あんたもだよ、デイヴィッド」とルース。「あんたも帰ってくれないか。悪いね。だけど、ちょっとばかり頭をひねらなきゃならないんだ」

「わかった」

「コークかなにかを飲みながら帰るかい？」

わたしは微笑んだ。飲みながらだって？　すぐとなりなのに。

「ううん。いいよ」

「こっそりビールを飲むってのは？」

ルースは、いつものように、いたずらっぽく目を輝かせていた。緊張が消えた。わたしは笑った。

「それはいいな」

ルースはビールを投げてよこした。わたしは受けとめた。

「ありがとう」わたしはいった。

「だれにもいうんじゃないよ」今度はみんなが笑った。だれにもいうんじゃないよはわたしたちの合言葉だったからだ。

わたしたちの両親がやらせたがらないことを、それとも自分の家では許さないことを子供たちにさせるとき、ルースはいつもそういうのだった。だれにもいうんじゃないよ。

「いわないよ」わたしは応じた。

わたしは缶ビールをシャツにつっこみ、外へ出た。

家に帰ると、リンダはテレビのまえで、『サンセット77』のオープニング・クレジットで、髪をとかしているエド・バーンズを眺めていた。機嫌はよくないようだった。今晩はスティーヴがやってこなかったのだろう、とわたしは見当をつけた。

「おやすみ」そういって、わたしは自分の部屋へあがった。

ビールを飲み、メグについて思いをめぐらせた。彼女を助けようとするべきだったのだろうか？　葛藤があった。メグに魅力を感じていたし、好いていることに変わりはなかったが、ドニーとルースはずっと古くからの友人だった。そもそもメグは助けを必要としているのだろうか、とわたしは考えた。なんといっても、子供は叩かれるものだ。こづきまわされるものだ。これからどうなるのだろう、とわたしは考えた。

これからどうするかだね、とルースはいった。

わたしは壁のメグが描いた水彩画を見つめ、わたしもそれを考えはじめた。

23

これからはメグをひとりで家から出さない、というのがルースの決定だった。メグが外へ行くときは、ルースかドニーかウィリーがついていくことになった。もっとも、メグはほとんど外へ出なくなった。そういうわけで、メグにどうしてほしいのかを――どうにかしてほしいと思っていたとして――たずねる機会はなかったから、ほんとうにそれを実行するかどうかで悩まなくてすんだ。

もはやわたしにはどうにもできなかった。あるいはそう思っていた。

おかげでほっとした。

うしなったものがあるとしても――メグの信頼、さらにはたんにいっしょにいられなくなったこと――わたしはさして気にかけていなかった。となりの家できわめて異常な事態が起きたことはわかっていたが、しばらく距離を置いて、ひとりで考えを整理したかったのだろう。

そういうわけで、それから数日間、チャンドラー家の人々とはいつもほど頻繁に顔をあわせなかった。わたしはトニーとケニー、デニースとシェリル、それにときどき、安全だと思えるときはエディとも遊んだ。

子供たちのあいだでは、チャンドラー家でなにが起きているのかについての噂でもちきりだった。なんの話をしていても、最後にはチャンドラー家の話になった。いちばん信じられないのは、メグが警察を巻きこんだことだった。それは、わたしたちの理解を絶した革命的行為だった。大人——それも母親同然の大人——のことを警察に訴えるなんてことを思いつけるだろうか？　掛け値なしに想像もつかなかった。

とはいえ、可能性がないわけではなかった。とりわけエディがそれを考えたことがあるのはあきらかだった。父親にかんしてそうした夢想にふけったことがあるにちがいない、とわたしは踏んでいた。もっとも、考えるエディというのは、わたしたちが慣れ親しんでいた彼とはイメージが一致しなかったのだが。そのせいで、いっそう奇妙に感じられたものだ。

だが、警官にまつわることをべつにすれば、わたしたち——わたしを含めて——がほんとうに知っているのは、チャンドラー家では一見したところ些細な理由でひどく罰されている者がいるということだった。しかしそれは、わたしたちが安全な避難所とみなしていたチャンドラー家で起きていることをべつにすれば、ちっとも目新しい出来事ではなかった。それと、ウィリーとドニーがかかわっているという事実をべつにすれば。けれども、それですら、わたしたちにとって類のない異常な事件というわけではなかった。

わたしたちには〈ゲーム〉の経験があったのだ。

いや、最大の理由は警官ではなかった。しばらくして、この話題にかんして決定的な発言を口にしたのはエディだった。

「けど、くそを垂れるほど痛めつけられたわけじゃないんだろ?」

考えるエディというわけだ。

だが、実際、そのとおりだった。そして奇妙なことに、その結果、その週のうちにわたしたちのメグにたいする感情は変化した。のるかそるかの大ばくちをうった大胆さへの、ルースの権威に全面的かつおおっぴらに挑戦したことにたいする感嘆から、漠然とした侮蔑へと変わっていったのだ。だいいち、警官が大人に反抗する子供の味方をしてくれるはずがないってこともわからないなんて、ばかじゃないの? 事態がかえって悪くなるだけだってことが、どうしてわからなかったんだろう? どうしてそんなに単純で、信じやすくて、完全無欠なまぬけでいられたんだろう?

警官はあなたの友人です。たわごとだ。おれたちなら、ぜったいにあんなことはしない。そんなにばかじゃない。

じつのところ、わたしたちはほとんどメグに腹をたてていた。ミスター・ジェニングスに助力を求めて失敗することによって、メグはわたしたち全員の顔に、子供は徹底的に無力である、という厳然たる事実を投げつけたのだ。〝ただの子供〟であることには、まったく新しい深みを備えた意味が、不気味な脅威が付け加わったのだ。たぶんわたしたちは、そのことを以前からさとっていたのだが、あらためて考える必要がなかったのだろう。くそっ、大人は、その気ならおれたちを川に捨てることだってできるんだ。おれたちはただの子供なんだからな。子供は所有物だった。子供は身も心も両親の持ち物だった。すなわち子供は、大人の世界からの本物の危険に直面したら破滅する運命にあったのだ。そしてそれは、絶望と屈辱と怒りを意味していたのだ。

まるで、メグがしくじることによって、わたしたちまでしくじってしまったかのようだった。

そこでわたしたちは、その怒りを外へむけた。メグへ。

わたしも同じだった。その数日間で、わたしは心がゆっくりと切り替わるスイッチをぱちんと入れた。わたしは心配するのをやめた。メグにたいする同情をすっかりなくした。

くそったれ、とわたしは思った。なるようになればいいんだ。

24

なるようになった場所は地下室だった。

第四部

25

ようやくとなりへ行き、ドアをノックしたが、だれもこたえなかった。しかし、ポーチに立っているうちに、ふたつの音に気がついた。まず、スーザンが自分の部屋で、スクリーンドアを通して聞こえるほど大きな声で泣いていた。もうひとつの音は地下から聞こえていた。とっくみあいの音だ。家具が床をこする耳ざわりな音。くぐもった声。うめきとうなり。あたりには危険の嫌な臭気が満ちみちている。

騒動が起きているのだ。

地下へ行きたくてたまらなくなっていることに、われながら驚いた。

わたしは一段とばしで階段をおり、角を曲がった。

みんながどこにいるのかはわかっていた。

ルースが、シェルターの戸口に立って眺めていた。ルースは微笑みながら、わたしが通れるようにわきへよけてくれた。

「逃げだそうしたんだよ」とルース。「だけどウィリーがつかまえたのさ」

みんなでメグを押さえつけていた。全員、つまりウィリーとウーファーとドニーが、まるでタックル人形に組みつくようにコンクリートの壁へ押しつけながら袋叩きにしていた。かわるがわる腹を殴りつけていた。メグは、いいかえす気力もとっくになくしていた。聞こえるのは、メグのしっかりと組まれた両腕を殴って腹に沈みこませるたびにドニーが漏らす息だけだった。メグは唇を、頑としてひき結んでいた。目を見ると、精神をじっと集中しているのがわかった。

そして一瞬、メグはふたたびヒロインになった。困難に立ち向かうヒロインに。

しかし、それは一瞬だけだった。なぜなら、だしぬけに、メグにできるのは耐えることだけなのが、またしてもはっきりわかったからだ。メグは無力だった。負けは決まっていた。

よかった、ぼくじゃなくて、と思ったことをおぼえている。

その気なら、みんなに加わることだってできた。

そうしようか、という思いがよぎった。わたしには力があった。

わたしはそれ以来、自問しつづけている。いつそうなったのだろう？　いったいぜんたい、わたしはいつ堕落したのだろう？　そしてつねに、まさにこの瞬間にもどりつづけている。その思いに。

力の感覚に。

その力はルースによって与えられているのであって、一時的なものにすぎないのかもしれない、というところまで思いがおよばなかった。眺めているうちに、わたしとメグとの間隔は、とつぜん、越えられないほど広がったように思えた。メグに同情するのをやめたわけではなかった。しかし、このときはじめて、わたしはメグを、自分とは根本的に異なる存在とみなした。メグは無防備だった。わたしはそうではなかった。わたしはそこで好意を持たれていた。メグの地位は最低最悪だった。ひょっとして、どのみちこうなったのではないだろうか？　メグから、どうしてあの人たちはわたしを嫌うのかしら、とたずねられたことを思いだした。そのときは信じられなかった。メグに答えることができなかった。なにかを見落としていたのだろうか？　こうなるまえからあらわれていたなんらかの欠点に、わたしが気づいていなかっただけなのだろうか？　そのときはじめて、メグとわたしたちの区別には正当な理由があるのではないだろうか、と疑った。

正当な理由があると納得したかったのだ。

いま、そう書くだけで恥ずかしくてたまらなくなる。

いまとなって考えると、つまるところ、完全に個人的な、世界観の問題に帰結するように思えるからだ。両親の不仲がすべての原因だった、絶え間なくつづくハリケーンの中心につくりあげてしまった冷えびえとしてうつろな平穏がいけなかったのだと考えようとした。だが、もはや本気でそれを信じることはできない。心底から信じたことが一度でもあったかどうかも疑わしい。両親は、いろいろな意味で、わたしにはもったいないほどの愛をそそいでくれた——たとえお互いをどう思っていたにせよ。そしてわたしはそれを知っていた。ほとんどの人にとって、それだけで、あんな衝動をすっぱり消し去るのに充分だったはずだ。

そうとも。じつのところわたし自身が問題だったのだ。はじめからずっと、わたしはあれが、それとも似たようなことが起こるのを待っていたのだ。あれは、わたしの奥底にあったきわめて本質的ななにかが解き放たれて一気に広がり、わたしをのっとったせいで、わたし自身が荒々しい黒い風となり、あの明るい陽ざしがふりそそぐ美しい日を襲ったようなものだったのだ。

そしてわたしは自問する。わたしはだれを憎んでいたのだろう？　だれを、それともなにを恐れていたのだろう？

あの地下室でルースと過ごすうちに、わたしは、怒りも憎悪も恐怖も孤独も、一本の指で押して刺激し、破壊へと突き進ませるための、同じひとつのボタンであることを学びはじめていた。

そしてそれは、勝利に似た味がすることを学んでいたのだ。

ウィリーがうしろに下がった。このときばかりは不器用に見えなかった。ウィリーの肩をきっちりと腹にくらったメグのからだが宙に浮いた。

メグの唯一の希望は、だれかが狙いをはずして、頭を壁に激突させることだっただろう。だが、だれもそんなへまをしそうになかった。メグは疲れていた。身をかわせるような余地はなかった。どこにも逃げられなかった。倒れるまで耐えるしかすべはなかったのだ。それも遠い先のことではなかった。

ウーファーが走りはじめた。股間に受けないように、メグは両膝をつかなければならなかった。

「泣けよ、くそっ!」ウィリーがそうわめいた。ほかのふたりと同様に、ウィリーも荒い息をついていた。ウィリーはわたしのほうをむいた。

「こいつ、泣かないいんだよ」とウィリーはいった。

「我慢してるんだ」とウーファー。

「泣くさ」とウィリー。「おれが泣かせてやる」

「おごってるのさ」とルースがわたしのうしろでいった。「おごれる者は久しからず、さ。みんな、おぼえておきな、図に乗ってるとひどい目にあうって意味だよ」

ドニーが体当たりをくらわせた。

ドニーはアメフトが得意だった。メグの頭ががくんとうしろへのけぞり、シンダーブロックの壁にあたった。組んでいた腕がほどけた。目の輝きが失せていた。

メグは壁にもたれたまま十センチほどずり落ちた。

だが、そこで持ちこたえた。

ルースはため息をついた。

「そこまでにしときな。いくらやったって泣きやしないよ。きょうのところはね」

ルースは手をのばしてさしまねいた。

「おいで」

彼らが満足していないのはあきらかだったが、ルースの声は、あたしが退屈したんだからもうおしまいなんだよ、という口調だった。

するとウィリーが低能の売春婦め、とかなんとかいい捨て、ひとりずつわたしのわきを通って出ていった。

最後まで残ったのはわたしだった。視線をそらすのが難しかった。こんなことがありうるなんて信じられなかった。

メグは壁にもたれたままずり落ちて、冷たいコンクリートの床にうずくまった。

メグがわたしに気づいたのかどうか、はっきりしなかった。

「さあ、行くよ」とルース。

ルースは金属の扉を閉め、わたしのうしろで差し錠をかけた。

そしてメグは暗闇のなかに残された。食肉用冷凍庫の扉の背後に。

わたしたちは上へもどり、コークを飲んだ。ルースはチェダーチーズとクラッカーを出した。わたしたちはダイニングテーブルを囲んだ。

さっきより小さくなっていたが、まだスーザンの泣き声が聞こえていた。やがてウィリーが立ちあがってテレビをつけた。『トゥルース・オア・コンシークエンシズ』が映り、泣き声が搔き消された。

わたしたちはしばらくクイズ番組を見た。

ルースは女性雑誌をテーブルの上に広げた。〈タレイトン〉を吸いながら雑誌をぱらぱらめくり、コーラを瓶から飲んだ。

一枚の写真――口紅の広告――にいきあたり、そのページで手をとめた。

「ちっともいいと思わないね」とルースはいった。「ありきたりな女じゃないか。いいと思うかい？」

ルースは雑誌を掲げた。

ウィリーは目をむけ、肩をすくめ、クラッカーを囓った。だが、わたしはきれいだと思った。ルースと同年輩、ひょっとしたら少し若いくらいだったが、きれいだった。

ルースはかぶりをふった。

「そこいらじゅうで見かけるんだよ。嘘じゃない。そ、こ、い、ら、じ、ゅ、うでね。スージー・パーカーっていうんだ。売れっ子モデルさ。あたしには、どこがいいのかさっぱりわからないけどね。赤毛だからかね？　たぶんそうだ。男は赤毛が好きなんだ。そういえば、メグも赤毛だね。だけど、メグの赤毛のほうがきれいじゃないかい？」

わたしはあらためて写真を見た。そのとおりだと思った。

「あたしにはさっぱりわからないよ」とルースは顔をしかめた。「メグのほうが、この女よりずっとかわいいじゃないか。どう考えたってメグのほうが美人だよ」

「まったくだね」とドニー。

「世の中、まちがってるよ」とルース。「あたしにはもう、なにがなんだかわからないね」

ルースはチーズを切り、クラッカーにのせた。

26

「今晩、うちで泊まれるように、ママに頼んでくれよ」とドニーがいった。「話したいことがあるんだ」

わたしたちは、メイプルの橋のそばから川面に石を投げて水切りをしていた。川の水は澄んでおり、ゆるやかに流れていた。

「いま話せばいいじゃないか」

「それでもいいんだけどさ」

しかしドニーは、思っていることを明かそうとしなかった。

どうしてルースの家に泊まるという考えに抵抗をおぼえるのか、わたしにはわからなかった。どういうわけか、ますます彼らとかかわりが深くなることをさとっていたのだろう。それとも、母になにをいわれるのかわかっていたからかもしれない——いまでは女の子がいるチャンドラー家に泊まることを、以前のように簡単に許すわけにはいかない、といわれるに決まっていた。

ママがすべてを知ったら、とわたしは思った。

「ウィリーも話があるって」とドニー。

「ウ、ウ、ウィリーが？」

「ああ」

わたしは笑った。ウィリーが、ほんとうに話すだけの価値のあることを心に秘めているという考えがおかしかったのだ。

正直いって、興味深かった。

「そういうことなら、行かないわけにはいかないいな」

ドニーも笑った。そして彼が、陽ざしがまだらの帯をつくっている川面に投げた石は、三度水を切りながら遠くまで飛んだ。

27

母は渋い顔をした。

「感心しないわね」

「だってママ、もう何度も泊まってるじゃないか」

「最近はそうでもないでしょう」

「メグとスーザンが来てからっていう意味？」

「ええ、そうよ」

「そんなの関係ないよ。なんにも変わってないんだ。男の子たちは二段ベッドで寝てるし、メグとスーザンはルースの部屋で寝てるんだ」

「ミセス・チャンドラーの部屋で、でしょ」

「わかったよ。ミセス・チャンドラーの部屋で」

「それじゃ、ミセス・チャンドラーは？」

「ソファを使ってるんだ。リビングルームの、ひろげればベッドになるやつで寝てるんだよ。

なんの問題もないじゃない」

「なんの問題があるのか、わかってるくせに」

「わからないよ」

「いいえ、わかってるはずよ」

「わからないっていってるじゃないか」

「どうしたんだ？」父がリビングルームからキッチンへはいってきた。「問題があるって、なんの話だ？」

「また泊まりに行きたいっていうのよ」と母はサヤインゲンを集めて水切りに入れた。

「うん？　となりか？」

「ええ」

「行かせてやればいいじゃないか」そういって、父はキッチンテーブルに座って新聞を広げた。

「ロバート、いま、あの家には若い娘さんがふたりいるのよ」

「それが？」

母はため息をついて、「お願い」といった。「お願い、ロバート、ばかなことといわないで」

「なにがばかなことだ」と父はいった。「行かせてやれ。コーヒーはないのか？」

「あるわよ」母はまたしてもため息をついて、エプロンで両手をぬぐった。

わたしは立ちあがって、母よりも先にコーヒーポットのところへ行き、それが置いてあるレンジに火をつけた。母はわたしの顔を見てからサヤインゲンにもどった。

「ありがとう、パパ」

「行ってもいいとはいってませんよ」と母がいった。

わたしは微笑んで、「行っちゃいけないともいってないよね」

母は父を見て、かぶりをふった。「ロバートったら、勝手なんだから」

「ああ、そうとも」そういって、父は新聞を読みはじめた。

28

「〈ゲーム〉のことを話したんだ」とドニーがいった。

「だれに？」

「ルースに。ママに。それ以外のだれに話すっていうんだよ、頭悪いなあ」

チャンドラー家にはいると、キッチンでドニーが、ひとりでピーナツバター・サンドイッチをつくっていた。それがその日の夕食らしかった。調理台には、ピーナツバターとグレープジャムの汚れがつき、パンくずが散らばっていた。なにげなく、銀食器を数えてみた。やっぱり五組しかなかった。

「話したのか？」

ドニーはうなずいて、「ウーファーが話したんだよ」

ドニーはサンドイッチを齧って、ダイニングテーブルについた。わたしは彼の正面に座った。はじめて見る一センチほどの煙草の焼け焦げがあった。

「まいったな。なんていってた？」

「なにも。なんか変だったよ。まるで知ってたみたいだったんだ」

「知ってた？　知ってたってなにを？」

「なにもかもを。だけどたいしたことじゃない、みたいな感じだったのさ。おれたちがなにをやってるかを、ずっとまえから承知してたみたいだったんだよ。すべての子供がやることをな」

「嘘いうな」

「嘘じゃない。ほんとなんだ」

「くそ」

「ほんとなんだってば。ママが知りたがったのはいっしょにやったのはだれかっていうことだけだったから、おれが教えたんだ」

「おまえが教えた？　ぼくのことを？　エディのことを？　みんなのことを？」

「いっただろ、ママは気にしちゃいないんだ。なあ、頭を冷やしてくれよ、デイヴィー？　ママは怒っちゃいないんだってば」

「デニースのことは？　デニースのことまで話したのか？」

「ああ。なにからなにまで」

「デニースを裸にしたことも？」

　信じられなかった。いままでずっと、まぬけなのはウィリーだと思っていたのに。わたしはサンドイッチを食べるドニーを見すえた。ドニーは微笑んで、首を左右にふった。

「いっただろ、心配いらないって」とドニーはいった。

「ドニー」

「ほんとだってば」

「ドニー」

「なんだよ、デイヴィー」

「おまえはばかか？」

「ばかじゃないさ、デイヴィー」

「ほんのちょっとでも、ぼくがどんな目にあうか、考えたのかよ……」

「おまえはどんな目にもあわないんだってば。おかまみたいにからむのはやめろよ。なんたって、おれのママなんだぞ。考えてもみろよ」

「よかった、それで気が楽になったよ。ぼくたちが小さい女の子を裸にして木に縛りつけたのを知ったのは、おまえのママなんだからな」

　ドニーはため息をつくと、「デイヴィッド、おまえがそんなにとんまになっちまうなら、話すんじゃなかったよ」

「ぼくはとんまなのさ。知らなかったのか？」

「ああ、そうかい」ドニーはかっとなった。サンドイッチの、べたべたになった最後のひとかけらを口に放りこむと、立ちあがった。

「おい、あんぽんたん。いま、たったいま、シェルターでなにが起きてると思うんだ？」

わたしはぽかんとドニーを見つめた。どうしてそんなことがわかる？　関係ないじゃないか？

ようやくぴんときた。メグがいるのだ。

「わからないよ」とわたしはいった。

「わかってるくせに」ドニーは冷蔵庫へ行ってコークを出した。

「くそ」

ドニーは笑った。「くそなんていうなよ。信じられないなら、自分の目で確かめればいいじゃないか。おれはサンドイッチを食べに来ただけなのさ」

わたしは階段を駆けおりた。背後からドニーの笑い声が聞こえた。

外はもう暗くなっていたから、地下室には明かりがつけられており、洗濯機と乾燥機の上、階段の下、それに隅の排水ポンプの上で裸電球が光っていた。

シェルターの入口のほうを見ると、ウィリーがルースのうしろに立っていた。

ふたりとも懐中電灯を持っていた。

ルースが懐中電灯をつけ、検問中の警官のように、わたしのほうへ一度ふって見せた。

「デイヴィーが来たよ」とルースはいった。

ウィリーがちらりとわたしを見た。それがどうした。

わたしはあんぐりと口をあけた。口のなかがからからだった。わたしは唇をなめた。ルースにむかってうなずき、角を曲がって、入口からなかを覗いた。

しばらくのあいだ、なにがどうなっているのかわからなかった——あまりにも場ちがいだったからかもしれないし、それがメグだったから、それともルースがそばにいたからかもしれない。夢を見ているようだった——それともハロウィーンに、仮装のせいで、だれがいるはずなのかは知っていても、だれがだれやらわからない状態でゲームをしているような気分だった。

ドニーが階段をおりてきて、わたしの肩をぽんと叩いた。そしてわたしにコークをさしだした。

「見たか?」とドニーはたずねた。「いったとおりだったろ?」

たしかに見た。

彼らは三インチの釘をウィリー・シニアが天井に差し渡した梁《はり》に打ちつけていた——二本の釘が一メートル弱の間隔を置いてつきでていた。

そしてメグの左右の手首に縛りつけてある、適当な長さに切った二本の洗濯ロープをそれぞれの釘に巻きつけ、その端を下にまわして、どっしりと重い作業台の脚に結んであった。上の釘に縛りつけるのではなく、わざわざ下で結んであるのは、調節してぴんと張ることができるからだった。端をほどき、釘に巻きつけてあるロープをひっぱるだけで、また簡単にたるみをなくせるというわけだ。

メグは小さな本の山——ワールド・ブック百科事典の三巻分——にのっていた。目隠しをされ、さるぐるわを嚙まされていた。

裸足だった。ショートパンツと半袖のブラウスは薄汚れていた。両腕をあげているせいで、ショートパンツとブラウスのあいだの隙間からへそが覗いていた。

メグのへそはひっこんでいた。

ウーファーがメグのまえを、懐中電灯の光で彼女のからだのあちこちを照らしながら歩きまわっていた。

目隠しから覗いている左頬にはあざができていた。

スーザンは野菜の缶詰のボール箱に座って見つめていた。髪に青いリボンをつけていた。

隅に丸めた毛布とエアマットレスが見えたので、メグはここで過ごしていたのだとわかった。

いつからだろう、とわたしは考えた。

「みんなそろったね」とルースが口を開いた。

地下のほかの部分から黄色っぽい光がかすかに漏れてきていたが、おもな光源はウーファーの懐中電灯の光だったから、彼が動くにつれて影は不気味に揺れた。そのせいでなにもかもが奇怪でおぼろで幽霊じみて見えた。ただひとつの高い窓をおおう金網が、かすかに動いているように感じられた。天井を支えている二本の四×四インチの木の柱が、部屋のなかで奇妙な角度へすべるように動いた。メグの寝床の反対側の隅に積んである斧やつるはしやバールやシャベルが、見るまに位置を変え、膨れあがり、縮み、変形した。倒れた消火器が床の上を這い進んだ。

しかし、部屋を支配しているのは――頭をのけぞらせ、両腕を大きくひろげ、ゆらゆら揺れている――メグの影だった。すべてのホラー・コミックスから、ベラ・ルゴシとボリス・カーロフが出演した『黒猫』から、〈フェイマス・モンスター〉誌から、異端審問をテーマに書かれた二十五セントで買える安っぽいペーペーバックの歴史スリラーから抜けだしてきたようなイメージだった。ぼくたちはそのほとんどを集めてるんだ、とわたしは思った。

たいまつや奇妙な器具や行列や熱い石炭が詰まった火鉢が容易に思いうかんだ。

わたしは身ぶるいした。寒さのせいではなく、可能性のせいだった。

「白状させれば勝ちっていう〈ゲーム〉をしようよ」ウーファーがそういった。

「いいよ。なにを白状させる？」とルースがたずねた。

「なんでもいいよ。とにかく秘密を吐かせるんだ」

ルースは笑顔でうなずいた。「いいね。だけど、さるぐつわをしたままじゃ口をきけないじゃないか」

「すぐにしゃべらせたんじゃおもしろくないよ、ママ」とウィリー。「どっちにしろ、話す気になればわかるさ」

「ほんとかい？　白状するかい、メギー？　話す気になったかい？」

「話す気になんかなってないよ」とウーファーがいいはった。だが心配にはおよばなかった。

メグは声をあげなかった。

「それじゃ、どうする？」ルースが問いかけた。

戸口に寄りかかっていたウィリーが、ゆっくりと部屋にはいってきた。

「本を一冊減らそうぜ」とウィリーがいった。

ウィリーはかがみこんで、まんなかの一冊を抜きとると、あとに下がった。

ロープがますますぴんと張った。

ウィリーもウーファーも懐中電灯をつけていたが、ルースは、懐中電灯のスイッチを切ってだらりと垂らしたままだった。

メグの手首が、ロープにひっぱられてかなり赤くなっているのがわかった。背中がわずかに弓なりになっていた。半袖シャツがずり上がっている。メグは残りの二冊の上に、どうにか足の裏をつけて立っていた。ふくらはぎと太腿に、早くも力がこもっているのがわかった。つかのま、爪先立ちになって手首にかかる力をやわらげてから、また足をおろした。

ウィリーが懐中電灯を消した。

そのほうが薄気味悪かった。

メグは、かすかに揺れながら、黙って吊るされていた。

「白状しろ」そういって、ウーファーは笑い声をあげた。「やっぱりまだいいや」

「もう一冊抜こう」とドニー。

姉へのこんな仕打ちをどう受けとめているのかを知りたくて、わたしはスーザンをちらりと見た。スーザンはドレスの膝の上に両手を組んで座り、真剣な面持ちでメグに目を凝らしていたが、なにを考えているのか、どんな気持ちでいるのかはまったく読みとれなかった。

ウィリーがまえかがみになって、百科事典を抜いた。

いまやメグは、足指のつけねで体重を支えていた。

それでも声をださなかった。

両脚の筋肉が、くっきりと肌に浮きでていた。

「こんな格好でどれだけ耐えられるか、見ものだな」とドニー。「しばらくすればつらくなってくるぞ」

「だめだめ」とウーファァー。「そんなの甘すぎるよ。最後の一冊もとっちゃおう。爪先立ちさせてやろうぜ」

「おれはしばらく眺めていたいんだ。どうなるか見てようぜ」

しかし、どうにもなりそうもなかった。メグは耐え抜こうと決意しているようだった。そして彼女は強かった。

「白状するチャンスを与えてやっちゃどうだい？　そういう趣向だったんだろう？」とルース。

「だめだよ」とウーファァー。「早すぎるよ。それじゃおもしろくないもん。もう一冊抜いちゃいなよ、ウィル」

ウィリーはそうした。

そしてついに、メグはさるぐつわの奥で、一度だけ、なにやら声をあげた。とつぜん、息をするだけで苦しくなったせいで漏らした、小さなうめきのような声だった。ブラウスは胸のすぐ下までずりあがり、腹が不規則なリズムで苦しげに波打って、胸郭が浮かびあがった。つかのま、頭ががっくりとのけぞり、それからまたもとにもどった。

メグはきわどいバランスをたもっていた。からだがゆらゆらと揺れはじめた。顔に赤みがさしていた。筋肉が緊張していた。

わたしたちは黙りこくったまま見つめていた。

メグは美しかった。

筋肉の緊張が増すにつれ、呼吸にともなって声帯から漏れる音がいっそう頻繁に聞こえるようになっていた。声を出さずにはいられないのだ。脚がふるえはじめた。まずふくらはぎが、つぎに太腿が。

脇腹が汗の薄い膜でおおわれ、太腿が光った。

「裸にしちゃおうぜ」ドニーがいった。

その言葉は、一瞬、吊るされているメグのように、危ういバランスをたもちながら宙吊りになっていた。

だしぬけに、わたしは自分が眩暈《めまい》を起こしていることに気づいた。

「そうしよう」とウーファーがいった。

メグも聞いていた。首を左右にふった。怒りと恨みと恐怖がこめられていた。さるぐつわの奥から声が聞こえた。いや。いや。やめて。

「うるせえぞ」とウィリー。

メグは飛び跳ねはじめた。ロープをひっぱって釘からはずそうと、身をくねらせた。しかしメグは、手首をすりむき、わが身を傷つけているにすぎなかった。

メグは気にかけていないらしかった。だがロープがはずれるはずはなかった。

メグはもがきつづけた。

いや。やめて。

ウィリーが歩いていって、百科事典でメグの頭を殴った。

失神しかけて、メグのからだからがっくりと力が抜けた。

わたしはスーザンを見た。あいかわらず膝の上で両手を組んでいたが、いまや関節が白くなるほど堅く握りしめていた。スーザンは、わたしたちではなく、姉を直接見つめていた。下唇を、ひっきりなしにきつく嚙んでいた。

とても見ていられなかった。

わたしは咳払いをして、どうにか声を出した。

「なあ……みんな……ちょっと聞いてくれ。これはちょっと……」

ウーファーがくるりとわたしのほうにむきなおった。

「かまわないっていわれてるんだぞ！」ウーファーはわめいた。「いいか！　こいつの服を脱がすんだ！　裸にするんだ！」

わたしたちはルースを見た。

ルースは腹のあたりで腕を組みながら、入口にもたれかかっていた。

ルースはぴりぴりした雰囲気を漂わせていた。怒っているか、じっと考えこんでいるかのように思えた。ひき結ばれた唇は、特徴的な細い一本線になっていた。

まなざしはいっときたりともメグのからだから離れなかった。

ややあって、とうとうルースは肩をすくめた。

「それが〈ゲーム〉なんだろう？」

家の地上部分はもちろん、地下のほかの部分と比べても、シェルターは涼しかった。ところが唐突に、涼しさを感じなくなった。部屋のなかに、真綿で首を絞められているような息苦しさが、なにかが充満し、密度が増しつつあるような感覚がつのってきた。ひとりひとりから発しているように思えるかすかな電熱があたりにみなぎり、空気を満たし、わたしたちをとりまき、孤立させ、それにもかかわらずどういうわけかわたしたちを融《と》けあわせた。そのことは、まえかがみになりながら片手でワールド・ブック百科事典をつかんで立っているウィリーの様子からわかった。ウーファーがじりじりと近づきながら照らす懐中電灯の光が、愛撫するかのごとく、さっきより不安定にメグの顔、脚、腹をまさぐっているさまからわかった。なにかの甘美な毒のように、うちわで分かちあっている知識のように、となりに立っているドニーとルースからそれが染みだして広がり、わたしのからだに染みこむさまからわかった。

ぼくたちはやるんだ。いまからそれをやるんだ。

ルースは煙草に火をつけ、マッチを床に捨てた。

「はじめな」ルースは命じた。

吐きだした煙草の煙が、シェルターのなかでゆらゆらと立ちのぼった。

「だれがやるの？」とウーファー。

「おれがやる」とドニー。

ドニーがわたしの横をとおりすぎた。いま、ウーファーもウィリーも懐中電灯をつけていた。

ドニーがポケットに手をつっこみ、いつもそこに入れて持ち歩いているポケットナイフをとりだすのが見えた。ドニーはルースのほうにむきなおった。

「服をだめにしちゃまずいかな、ママ？」

ルースはドニーを見つめた。

「ショートパンツとかはだいじょうぶだと思うけど」とドニー。「だけど……」

ドニーのいうとおりだった。ブラウスを脱がせるとしたら、引き裂くか、切りとるかしかなかった。

「かまわないよ」とルース。「好きにしな」

「どんなからだをしてるか、楽しみだぜ」とウィリー。

ウーファーが笑った。

折りたたみ式ナイフをひろげながら、ドニーがメグに近づいた。

「下手なことはしないでくれよ」とドニー。「怪我はさせたくないからな。おまえが下手なことをしたら、また殴らなきゃならなくなるんだ。いいな？　ばかな真似はするなよ」

肌に触れるのを恥ずかしがっているかのように、ドニーはボタンを慎重な手つきではずし、ブラウスをからだから引き離した。ドニーは顔を赤らめていた。手つきがぎこちなかった。ふるえていた。

メグはもがきはじめたが、考え直したようだった。

ボタンをはずされたブラウスは、メグのからだにだらりとかかっていた。その下にコットンの白いブラジャーをしているのがわかった。どういうわけか、びっくりした。ルースはぜったいにブラジャーをつけなかった。メグもそうだろうと思いこんでいたのだ。

ドニーはペンナイフを持った手をのばして、左袖に襟ぐりまで切りこみを入れた。縫い目にそって切らなければならなかったが、ドニーはいつもナイフをよく切れるようにしていた。ブラウスはメグの背中へ垂れさがった。

メグは泣きはじめた。

ドニーは反対側にまわり、同じようにして右袖を切った。そして縫い目にぐいと力をこめ、短く、びりっという音をさせて引き裂いた。そしてドニーはうしろに下がった。

「つぎはショートパンツだ」とウィリー。

メグが低く泣きながら、さるぐつわを嚙まされたままなにかいおうとしているのがわかった。いや、いや、やめて。

「蹴るんじゃないぞ」ドニーはいった。

そのショートパンツには、わきのなかばまでのジッパーがついていた。ドニーはジッパーをあけ、白の薄いパンティを上へもどしながら、ショートパンツを尻まで下げた。そして足もとの床まですべり落とした。脚の筋肉がひくつき、わなないた。

ドニーはふたたびうしろに下がり、メグを見た。

みんながそうした。

最小限しかからだを隠していないメグを見たことはあった。メグはセパレートの水着を着ていた。あの年はだれもが着たものだった。小さな女の子まで。そういうわけでわたしたちは、セパレートの水着姿のメグを見ていたのだ。

しかし、同じではなかった。ブラジャーとパンティは個人的なものであって、見ることができるのはほかの女性だけのはずだったが、部屋にいるほかの女性といえばルースとスーザンだけだった。そしてルースがそれを許しているのだ。けしかけているのだ。ややこしすぎて、長くは考えられなかった。

そのうえ、目のまえにメグがいた。目と鼻の先に。五感が、あらゆる思考を、あらゆる判断を圧倒してしまっていた。

「白状する気になったかい、メギー?」ルースの声はおだやかだった。

メグはうなずいた。必死にうなずいた。

「しないさ」とウィリー。「まだまだしないよ」

クルーカットから流れ落ちる汗でウィリーの額はてかてか光っていた。ウィリーは汗をぬぐった。

いまや全員が汗をかいていた。とりわけメグは汗びっしょりになっていた。腋の下で、へそで、腹一面で細かい汗が光っていた。

「残りも脱がせよう」とウィリー。「そうすれば白状する気になるかもしれない」

ウーファーがくすくす笑った。「いまから、メグのフーチークーチーだね」

ドニーが進みでた。ブラジャーの右のストラップを切り、つぎに左のストラップを切った。

カップの締めつけがなくなったせいで、メグの胸がかすかに上へ持ちあがった。うしろのスナップをはずしてもよかったのだが、ドニーはメグのまえにまわりこんだ。カップをつないでいる細く白い帯状の部分にナイフを差しいれ、切りはじめた。

メグはすすり泣いていた。

からだが動くたびにロープにひっぱられるのだから、そんなふうに泣いたら痛いにちがいなかった。

ナイフは鋭かったが、しばらく時間がかかった。やがて、ぽんという小さな音がして、ブラジャーが落ちた。胸がむきだしになった。

ほかの部分よりも、いっそう白かった。真っ白で、完璧で、美しかった。メグが泣くのにあわせて乳房が揺れた。乳首は茶色がかったピンク色でびっくりするほど長く――わたしにはそう思えた――先がたいらになっていた。肉体の小さな高原だった。はじめて見る形だった。触れてみたくてたまらなかった。

わたしは部屋の奥へ進んだ。ルースよりもずっと近くへ寄っていた。

自分の息づかいが聞こえた。

ドニーはメグのまえで膝をついて、手を上へのばした。一瞬、礼拝の、祈りのポーズのように見えた。

そしてドニーは、パンティに指をかけると、尻の下まで、脚にそって引き下げた。時間をかけていた。

そして、またしてもショックをおぼえた。

メグは毛が生えていた。

淡いブロンドがかったオレンジ色の小さなくさむらで、小さな汗の玉が光っていた。

太腿の上のほうに小さなそばかすがあった。

脚のあいだの、なかば隠された小さな肉の襞《ひだ》が見えた。

わたしはメグを凝視した。メグの胸を。どんな感触なのだろう？　メグの肉体は想像を絶していた。股間の毛。柔らかいのはわかっていた。わたしの髪よりも柔らかいはずだった。さわりたかった。メグのからだは熱いだろう。ふるえを抑えることができなかった。メグの腹、メグの太腿、メグの力強くて真っ白な尻。

わたしのなかで、セックスのシチューがぐつぐつと沸騰し、煮つまった。

部屋のなかでは、セックスがぷんぷんにおった。

わたしは股間に堅くしこった重みを感じた。わたしは前進した。魅せられていた。スーザンのまえを通りすぎた。ウーファーの顔を見た。血の気をうしなって真っ白になっていた。ウィリーの視線はふわふわしたくさむらに釘づけになっていた。

メグは泣きやんでいた。

わたしはちらりとルースを見た。ルースもまえへ進んでおり、戸口からなかへはいっていた。左手を右の乳房へのばし、そっと指をすぼめ、それから下へおろした。

ドニーはメグの足もとでひざまずいたまま、見あげていた。

「白状しろ」とドニーはいった。

メグは身もだえしはじめた。

メグの汗のにおいがした。

メグはうなずいた。うなずかざるをえなかった。

降伏したのだ。

「ロープをゆるめてくれ」とドニーはウィリーにいった。

ウィリーは作業台に歩みより、ロープをほどくと、打ちっ放しのコンクリートの床に足の裏がきちんとつくだけゆるめてから、ふたたび結んだ。

メグはほっとしたように頭をまえへ垂らした。

ドニーは立ちあがってさるぐつわをはずした。ルースの黄色いハンカチだとわかった。メグが口をあけると、ドニーは丸めて詰めこんであったぼろきれをとりだした。ドニーはぼろきれを床に落とし、ハンカチをジーンズの尻ポケットに押しこんだ。端がちょっぴりのぞいていた。つかのま、ドニーはまるで農夫のように見えた。

「お願い……腕が……」とメグがいった。「肩が……痛いの」

「だめだ」とドニー。「ここまでだ。これ以上は許さない」

「白状しろ」とウーファー。

「どうやってひとりで楽しんでるんだ？」とウィリー。「おまえがあそこに指をつっこんでるのはわかってるんだぞ」

「それより、梅毒について話せ」そういって、ウーファーが笑った。

「そうだな。性病のことがいい」

「泣けよ」とウーファー。

「もう泣いたじゃない」とメグ。その言葉で、さほどひどく痛めつけられていないいま、かつての挑戦的態度をちょっぴりとりもどしているのがわかった。

メグはなにもいわなかった。

ウーファーは肩をすくめるしかなかった。「じゃあ、もういっぺん泣け」

乳首がさっきより柔らかくなっているように見え、なめらかでつややかなピンク色に変わっていることに気づいた。

ああ！　なんてきれいなんだ。

メグがわたしの心を読んだかのようだった。

「デイヴィッドがいるの？」とメグがたずねた。

ウィリーとドニーがわたしを見た。わたしはこたえられなかった。

「ああ、いるよ」とウィリー。

「デイヴィッド……」メグは言葉をとぎらせた。最後までいえなかったのだろう。だが、その必要はなかった。声の調子でわかった。

メグはわたしにいてほしくなかったのだ。

わたしにも理由がわかった。そして理由がわかることが、それまでメグにたいしておぼえていた恥と同じくらいの恥をおぼえさせた。だが、出ていけなかった。みんなの手前もあった。そもそも、出ていきたくなかった。見たかった。見る必要があった。恥が欲望を直視したが、すぐさま顔をそむけてしまったのだ。

「じゃあ、スーザンは？」

「スーザンもいるよ」とドニー。

「ああ、神さま」

「なにいってんだ」とウーファー。「スーザンなんか関係ないだろ。さっさと白状しろよ」

メグは、うんざりしたような、大人びた声音で、「白状だなんて、ばかげてるわ。白状することなんてなんにもないのに」

その言葉はわたしたちの気勢をそいだ。

「また高く吊るしたっていいんだぞ」とウィリーはいった。

「わかってるわよ」

「鞭打ちだってできるんだ」とウーファー。

メグは首を左右にふった。「お願いだから、ほっといて。わたしにかまわないでちょうだい。白状することなんてないんだから」

予期せざる事態になっていた。つかのま、わたしたちはだれかがなにかを、メグに〈ゲーム〉のルールにのっとったふるまいをするように説得できることをいうのを待っていた。それとも、無理やり従わせられることを。それとも、ひょっとしたら、ウィリーが脅し文句を実行して、またメグを高く吊るすのを。これを先に進めてくれることならなんでもよかった。だが、わずかな時間のあいだになにかがうしなわれてしまっていた。やり直すためには、また最初からくりかえすしかなかった。全員がそれをさとっていたと思う。甘美な陶酔もスリルも、いつのまにか消えていた。メグが話すと同時に消滅したのだ。

それが鍵だった。

話すことによって、メグにもどったのだ。美しい裸体の犠牲者ではなく、メグに。心を、心を表現する声を、さらにはたぶん自分自身の権利を持った人物に。

さるぐつわをとったのが失敗だった。

わたしたちは不機嫌になり、腹をたて、欲求不満におちいっていた。そんな状態でたたずんでいた。

沈黙を破ったのはルースだった。

「そうしてやろうじゃないか」とルースはいった。

「え？」とウィリー。

「メグの望むとおりにしてやろうっていってるのさ。ほっておいてやるんだ。しばらく考えさせてやろう。それがいいと思うね」

わたしたちは考えた。

「そうか」とウーファー。「ひとりぼっちにしておくんだね。真っ暗ななかで。こうやって吊るしたまま」

それもやり直しの一種だな、とわたしは思った。

ウィリーは肩をすくめた。

ドニーはメグを見つめた。立ち去りたがっていないのがわかった。ドニーはメグにじっと目を凝らした。

ドニーは片手をあげた。ゆっくりと、おそるおそるメグの乳房へ手をのばした。

とつぜん、わたしもドニーと同化したような気分になった。自分自身の手のごとくその手を感じることができた。指がもう少しで触れそうになった。濡れてつるつるする肌の熱さが、もう少しで感じられるところだった。

「こら」とルースがいった。「よしな」

ドニーはルースを見た。そして手をとめた。乳房まであと数センチ。

わたしは息をついた。

「その娘にさわるんじゃないよ」とルース。「あんたらには、その娘にさわってほしくないんだ」

ドニーは腕をおろした。

「こういう娘は不潔なんだ。さわるんじゃないよ。いいね？」

わたしたちはうなずいた。

「わかったよ、ママ」ドニーがいった。

ルースはふりむいて出ていこうとした。煙草を床に落として足で踏み消すと、手をふってわたしたちをうながした。「行くよ」とルースはいった。「ただし、そのまえにまたさるぐつわをしておきな」

わたしはドニーを見た。ドニーは床のぼろきれを見おろしていた。

「汚れちゃったよ」とドニーはいった。

「たいして汚れちゃいないよ」とルース。「ひと晩じゅう、わめき散らされちゃたまらないからね。嚙ましておきな」

そしてメグにむきなおった。

「ひとつだけおぼえておくんだよ」とルースはいった。「いや、ふたつだね、正確には。まず、そうやって吊るされるのは、あんたじゃなくあんたの妹かもしれないってこと。それから、あたしはおまえがなにかしら悪いことをしてるのを知ってるってことだよ。あたしはそれを知りたいんだ。要するに、この罪の告白は、まんざら子供の遊びってわけじゃないのさ。片方から聞けないなら、もう片方から聞けばいいんだ。それをおぼえておくんだね」

ルースはそういうと、向きを変えて歩みさった。

わたしたちはルースが階段をのぼる音を聞いていた。

ドニーはメグにさるぐつわを嚙ませた。

触れることもできたが、ドニーは触れようとしなかった。

ルースがまだ部屋にいて監視しているかのように。その存在感は、あたりに残っている煙草の煙のにおいよりもずっと強かったが、それと同時に同じくらい実体がなかった。ルースは幽霊で、わたしたち、つまり彼女の息子とわたしにとり憑いているかのようだった。たてついたり、従わなかったりしたら、永遠にとり憑かれるかのようだった。

ルースの承認が備えているかみそりのように鋭い刃に気づいたのはこのときだったと思う。ショーはルースのものであって、ほかのだれのものでもなかった。〈ゲーム〉なんて存在しなかった。

そう考えれば、丸裸にされ、そこに吊るされているのは、メグばかりでなく、わたしたち全員なのだった。

29

ベッドに横たわっても、わたしたちはメグにとり憑かれていた。眠れなかった。

暑い夜が、静まりかえったまま過ぎ、やがてだれかがなにかをいう。ウィリーが最後の一枚をとりさったとき、メグがどんなふうに見えたか。こんなに長いあいだ、両手を頭の上に吊られて立ちつづけるのはどんな感じなのだろう。痛いのだろうか。とうとう女の子の裸を見て、どう思ったか。そしてしばらくはそれについて語りあったが、まもなくまたみんな黙りこんで、それぞれがもの思いと夢の小さな繭に閉じこもった。

しかし、その夢の対象はただひとつだった。メグだ。わたしたちが置き去りにしたメグだ。

そしてとうとう、もう一回見ずにはいられない、ということになった。

ドニーがそれを提案したとたん、わたしたちはどんな危険がともなっているのかさとった。ルースはわたしたちに、メグをひとりきりにしておけと命じた。家は狭く、音は筒抜けだった。そしてルースは、薄いドア一枚を隔てたスーザンの部屋――スーザンもわたしたちのように眠れないまま横たわっているのだろうか？　姉のことを考えながら？――で寝ていた。つまり、シェルターの真上だ。もしもルースが起きていて、現場を押さえられてしまったらと思うと、想像するだけでぞっとした――これからずっと、ルースはわたしたちみんなをうとんじるかもしれない。

わたしたちはもう、自分たちに将来があることに気づいていた。

けれども、記憶に焼きついているイメージは強烈すぎた。まるで、自分たちがほんとうにそこにいたのか、確認する必要があると思いこんでいるかのようだった。メグの裸体と、そのそばに行けるという事実は、妖女《セイレーン》の歌声も同然だった。絶対的な力でわたしたちを招いていた。危険をおかすほかなかった。

月のない闇夜だった。

ドニーとわたしは二段ベッドの上からおりた。ウィリーとウーファーは下の段からすべりおりた。

ルースがいる部屋のドアは閉ざされていた。

わたしたちは忍び足で通りすぎた。このときばかりは、ウーファーもくすくす笑いの衝動を抑えこんだ。

ウィリーがキッチンテーブルに置きっぱなしにされていた懐中電灯の一本をとり、ドニーが地下室のドアをそっとあけた。

階段がきしんだ。祈りを捧げ、幸運を望むしかすべはなかった。

シェルターの扉もきしみをあげたが、それほど大きな音ではなかった。わたしたちはドアをあけ、メグと同じように、冷たいコンクリートの床を裸足で踏んで、なかへはいった——そこにはメグがいた。時間がまったくたっていないかのように、記憶に残っているとおりの、思い描いていたとおりの格好だった。

いや、そのままというわけではなかった。

両手からは血の気が失せ、赤と青のまだらになっていた。そして懐中電灯のぼんやりとしたむらのある光のなかでも、メグのからだの白さが見てとれた。全身に鳥肌がたっていた。乳首には皺がよって、堅くなっていた。

メグはわたしたちがはいってきたことに音で気づいて、弱よわしい泣き声のような声をたてた。

「静かにしろ」とドニーがささやいた。

メグは従った。

わたしたちはメグを見た。どこかの神殿のまえに立っているような——それとも動物園へ行って奇妙で風変わりな動物を見物しているような気持ちだった。

そのふたつを同時にしているような気分だった。

いまわたしは、メグが美人でも、若くて強くて健康な肉体の持ち主でもなく、ぶすで、でぶで、締まりのないからだをしていたら事態は変わっていたのではないだろうか、と思っている。

そうではない可能性もある。けっきょくは同じことが起きていたかもしれない。必然的な、よそ者にたいする虐待だったのかもしれない。

しかし、ルースやそのほかのみんながメグにあんなことをしたのは、まさしく彼女が美しくて強かったから、そしてわたしたちがそうではなかったからだったように思える。あの美しさにたいする一種の審判だったように。それがわたしたちにおよぼした意味、あるいはおよぼさなかった意味にたいする裁きだったように。


「水がほしいんじゃないかな」とウーファー。

メグはうなずいた。ええ。お願い、水をちょうだい。

「水をやるためには、さるぐつわをはずさなきゃならないぞ」とウィリー。

「だいじょうぶさ。騒いだりしないよ」

ウーファーは歩みよった。

「騒いだりしないよな、メグ？　ママが起きたら大変なことになるぞ」

騒がない。メグはかぶりをふった。喉から手が出るほど水をほしがっているのがわかった。

「信用するのか？」とウィリー。

ドニーは肩をすくめて、「騒いだら、メグだってまずいことになるんだ。メグだってばかじゃない。水をやろうぜ。いいじゃないか」

「持ってくるよ」とウーファー。

洗濯機と乾燥機の横にシンクがあった。ウーファーが蛇口をひねったのだろう、水が流れる音が背後からかすかに聞こえてきた。いまのウーファーは、いつになく静かだった。

それに、いつになく親切だ。ウーファーにしては。

ウィリーが、さっきと同じようにしてさるぐつわをはずし、汚れたぼろきれの塊をメグの口から出した。メグはうめいて、顎を左右に動かした。

ウーファーが、古いガラス瓶に水を満たして持ってきた。

「ペンキの缶の横にあったんだ」とウーファー。「そんなにひどくは臭わないよ」

ドニーは瓶を受けとると、メグの唇にあてて傾けた。メグは小さく喉を鳴らしながらおいしそうに水を飲んだ。あっというまに瓶の水を飲みほしてしまった。

「ほっとしたわ」とメグ。「ありがとう」

不思議な感じだった。まるですべてが許されたみたいだった。メグはほんとうにわたしたちに感謝しているかのようだった。

ある意味で、驚くべきことだった。たったひと瓶分の水にそれほどの影響力があるというのは。

あらためて、メグがどれほど無力かを実感した。

そして、ほかの男の子たちもわたしと同じように感じているのだろうか、と考えた――メグにさわりたい、という眩暈《めまい》がするほどの欲求を。両手をメグのからだに置きたかった。メグの感触を実際にたしかめたかった。胸を、尻を、太腿を感じたかった。あの、赤みがかったブロンドの、縮れたくさむらを。

それこそ、やってはいけないといわれていることだった。

気絶しそうだった。押す力と引く力。強烈な葛藤だった。

「もっとほしいか？」とウーファーがたずねた。

「いいの？　ほしい」

ウーファーはシンクへ走っていって、また瓶をいっぱいにしてもどってきた。ウーファーはそれをドニーに渡し、メグはそれも飲みほした。

「ありがとう。助かったわ」

メグは唇をなめた。ひびわれ、乾ききり、ところどころ裂けていた。

「できたら……できたらでいいんだけど……ロープをもうちょっと……すごく痛いのよ」

いかにも痛そうだった。足の裏は床についているとはいえ、ロープはぴんと張っていた。

ウィリーはドニーを見た。

そして、ふたりそろってわたしのほうをふりかえった。

一瞬、わたしはとまどった。なにを気にしてるんだろう？　まるで、彼らはわたしからなにかを期待しているのだが、それがなんなのかよくわからないかのようだった。

いずれにしろ、わたしはうなずいた。

「まあ、いいだろう」とドニー。「ちょっぴりなら。ただし、ひとつ条件がある」

「なんでも聞くわ。なに？」

「抵抗しないと約束しろ」

「抵抗？」

「音をたてたりわめいたりしないと約束しろ。抵抗したり、あとでだれかに話したりしないと約束しろ。だれにも、どんなにあとになっても」

「なにを？」

「おれたちがおまえにさわったことを」

　そういうことだった。

　それこそ、わたしたちみんなが、上の寝室で夢見ていたことだった。驚くことはないはずだった。だが、驚いた。息をのんでしまった。みんなにわたしの鼓動が聞こえるのではないかと不安になった。

「わたしにさわる？」とメグ。

　ドニーは真っ赤になって、「そうさ」

「まったくもう」とメグは首をふった。「いいかげんにしてよ」

　メグはため息をついた。そして、つかのま思案した。

「いや」とメグはいった。

「痛い思いをさせたりはしないよ」とドニー。「さわるだけさ」

「いやよ」

　熟慮を重ねたすえに、どうなろうとそんなことを許す気にならないという最終決定をくだしたかのようだった。

「ほんとだってば。傷つけたりしないって」

「いやだっていってるでしょ。そんなことを許すつもりはないの。あなたがたのだれにも」

いまやメグは激怒していた。だが、それはドニーも同じだった。

「ばかだな、どっちにしろさわれるんだぞ。だれにおれたちをとめられると思ってるんだ？」

「わたしよ」

「どうやって？」

「あなたたちがさわれるのはたった一度、それもひとりだけよ。なぜって、わたしは話したりしないから。わめいてやるのよ」

メグが本気だということには、ひとかけらの疑問もなかった。メグは絶叫するだろう。たとえどうなろうと。

メグの勝ちだった。

「そうかい」とドニー。「わかったよ。それなら、おれたちはロープをゆるめないで出ていく。さるぐつわをもとにもどして、それでおしまいだ」

メグが泣きそうになっているのがわかった。だが彼女には、ドニーに屈する気はなかった。このことにかんしては。メグの声は皮肉たっぷりだった。

「いいわよ。さるぐつわをしなさいよ。さあ、どうぞ。行けばいいのよ。さっさと出ていきなさいよ！」

「行くさ」

ドニーがウィリーにうなずくと、ウィリーはぼろきれとスカーフを手に歩みよった。

「口をあけろ」とウィリーは命じた。

つかのま、メグはためらった。だがすぐに、口をあけた。ウィリーは口にぼろきれをつっこみ、スカーフを巻きつけた。必要以上に、もとよりもいっそうきつく縛った。

「取引はまだ有効だぞ」とドニー。「おまえは水を飲んだ。だけど、おれたちはここへ来なかった。いいな？」

メグはうなずいた。全裸で、吊るされていて、しかもプライドをたもつというのは容易なことではないが、メグはそれをなんとかやりとげていた。

感嘆せずにはいられなかった。

「よし」ドニーはそういってきびすをかえした。

わたしは名案を思いついた。

手をのばし、行き過ぎようとするドニーを、腕をつかんでひきとめた。

「ドニー？」

「なんだ？」

「なあ、ちょっとだけゆるめてやろうよ。ほんのちょっぴり。作業台を何センチかずらすだけでいいんだからさ。ルースは気がつかないよ。だって、メグを見ろよ。肩を脱臼かなにかさせたいのか？　朝までにはまだまだ時間があるんだぜ。そうだろ？」

わたしはそれを、メグにも聞こえるだけの大きさでいった。

ドニーは肩をすくめた。「チャンスはやったんだ。あいつがそれに興味を示さなかったのさ」

「そりゃそうだけど」といって、わたしは身を乗りだして、微笑みながらささやいた。「でも、きっと感謝してくれるぜ。な？　メグは忘れないさ。つぎがあるじゃないか」

わたしたちは作業台を押した。

実際には、大きな音をたてないように、持ちあげるようにしながら移動させたのだ。わたしたち三人とウーファーで力をあわせれば、難しくなかった。けっきょく、ロープは二、三センチゆるんで、どうにか肘を曲げられるほどになった。長いあいだ、メグはそれすらできなかったのだ。

「またね」扉を閉めながら、わたしはそうささやいた。

暗闇のなかで、メグはうなずいていてくれていたと思う。

陰謀をめぐらそう、とわたしは思った。ふたとおりの意味で。どちらにたいしても。

まんなかに立って、両方に働きかけるんだ。

名案じゃないか。

満足だった。

自分は頭が切れるし高潔だと感じ、興奮していた。わたしはメグを助けたのだ。いつの日か報われることだろう。いつかさわらせてくれるにちがいない、とわたしは確信した。ほかのやつらといっしょじゃなく——わたしだけに。

きっとさわらせてくれる。

だからこそ、「またね」とささやいたのだ。

メグが感謝してくれるみたいに。

わたしは正気をうしなっていた。狂っていたのだ。

30

翌朝、みんなで地下へおり、シェルターへはいったときには、ルースはメグのいましめを解き、着替えさせていた。メグはエアマットレスの上であぐらをかいて、与えられた熱いお茶とバターを塗っていない食パンのトースト何枚かという食事をしていた。

服を着、食事をし、目隠しとさるぐつわをはずされたメグは、もうそんなに神秘的ではなかった。顔色が悪く、やつれて見えた。疲れはて、見るからに不機嫌だった。前日の誇り高いメグや苦しんでいるメグの面影もなかった。

ものを飲みこむのがつらそうだった。

ルースは、まるで母親のように上から覗きこんでいた。

「トーストを食べな」とルース。

メグはルースを見あげ、それから膝にのせた紙皿に目を落とした。

階上のテレビの音が聞こえた——なにかのクイズ番組だ。ウィリーが足をするようにして歩いた。

外は雨ふりだったが、その音も聞こえた。

メグはパンをひと口食べ、いつまでも嚙みつづけて唾と同じくらい水っぽくなってから、ようやく飲みこんだ。

ルースはため息をついた。メグが嚙みつづけるのを見ているのが大変な試練だったかのように。両手を尻にあて、足をひろげて立っているルースは、『スーパーマン』のオープニング・クレジットのジョージ・リーヴスのように見えた。

「ほら、もっと食べな」とルース。

メグはかぶりをふった。「もう……食べられない。口のなかがからからなの。ちょっと待って。あとで食べるから。お茶を飲ませて」

「あたしは食べ物を粗末にしないんだよ、メグ。食べ物は高いんだ。そのトーストは、おまえのために焼いたんだからね」

「それは……わかってるけど、いまは……」

「あたしにどうしてほしいんだ？　捨ててほしいのかい？」

「そんな。置いていってほしいだけよ。少ししたら食べるから」

「ぐずぐずしてたら堅くなっちまうんだよ。いますぐ食べな。焼きたてのうちに。それに虫が来る。蟻が。この家に蟻を招き寄せるつもりはないんだよ」

まさにそのときシェルターを二匹の蝿が飛びまわっていたのだから、噴飯ものだった。

「すぐに食べるわ、ルース。約束する」

ルースは思案顔になった。姿勢を変えて足をそろえ、腕を組んだ。

「いいかい、メグ」とルース。「いますぐ食べてほしいんだ。おまえのためを思っていってるんだよ」

「わかってる。ただ、いまは難しいの。お茶を飲ませてちょうだい」

メグはマグカップを持ちあげて唇にあてた。

「簡単だなんていってないさ。だれも簡単だなんていってないんだ」とルースは笑った。「おまえは女だ、メグ。女であるってのは難しいことなのさ——簡単じゃないんだ」

メグはルースを見あげ、うなずくと、少しずつお茶を飲んだ。

ドニーとウーファーとウィリーとわたしは、パジャマ姿で入口に立ってそれを見ていた。わたし自身、ちょっぴり空腹だった。しかしルースもメグもわたしたちに気づいていなかった。

ルースはメグを見つめた。まだお茶はうんと熱かったから、メグはルースを見あげながらちびちびと慎重に飲んでいた。外の雨風の音が聞こえ、そしてつかのま排水ポンプが動きだし、そして止まる音が響いた。それでも、メグはお茶を飲み、ルースは黙ってそれを見つめていた。そのとき、一瞬、メグは顔をうつむけて、お茶から立ちのぼる暖かくかぐわしい香りを楽しんだ。

そしてルースが爆発した。

ルースはメグの手からマグカップを叩き落とした。カップは白塗りのシンダーブロックの壁にあたって砕けた。お茶が流れ落ちて、壁を小便の色に染めた。

「食えっていってるんだよ！」

ルースはそういって、トーストに指を突き立てた。トーストは紙皿からすべり落ちそうになった。

メグは両手をあげた。

「わかった！　わかったわよ！　食べる！　いますぐ食べるわ！　それでいいんでしょう？」

ルースはまえかがみになって、鼻と鼻がくっつきそうなほど顔を近づけたから、メグは食べるに食べられなくなってしまった――食べようとしたら、ルースの顔にトーストを押しつけるはめになってしまう。それはいい考えではなかった。なにしろルースは、烈火のごとく怒っているのだ。

「ウィリーの壁がだいなしじゃないか」とルースはいった。「あたしのマグカップを割りやがって。マグカップが安いと思ってるのかい？　お茶が安いとでも思ってるのかい？」

「ごめんなさい」メグはトーストをとりあげたが、ルースは顔を離そうとしなかった。「食べるわよ。それでいいんでしょう、ルース？」

「食べるべきだったね」

「食べるわ」

「ウィリーの壁をだいなしにしやがって」

「ごめんなさい」

「だれがきれいにするんだ？　だれがあの壁をきれいにするんだ？」

「わたしがするわ。ごめんなさい、ルース。ほんとにごめんなさい」

「なにいってんだい。だれがきれいにするのかわかってるくせに」

メグはこたえなかった。どうこたえればいいのかわからないようだった。ルースは怒りをつのらせるばかりで、なにをいってもなだめられなかった。

「わからないっていうのかい？」

「え、ええ」

ルースはすっくと立ちあがって、どなった。

「スーザン！　スーザン！　おりてきな！」

メグも立ちあがろうとした。ルースが押さえつけた。今度こそ、トーストが皿から床に落ちた。メグは床に手をのばして、その食べかけのトーストを拾いあげた。しかしルースは、茶色のローファーでもう一枚のトーストを踏みつけた。

「もういい！」とルース。「食べたくないんだろう？　食べなくてもいいんだろう？」

ルースは紙皿をつかんだ。残りのトーストが飛んだ。

「あたしがおまえのために料理するのは当然だと思ってるんだね、この恩知らず。ずうずうしいったらありゃしない！」

スーザンがたどたどしい足どりで階段をおりてきた。姿が見えるまえに、音でわかった。

「スーザン、こっちへ来な！」

「はい、ミセス・チャンドラー」

わたしたちはスーザンに道をあけた。スーザンがまえを通るとき、ウーファーは腰をかがめてくすくす笑った。

「静かにしろ」とドニー。

しかしスーザンは、幼い少女にしては、じつに威厳があった。すでにきちんと服を着ていたし、真剣な面持ちで、すこぶる慎重に歩を進めていた。

「作業台のまえに行きな」とルース。

スーザンはいわれたとおりにした。

「反対をむきな」

スーザンは作業台のほうをむいた。ルースはメグを一瞥してからベルトを抜いた。

「こうして壁をきれいにするんだよ」とルース。「壁をきれいにするために、過去を清算するのさ」

ルースはわたしたちのほうをむいた。

「だれか、こっちへ来て、スーザンのドレスをまくりあげてパンツをおろしておくれ」

この朝、ルースがわたしたちに声を発したのはそれがはじめてだった。

メグがふたたび立ちあがろうとしたが、ルースがまたしても押しもどした。

「ルールをつくるよ」とルース。「さからったり、口ごたえをしたり、しゃれた口をきいたり、とにかくそんなたぐいの真似をしたら、お嬢ちゃん――妹がその報いを受けるんだ。おまえの妹がお仕置きされるんだ。見てな。いまやってみせるからね。これでうまくいかないようだったら、またべつの手を考えるさ」

ルースはスーザンにむきなおった。

「フェアだと思わないかい、スージー？　おまえがクソねえさんのおこないの報いを受けるってのは？　メグがしでかしたことの責任を負うっていうのは？」

スーザンは静かに涙を流していた。

「い……やあああ」スーザンはうめいた。

「もちろんいやだろうさ。いやだからこそするんだ。ラルフィー、こっちへ来て、この娘の小さな尻をむきだしにしな。あとの三人でメグを押さえてるんだよ。わざわざ砲火にさらされにしゃしゃり出てこないだけの分別もない阿呆だといけないからね。

ちょっとでも手を焼かせるようなら、殴りな。ただし、さわるときは気をつけるんだよ。けじらみ《クラブ》かなにかがいるかもしれないからね。ここへ来るまでにその女がなにをしてたのか、わかったもんじゃない」

「クラブ？」とウーファー。「かに《クラブ》のこと？」

「なんでもいいから、いわれたとおりにしな。売女《ばいた》とけじらみについて説明してたら一生かかっちまう」

メグがその場にいることをべつにすれば、このまえとそっくりだった。ただし、論理はめちやくちゃだった。

だが、わたしたちはそれに慣れてしまっていた。

ウーファーがスーザンのパンティを補助具の上まで引きおろすと、今回、ルースは、押さえつけるまでもなく、二十回、すばやく、たてつづけに鞭打った。ウィリー・シニアが原爆に耐えるようにつくった小さな密室で、スーザンは大声で泣き叫び、彼女の尻はどんどん赤くなった——最初のうちこそメグは、泣き叫ぶ声とベルトがふりおろされる音が響くたびにもがいたが、ウィリーに腕を逆手にとられてねじ上げられると、顔をエアマットに押しつけながら、妹を助けるどころか、息をするために全力をつくさなければならなくなった。パジャマ姿のドニーとわたしは、そばに立って、スーザンばかりでなくメグも泣くのを聞き、その涙が汚いエアマットに染みをつくるさまを眺めていた。


お仕置きが終わると、ルースはうしろへ下がって、ベルトをベルト通しへもどした。スーザンは補助具をがちゃがちゃいわせながら、苦労して腰をかがめ、パンティをあげると、ドレスの背中側をなでつけるようにしておろした。

スーザンがわたしたちのほうをむいたとき、メグが頭をマットレスからあげた。姉妹が一瞬、目と目を見かわしたのがわかった。ふたりのあいだになにかが走った。とつぜん、涙のうしろにおだやかななにかが浮かんだのだ。悲しげだが、奇妙に静謐《せいひつ》ななにかが。

そのなにかはわたしを不安にさせた。けっきょくのところ、ふたりはほんとうにわたしたちみんなより弱いのだろうか、という疑問に駆られた。

そして、どういうわけか、これがまたしてもエスカレートしたことに気づいた。

そしてメグは視線をルースへ移し、わたしはその理由をさとった。

メグの目は怒りに燃えていた。

ルースもそれに気づき、思わず一歩あとずさった。目をほそめて、視線を部屋のなかにさまよわせた。そして、ちょっとした鋼鉄製破壊道具一式になりうる、つるはしや斧やバールやシャベルが乱雑に積み重ねてある部屋の隅に目をとめた。

ルースは微笑んで、「メグはあたしたちに腹をたててるみたいだよ、みんな」といった。

メグは黙りこくっていた。

「なんにもできやしないのはわかってるけど、おかしなことをする気になるといけないから、あそこのものは片づけといておくれ。メグのことだから、試してみようなんてばかなことを考えるかもしれないからね。頼んだよ。それから、出るときはドアに鍵をかけとくんだよ。ところで、メギー。昼食と夕食は抜きだからね。楽しい一日を過ごしとくれ」

ルースはふりむいて、シェルターを出ていった。

わたしたちはルースのうしろ姿を見つめた。足どりが少々おぼつかなかった。酔っぱらってるみたいだ、とわたしは思ったが、そうでないことはわかっていた。

「また縛る？」とウーファーはウィリーにたずねた。

「やってみなさいよ」とメグ。

ウィリーは鼻を鳴らして、「楽しいことをいってくれるじゃないか。せいぜいつっぱってくれよ。おれたちはいつだって好きなときにおまえを縛れるんだからな。なぜだかわかるだろ？スーザンさ。それを忘れるなよ」

メグはウィリーをにらんだ。ウィリーは肩をすくめた。

「あとにしようぜ、ウーファー」そして、ウィリーは斧とシャベルを拾いあげた。ウーファーがつるはしとバールを持ってあとにつづいた。

格好の置き場だったシェルターから出さなければならないとなると、それらをどこに置くかで意見がわかれた。地下はときどき水浸しになるから、さびてしまうおそれがあったのだ。ウーファーは、天井の梁《はり》から吊るそうと主張した。ドニーは壁に釘を打ってひっかけておこうと主張した。ウィリーは、かまうもんか、ボイラーのそばに置いておこうぜと主張した。さびたってかまうもんか。ドニーが勝ちをおさめ、三人は、乾燥機のそばに置いてある、ウィリー・シニアが第二次世界大戦中に使っていた古い兵士用トランクのなかをあさりに行った。トランクは道具箱になっていて、かなづちや釘を入れてあるのだった。

わたしはメグに視線をむけた。そのためには意を決する必要があった。たぶん、憎悪を予期していたのだろう。なかばそれを期待し、心待ちにしていた。そうすれば、少なくとも、メグとそれ以外の友人にかんして、どんな立場から行動すればいいのかはっきりするはずだった。すでに、どっちつかずの態度をとりつづけることの難しさを実感していたのだ。だが、憎悪はみじんも認められなかった。メグはわたしをひたと見つめていた。べつだん不自然ではなかった。

「逃げればいいじゃないか」とわたしは低い声でいった。「手を貸してあげてもいいよ」

メグは笑顔になったが、きれいな笑顔とはいえなかった。

「で、見返りになにを求めるの、デイヴィッド？」とメグはたずねた。「なにかを期待してるの？」

一瞬、メグはちょっぴり、ルースがいっていたように、ふしだらな女に聞こえた。

「いや。なにも」わたしはそうこたえた。だが、メグはわたしの急所をついていた。わたしは赤くなった。

「ほんと？」

「ほんとだよ。嘘じゃない。だからさ、逃げるあてがあるかどうか知らないけど、とりあえず、ここから逃げだせばいいじゃないか」

メグはうなずいて、スーザンを見やった。そしてとつぜん、メグの口調ががらりと変わった。淡々としていて、信じられないほどしっかりした、ひどく大人びた声音にもどっていた。

「わたしは逃げられるわ」とメグはいった。「だけど、スーザンは逃げられない」

そのときスーザンが、唐突にふたたび泣きはじめた。つかのまメグを見つめてから、たどたどしい足どりで歩みよって、姉の唇に、頬に、そしてふたたび唇にキスをした。

「わたしたちでなんとかするわ」とスーザンはいった。「メグ？　わたしたちでなんとかできるわよね、そうでしょ？」

「ええ」とメグ。「だいじょうぶよ」

メグはわたしを見た。

姉妹は抱きあった。そしてメグから離れると、スーザンは入口で立っているわたしのところへやってきて、わたしの手を握った。

そしてわたしたちは、またしてもメグを閉じこめた。

31

だが、助けを申しでたにもかかわらず、わたしはチャンドラー家へ足をむけなかった。状況を考えれば、それが最善の選択だった。

わたしはイメージにとり憑かれていた。

観覧車に乗って笑っているメグ。小川の〈大岩〉で腹這いになっているメグ。ショートパンツ、首で紐を結ぶドレス、大きな麦わら帽子という格好で庭仕事をしているメグ。運動場で、敏捷にベースをまわっているメグ。そしてなによりも、裸でもがいているメグ、無防備にすべてをさらけだしているメグだった。

一方で、ウィリーとドニーが、タックルの練習でもしているかのようにメグに組みついているところも脳裏にうかんだ。

一枚のトーストを飲みこめなかったせいで、エアマットレスに押しつけられている口が見えた。

イメージは矛盾していた。わたしは混乱した。

そこでわたしは、どうするべきかを——することがあるとして——決めるため、その一週間の、雨ふりがつづく気が滅入るような悪天候を口実に、チャンドラー家を訪れなかった。

その週、ドニーとは二度会った。だが、ドニー以外とはまったく顔をあわせなかった。

一度めは、薄暗い午後、わたしがゴミを出していると、スウェットシャツのフードをかぶったドニーが霧雨のなかへ走りでてきたときだった。

「なあ」とドニーはいった。「今晩は水なしなんだぜ」

もう三日連続で雨がふっていた。

「え？」

「メグだよ、とんま。ママは今晩、ひと口もメグに水をやらないと決めたんだ。明日の朝までな」

「なんで？」

ドニーは微笑んだ。「話せば長いことなんだ。あとで説明するよ」

そして家へ駆けもどっていった。

二度めは二日後だった。その日は晴れており、わたしは四段変速の自転車に乗って、母の使いで買い物に行く途中だった。ドニーは、おんぼろのシュウィン社製自転車に乗って、ドライブウェイをうしろから追いついてきた。

「どこへ行くんだ？」

「買い物だよ。ママに、ミルクだのなんだのを頼まれたんだ。おまえは？」

「エディのうちへ行くのさ。あとで、給水塔のところで試合があるんだ。ブレーヴス対バックスだよ。来るかい？」

「やめとく」ドニーのいっているのはリトルリーグの試合だったが、わたしは関心がなかった。

ドニーはかぶりをふった。

「気分転換しに行くんだ」とドニー。「もう、やんなっちゃったよ。いま、おれがなにをやらされてるか、わかるか？」

「なんだよ」

「裏庭に、メグがクソをした鍋をあけに行かされてるんだぜ！　信じられるか？」

「なんだって？　どうして？」

「いまじゃ、メグはいっさい上へあがることを禁じられてるんだ。トイレへも行かせてもらえないのさ。だから、あのバカ女は我慢してるんだ。だけど、いくらあいつだって、ときどきは小便とクソをしないわけにはいかない。そういうわけで、おれが些細な問題を片づけるはめになったのさ！　信じられるか？　どうしてウーファーじゃないんだ？」とドニーは肩をすくめた。「だけどママは、年上の子供のどっちかの仕事だっていうんだ」

「どうして？」

「知るか」

ドニーは自転車をこぎはじめた。

「なあ、ほんとに野球をしに来ないのか？」

「ああ。きょうはやめとく」

「わかった。じゃあな。家へ来いよ、な？」

「わかった。行くよ」

だが、行かなかった。その日は。

突拍子もなさすぎた。メグがトイレへ行くところですら想像できないのに、まして彼女が鍋にした大便をだれかが裏庭へ捨てるだなんて、想像を絶していた。もしも地下へおりたとき、その日はまだ捨てていなかったら？　もしもあのシェルターで、メグの小便と大便の臭気を嗅ぐはめになったら？　すべてに吐き気を催した。メグに吐き気を催した。そんなのメグじゃなかった。ほかのだれかだった。

そして、またべつの奇妙なイメージに苦しめられるようになった。

問題は、だれにも話せないということだった。考えをまとめるために、だれかに相談するというわけにいかないことだった。

同じブロックの子供たちに聞けば、全員が、チャンドラー家で起きている事柄になんらかの情報を持っているのがわかっただろう――漠然としか知らない子も、かなりくわしく知っている子もいた。だが、意見を持っている子はひとりもいなかった。まるで嵐や日没などの自然現象、ときどき起きるべくして起きる現象にすぎないかのようだった。だとしたら、夕立に文句をつけてもはじまらなかった。

男の子なら、ある種の問題は父親に相談するべきだということはわたしも承知していた。

そこで、試してみることにしたのだ。

ときどきは〈イーグルズ・ネスト〉へ行って仕入れや掃除やらを手伝わなければならない年齢に達していたので、わたしは砥石と炭酸水を使ってキッチンのグリルを掃除していた。グリルがゆっくりと冷えたら、油を炭酸水で柔らかくして、排水溝へこそげ落していたのだ——千回もメグがやっているのを見たようなたぐいの、骨の折れる仕事だ。その最中に、とうとう話しはじめたのだ。

父は細かく砕いたパンを入れて水増しをしたシュリンプサラダをつくっていた。

酒の配達が来たのがバーとキッチンの仕切の窓から見えた。ホディという、父が雇っている昼番のバーテンが注文書と箱詰めされた酒をつきあわせているうちに、二ケース分のウォッカについて配達員に文句をつけはじめた。ハウスブランドのウォッカだったが、足りないのはあきらかだったからだ。ホディは激昂した。ホディは、戦争中、なかば営倉で過ごしたほど短気な、がりがりに痩せたジョージア男だった。配達員は冷や汗をかいていた。

父はおもしろがっていた。ホディ以外にとって、その二ケースはたいした問題ではなかった。受けとっていない酒の代金は払わなければいいだけの話だった。だがおそらく、わたしが話しはじめるきっかけになったのは、ホディの怒りだったのだろう。

「ねえ、パパ」とわたしは話しかけた。「男が女を殴るのを見たことある？」

父は肩をすくめた。

くんだ？」

「ああ。あるとも。ガキとか酔っぱらいだな。何度か見たことあるよ。なんでそんなことを聞
「そういうことをしても……かまわないって思う？」

「かまわない？　許されるかどうかっていう意味か？」

「うん」

父は笑った。「そりゃ、難しい質問だ。女ってやつは、ときどき、ほんとにむかつくもんだからな。一般論をいえば、答えはノーだ。つまり、手を出すよりもましな方法で女を扱わなきゃいけないってことだな。女のほうが生物として弱いという事実を重んじなきゃならないのさ。女を殴るなんて、ならず者のすることだ。わかるな？」

父はエプロンで両手をぬぐった。そして微笑んだ。

「もっとも、殴られて当然のことをする女も見たことがある。バーで働いてると、そういうことも目にはいるもんなんだ。酔っぱらった女が、いっしょにいる男を口汚くののしり、はては殴りかかるところなんかがな。そうなったら、男はどうしたらいいっていうんだ？　黙って座ってるのか？　そういうわけで、男は一発食らわせるのさ。そんな女とは、即刻わかれるべきなんだ。

いいか、例外があることがちゃんとした規則の証拠なんだ。ぜったいに女を殴っちゃいけない——なにがあってもそんなことはするな。もしもおまえが女を殴るところを見たら、おれがおまえを張り飛ばすからな。だが、ときには、しかたがないこともある。それくらい追いこま

れてしまうことがな。わかるか？　ひと通りの解釈じゃすまないのさ」

わたしは汗をかいていた。仕事のせいであると同時に父の話のせいだったが、仕事をいいわけにできた。

父はツナサラダをつくりはじめた。またしても砕いたパン、それに刻んだピクルスを入れていた。となりの部屋では、ホディが配達員に、トラックへもどって足りないウォッカをさがしてこいと命じていた。

わたしは父がいったことを理解しようとした——ぜったいにだめだが、しかたがないこともある。

それくらい追いこまれてしまうことが。

その言葉が気にかかった。どこかの時点で、メグはルースを追いこんでしまったのだろうか？　わたしが見ていないところでなにかをしたのだろうか？

これは、〝ぜったいに〟のケースなのだろうか、それとも〝しかたがない〟のケースなのだろうか？

「どうしてそんなことを聞くんだ？」と父はたずねた。

「べつに」とわたしはこたえた。「友だちが話してるのを聞いたんだ」

父はうなずいた。「おまえは手を出すんじゃないぞ。男だろうと、女だろうとな。そうすれば、厄介事に巻きこまれないですむ」

「うん、わかった」

わたしはグリルに炭酸水をたっぷり注いで、ぶくぶく泡立つさまを眺めた。

「でも、エディのパパはミセス・クロッカーを殴ってるって噂だけど。デニースとエディのことも」

父は顔をしかめた。「ああ、知ってるよ」

「ほんとなの？」

「ほんとだなんていってないさ」

「だけど、ほんとなんだね？」

父はため息をついて、「いいか。どうしておまえが、とつぜんそんなことに興味を持ったのかはわからん。だが、もう、理解できるだけの、納得できるだけの歳になってるはずだ……さっきいったのと同じことさ。ときどき、男は追いこまれる。追いこまれたと思いこむ。そして……やってはいけないとわかっていることをやってしまうんだよ」

父のいうことは正しかった。わたしも、それがわかるくらいの歳になっていた。そのうえ、言外の意味もくみとれた。外で配達員にどなっているホディの声の反響と同じくらいはっきりとしていた。

あるとき、ある理由で、父は母を殴ったことがあるのだ。

実際、わたしはそれをなんとなくおぼえていた。深い眠りから目覚めたときの、家具がぶつかる音。わめき声。そして平手打ちの音。

ずっと以前のことだ。

とつぜん、父に怒りをおぼえた。父の大柄なからだに目をやり、母を思った。だが、怒りはしだいにさめ、自分は安全な場所に隔離されているという感覚をおぼえるようになった。

そして、この件にかんして話を聞くべきなのは母なのだと思いあたった。母なら、どんな気持ちがするのか、なにを意味しているのかを知っているはずだった。

けれども、聞けなかった。まさにそのとき、その場にいたとしても聞けなかったろう。けっきょく、聞かなかった。

父はサラダをつくりおえると、わたしたちがよく、そのうち衛生課に摘発されるという冗談のたねにしていた綿の白いエプロンであらためて手を拭いてから、買ったばかりの自慢の電動ミートスライサーでサラミを切った。わたしは油を排水溝にこそげ落としてグリルをぴかぴかにした。

だが、なにひとつ解決しなかった。

それからまもなく、わたしは渦中にひきもどされた。

32

わたしをひきもどしたのは、メグの肉体というどうしても脳裏から消せないイメージにほかならなかった。そのイメージは、寝てもさめても、千もの夢想を生じさせた。心が安らぐイメージも、暴力的なイメージも——ばかげたイメージもあった。

夜、ベッドに横になって、枕の下に隠したトランジスタラジオから流れるダニー&ザ・ジュニアーズの〈踊りにいこうよ〉を聴きながらまぶたを閉じると、目に見えないパートナーとジルバを踊っているメグが見えた。上端を折り返した白のボビーソックス以外はなにも身につけていない、ダンスホールでただひとりの女の子。まるで裸の王様のように、素裸でもくつろいでいた。

向かいあわせに腰かけてモノポリーをしていて、わたしがブロードウォークとマーヴィンガーデンズを手に入れると、メグが立ちあがってため息をつき、薄いコットンの白いパンティを脱いだこともあった。

でも、ラジオからプラターズの〈トワイライト・タイム〉かなにかが流れるなか、深い青のテクニカラーの星明かりのもと、掻き抱いたメグとキスをしたりもした。〈ゲーム〉をしていることもあった——そしてそれは、ちっとも愉快ではなかった。

わたしは神経過敏になり、いつもびくついていた。

行かなければならないのはわかっていた。だが、おとずれたとき、いったいなにを目にすることになるのか、怖くてたまらなかった。

母もわたしの様子がおかしいことに気づいていた。夕食を食べている最中にいきなり立ちあがって水のはいったコップをこぼしたり、キッチンへよろよろとコークをとりに来たりするわたしを、母が口をすぼめながら、不安げな顔で見つめているのがわかった。

おそらくそれが、母に話さなかった理由のひとつなのだろう。それとも、母親だから、女だから、という理由にすぎなかったのかもしれないが。

だが、わたしはとうとうチャンドラー家へ行った。

そしてわたしがおとずれたとき、状況はまたしても変化していた。

家にはいって最初に聞こえたのはルースの咳だった。つづいて低い話し声が聞こえた。そして、ルースはメグに話しかけているのだとわかった。ルースは、メグ以外のわたしたちにはけっして使わない、教師が小さな女の子に教えさとしているような独特な調子で話していたからだ。わたしは階段をおりた。

作業用のライトが備えつけられていた。洗濯機の反対側のコンセントからとった電線が、ウイリー・シニアの大梁《おおばり》の一本にとりつけたフックへのびており、そこからまばゆく輝く篭つきの電球がぶら下がっていた。

ルースは、シェルターに置きっぱなしになっていた古いカードテーブル・セットの折りたたみ椅子に、煙草を吹かしながら、わたしに背をむけて座っていた。吸い殻が床に散乱していることからすると、かなり長時間そうしているらしかった。

男の子たちの姿はなかった。

メグはルースのまえで、フリルのついたドレスを着て立っていた。メグが着るなんて想像もできないドレスだったから、たぶんルースの古着なのだろう、とわたしは察しをつけた。清潔でもないのが見てわかった。したがって、半袖がふわっとふくらんでいて、スカートにくっきりとしたプリーツがはいっていた。腕と脚はむきだしだった。

ルースも、似たような、だがもっと簡素ですそひだやフリルが少ない青緑色のドレスを着ていた。

煙草の煙のなかから樟脳《しょうのう》の臭いを嗅ぎわけられた。防虫剤だ。

ルースはしゃべりつづけた。

一見したところ、姉妹のように見えた。ルースのほうが背が高かったし痩せていたが、体重は同じようなものだった。いまのふたりは髪がいくらか脂じみていたし、パーティーに着ていく服を選んでいるかのように、古くて臭いドレスを身につけていた。

とはいえ、ルースは椅子に腰かけて煙草を吸っているだけだった。

いっぽうメグは、ウィリーの四×四インチの支柱の一本に縛りつけられていた。両腕をうしろ手にきつく結ばれていたし、両脚も縛られていた。

さるぐつわは噛まされていたが、目隠しはされていなかった。

「あたしがあんたぐらいの年頃だったときは」とルースはいっていた。「必死に神を求めたもんだった。町じゅうの教会へ通ったんだ。バプテスト、ルター派、監督教会、メソジスト。片っ端だった。セントマティーズまで行ってオルガンのあるバルコニーに座って、〈九日間の祈り〉をしたことだってあるんだよ。

あれは、女とはなにかを知るまえのことだった。だれがそれを教えてくれたのか、わかるかい？　ママだよ。

もちろん、ママは自分があたしに教えてることに気づいていなかった。あたしがあんたに教えてるやり方とはちがってた。むしろ、あたしが自分で学んだんだ。

あたしが両親からすべてを与えられていたことはおぼえておいておくれ――女の子が望むものはすべて。もちろん、大学へは行かせてもらえなかった。だけど、どっちにしろ、あのころ、大学へ進む女の子なんてほとんどいなかったからね。だけどあたしのパパは――安らかに眠りたまえ――生きるために、ママとあたしのために懸命に働いた。あたしたちにはなんの不足もなかった。ウィリーがあたしにした仕打ちとは大ちがいだよ」

ルースは吸いさしから新しいタレイトンに火をつけた。ルースは、うしろにわたしがいることに気づいていないか、それとも気にしていないかのどちらかのようだった。というのも、メグが奇妙な表情をうかべてまっすぐにわたしを見つめていたし、それどころか、がたつく古い階段をおりるとき、いつものように音をたてたのに、ルースはふりむいたり、話すのをやめたり、それどころか煙草に火をつけるのもやめなかったからだ。ルースは煙草を吹かしながら話をつづけた。

「もっとも、あたしのパパも、ウィリーみたいなのんべえだった。パパの足音が聞こえた。パパは、夜、帰ってくるとまっすぐにベッドへむかい、雄馬みたいにママに乗っかった。はあはあという息づかいと、ママのいやがる声、それにときどき妙なぴしゃりという音が聞こえたけど、まったくウィリーにそっくりだったよ。あたしたち女は、ママと同じあやまちをくりかえしてしまうから、いつも男に降参するはめになるんだ。あたしにも同じ弱さがあったから、ウィリーが残したあの子たちに腹を空かさせるはめになってるのさ。昔のように、戦争中のように働くこともできやしない。いまじゃ、男たちが仕事という仕事をとっちまったからね。あたしには、育てなくちゃならない息子たちがいるっていうのに。

そりゃ、ウィリーは小切手を送ってくれてるけど、とうてい足らないんだ。わかるだろ？あんたらの小切手だってたいした額じゃない。

あたしのいってることがわかるかい？　おまえは呪われてる《ゴット・ザ・カース》んだよ。月のもの《カース》のことじゃないよ。おまえは、あたしよりひどく呪われてるんだ。おまえはぷんぷんにおうんだよ、メギー！　おまえはママやあたしがアイルランドのろくでなしとしたのと同じことをして、殴られ、ファックされ、ファックを好きにさせられ、ファックを愛するようにさせられ、そのあげく、叩きのめされて捨てられるんだ。

ファック。それが問題なのさ。おまえの暖かく湿ったおまんこが。それが〝呪い〟なんだ。わかるかい？　〝イヴの呪い〟だよ。それが弱さなんだ。それのせいで女は男のいいなりになるんだ。

　いいかい、女はふしだらで、動物同然なんだ。それを忘れちゃいけない。いつも心にとめておかなきゃならない。利用され、犯され、虐待されるんだ。穴を持った愚かでふしだらな負け犬であって、それ以上のものにはけっしてなれないんだ。

　おまえのためにしてやれるのは、いまあたしがしてることだけなのさ。いうなれば、おまえのそれを焼きつくしてやろうとしてるんだ」

　ルースはマッチに火をつけた。

「そら」

　ルースはそのマッチをメグの黄色いドレスに投げつけた。マッチはメグに当たるまえに消え、煙を吐きながら床に落ちた。ルースはまたマッチに火をつけた。

「そら」

　今度は身を乗りだしてからマッチを投げたから、ドレスに当たったときもまだ消えていなかった。マッチはプリーツのあいだにひっかかった。メグは四×四インチの柱に縛られたままもがいてマッチをふり落とした。

「強くて若くて健康な娘――おまえはそんな自分がさわやかないい香りをさせてると思ってる。だけど、あたしにいわせれば、焦げ臭い、熱いおまんこみたいなにおいなんだ。おまえは〝呪い〟と弱さを持ってる。おまえはそれを持ってるんだよ、メギー」

　メグのドレスの、マッチがひっかかったところに小さな黒い焼け焦げができていた。メグはわたしを見つめた。さるぐつわを嚙まされたまま、声をあげた。

　ルースは煙草を落とし、足をのばして踏み消した。

　椅子から立ちあがり、身をかがめて、またマッチをすった。部屋のなかに、とつぜん、硫黄《いおう》の臭気がたちこめた。

　ルースは、ドレスの縁をマッチであぶった。「そら。感謝してもらいたいくらいさ」

　メグはもがいた。ロープから逃れようと、必死に身をよじらせた。

　縁は茶色くなり、黒くなったが、燃えあがりはしなかった。

　マッチの炎が小さくなった。ルースはふり消して、床に落とした。そしてまたマッチに火をつけた。

　ルースはマッチを縁のすぐそばまで近づけた。さっき焼き焦がしたのと同じ場所だった。ルースは、映画のなかで実験中の、奇怪なマッドサイエンティストじみていた。

　ドレスが焦げるにおいは、アイロンをかけているときのようなにおいだった。

　メグは身もだえした。ルースは片手でドレスを持ちあげながら、マッチであぶりつづけた。

　とうとうドレスに火がつくと、ルースは手を離し、ドレスはメグの脚におおいかぶさった。

　ひと筋の炎がじりじりと這いあがっていくのが見えた。

　広がっていった。

焼却炉で兵隊を燃やしているウーファーのようだった。ただし、こっちは本物の人間だった。メグのくぐもったかん高い絶叫が、現実であることをひしひしと感じさせた。

いまや、炎は太腿まで、あと半分のところに達していた。

わたしは駆けつけて、炎を手で叩き消そうとしかけた。

そのとき、ルースが手をのばして、すぐそばの床に置いてあったコークをドレスに浴びせた。

ルースは笑いながら、ふりかえってわたしを見た。

メグは安堵してぐったりした。

わたしはよほどおびえきった顔をしていたのだろう。というのも、ルースが笑いつづけたからだ。それで、ルースはずっと、意識のどこかで、背後にわたしがいることに気づいていたにちがいないとわかった。だが、ルースは気にとめなかったのだ。わたしに立ち聞きされてもかまわないと思っていたのだ。メグに授けている教訓に集中するあまり、それ以外のことなどうでもよくなっていたのだ。そのときはじめて見た、ルースの目の色でそれがわかった。

その目の色は、そのあとも見ることになった。

数えきれないほど何度も。

二度めのノイローゼのあと、最初の妻の目にうかぶのを見た。彼女の〝療養所〟仲間の何人かの目にうかぶのを見た。そのうちのひとりは、植木ばさみで妻と幼い子供たちを殺害したのだそうだ。

笑いがみじんも含まれていない、冷えびえとしたまったくの空虚だった。同情も、哀れみも、ひとかけらもなかった。野獣じみていた。肉食動物の目のようだった。まるで蛇の目だった。


それがルースだった。

「どうだい？」とルースはたずねた。「いうことを聞くと思うかい？」

「さあ」とわたしはこたえた。

「トランプでもしようか？」

「トランプ？」

「エイトなんかどうだい？」

「うん、いいよ」なんだっていいよ、とわたしは考えた。なんだってつきあうよ。

「うちの子たちが帰ってくるまでの暇つぶしさ」とルース。

わたしたちは階段をのぼり、トランプをしたが、そのあいだ、十語も言葉を交わさなかったと思う。

わたしはコークをがぶがぶ飲んだ。ルースは煙草を何本も吸った。

勝ったのはルースだった。

33

ドニーとウィリーとウーファーは『怪物の作り方』のマチネーを観に行っていたのだった。

ふだんなら、むっとしていたことだろう。なにしろ、ほんの数カ月まえ、みんなで『ぼくは十代の狼男だった』と『ぼくは十代のフランケンシュタインだった』の二本立てを観に行ったばかりだし、『怪物の作り方』は同じモンスターが登場する一種の続編だったから、わたしを待つか、せめて声をかけてくれてもよかったからだ。だが三人は、どっちにしろ最初の二本ほどおもしろくなかったといったし、わたしは地下で見たことでまだ頭がいっぱいだった。そしてルースとわたしが最後の何勝負かをしているあいだに、メグのことが話題になった。

「メグは臭いんだよ」とウーファーはいった。「汚いんだ。洗ったほうがいいよ」

わたしは、臭いと思ったことは一度もなかった。

樟脳と、煙草の煙と、硫黄のにおいしかしなかった。

だが、ウーファーの主張には説得力があるらしかった。

「名案だな」とドニー。「しばらく洗ってないし。きっとメグも喜ぶよ」

「メグが喜ぶかどうかなんて、だれが気にするんだよ?」とウィリー。

ルースは聞いているだけだった。

「上にあがらせなきゃならないな」とドニー。「逃げようとするかもしれないぞ」

「なにいってんだよ。どこへ行けるっていうのさ」とウーファー。「逃げこめるところなんてないじゃないか。どっちにしろ、縛っておけばだいじょうぶだよ」

「まあな」

「それに、スーザンを人質にしておけばいい」

「それもそうだな」

「スーザンはどこだ?」

「部屋だよ」とルース。「あたしを避けてるんだろう」

「そうじゃないよ。スーザンは、いつも本を読んでるんだ」

「避けてるんだよ。あたしは避けてるんだと思うね」

ルースはあいかわらず、目に奇妙なぎらつきをうかべているように思えた。みんなもそう思っていたのではないだろうか。というのも、だれも、それ以上ルースにさからわなかったからだ。

「ねえ、ママ?」とウーファー。「洗ってもいい?」

ゲームは終わっていたのに、ルースはずっとトランプを切っていたが、やがてうなずいた。

「まあ、いいだろう」とルースはけだるげにいった。

「服を脱がせなくちゃな」とウィリー。

「それはあたしがやる」とルース。「忘れるんじゃないよ」

「ああ」とウーファー。「忘れない。さわったりしないよ」

「それならいい」

わたしはウィリーとドニーを見やった。ウィリーは顔をしかめていた。両手をポケットにつっこんで、肩をまるめ、足をばたばたさせている。

救いようのないばかだ。

しかし、ドニーは考えこんでいるように見えた。目的とやるべき仕事があり、それをいちばん手際よく片づけるにはどうすればいいかを思案している大人のようだった。

ウーファーは満面に笑みをうかべた。

「じゃあ」とウーファー。「メグを連れてこようよ！」

わたしたちはぞろぞろと階段をおりた。ルースはいちばんあとからついてきた。

ドニーがいましめを解いた。まず脚を、つぎに手を自由にし、つかのま、手首をマッサージする猶予を与えてから、まえでふたたび手を縛った。さるぐつわをほどき、ポケットに入れた。

ドレスの焼け焦げとコークの染みにはだれも触れなかった。だが、ひと目で気づいていたことはまちがいなかった。

メグは唇をなめた。

「水がほしいんだけど？」とメグは頼んだ。

「すぐに飲ませてやる」とドニー。「これから上へ行くんだ」

「みんなで？」

「ああ」

メグは理由をたずねなかった。

ドニーはロープをつかんで、メグを階上へ導いた。ウーファーはドニーの先に立ち、ウィリーとわたしはすぐうしろにつづいた。またしても、ルースは遅れてあがってきた。

わたしは、背後のルースを強く意識していた。ルースは変だった――それには確信があった。疲れきってぼんやりしているように見えた。心ここにあらず、といったふうだった。ルースが階段でたてる足音は、わたしたちの足音より小さかった。当然たてるべき音よりも小さく、かすかに響くだけだった――それなのにルースは、のろのろと、どうにかこうにかのぼっていた。まるで十キロも太ってしまったみたいだった。当時は精神障害についてほとんどなにも知らなかったが、目にしているものが正常といいきれないことはわかっていた。ルースはわたしを不安にさせた。

階上に着くと、ドニーはメグをダイニングテーブルに着かせ、キッチンのシンクからコップに水をくんできてやった。

そのとき、はじめてシンクに気がついた。シンクには汚れた皿が山のように積まれていた。一日分よりずっと多かった。二日分か三日分以上の食器が積み重ねてあった。

それがきっかけになって、ほかのことにも注意がむいた。ちらちらとあたりを見まわしてみた。

わたしはほこりを気にするような子供ではなかった。だれが気にかける？　しかしそのとき、部屋がどれほどほこりだらけで汚れているかに気づいた。いちばん目立つのは、背後のリビングルームに置かれているエンドテーブルで、表面に手形が筋をひいているのがわかった。メグのまえのテーブルには、トーストのくずが散らばっている。メグのわきの灰皿は、何十年も洗っていないみたいに見えた。廊下の絨毯の上にはマッチが二本落ちているし、そのとなりには、ぽいと投げ捨てられたかのように、くしゃくしゃに丸めた煙草の箱の上端のように見える紙が二枚落ちている。

奇妙な感覚をおぼえた。なにかがゆるみつつあるような。ゆっくりと崩壊しているような。

メグは水を飲み終えると、もう一杯ほしがった。お願い、とメグはいった。

「心配するなよ」とウィリー。「水なら浴びるほどやるから」

メグはとまどった。

「いまからおまえを洗ってやるのさ」ウィリーはいった。

「なんですって？」

「この子たちが、おまえにシャワーをあびせたほうがいいって考えたんだよ」とルース。「うれしいだろう？」

メグは逡巡した。理由はわかった。ウィリーはそのようにいっていなかったからだ。おまえを洗ってやる、とウィリーはいったのだ。

かった。

「え、ええ」メグはこたえた。

「思いやりのある子たちだよ」とルース。「おまえが喜んでくれて、あたしもうれしいよ」

ルースのしゃべり方はひとり言のようで、ほとんどつぶやきに等しかった。

ドニーとわたしは顔を見あわせた。ドニーがルースにいくばくかの不安を抱いているのがわかった。

「ビールを飲もうかね」ルースがいった。

ルースは立ちあがって、キッチンへ行った。

「だれか飲むかい？」

だれも飲みたくないようだった。そもそもそれが普通ではなかった。ルースは冷蔵庫を覗きこんだ。きょろきょろさがした。冷蔵庫を閉じた。

「一本もない」ルースは足をひきずってダイニングへもどってきた。「どうしてだれも買っといてくれなかったんだい？」

「ママ」とドニー。「無理だよ。ぼくたちは未成年なんだ。店の人がビールを売ってく、れ、な、いよ」

ルースはくすくす笑った。「まったくだ」

それから、またむきなおった。「それじゃ、スコッチを飲もう」

ルースは戸棚に手をつっこんで、ボトルをとりだした。ダイニングへもどり、メグが水を飲んだコップをとりあげ、ウイスキーを五センチほどついだ。

「やるの、それともやらないの？」とウィリー。

ルースはウイスキーを飲んだ。「じゃあ、やるか」

メグは、わたしたちの顔を順番に見つめた。「わけがわからないわ。なにをやるの？　あの……シャワーを浴びさせてくれるんじゃなかったの？」

「おれたちが浴びせるのさ」とドニー。

「あたしが監督するけどね」とルース。

ルースはまたウイスキーを飲んだ。アルコールのおかげで、とつじょとして目の奥に輝きが生じていた。

「おまえがちゃんと清潔になるように見張るのさ」

そのとき、メグは理解した。

「やっぱり浴びたくないわ」メグはいった。

「おまえがどう思うかなんて関係ないんだ」とウィリー。「関係があるのは、おれたちがどう思うかなのさ」

「おまえは臭いんだよ」とウーファー。「シャワーを浴びる必要があるんだ」

「もう決まってるんだよ」とドニー。

メグはルースを見つめた。ルースは背中を丸めてウイスキーを飲みながら、年老いた猛禽のようにメグを見つめかえした。

「どうして……ちょっとしたプライヴァシーくらい……許してくれないの？」

ルースは笑い声をあげた。「プライヴァシーにかんしちゃ、たっぷり与えてると思うけどね。地下のあそこで一日じゅう」

「そういう意味じゃないわ。わたしがいいたいのは……」

「おまえのいいたいことくらいわかってるさ。だけど答えは、おまえは信用できない、だね。万事につけ、おまえを信用できないんだ。おまえはきっと、シャワー室にはいってちょこっと水をふりかけて、それできれいになりましたって言い張るだろうからね」

「そんなことしない。誓うわ。死ぬほどシャワーを浴びたいんだから」

ルースは肩をすくめた。「それはよかった。シャワーは浴びられるよ。死ぬ必要もない」

「お願い」

ルースは手をふってメグをさえぎった。「あたしを怒らせないうちに、さっさとそのドレスを脱ぎな」

メグは一度にひとりずつわたしたちに視線をむけた。そしてわたしは、メグがため息をつくのを見て、監視つきのシャワーのほうが、シャワーを浴びられないよりもましだと判断したのだろうと考えた。

「手が」メグは訴えた。

「そりゃそうだ」とルース。「ドニー、ファスナーをあけてやりな。そうしたら、いったん両手を解いてやって、また縛るんだ」

「おれが？」

「ああ」

わたしもちょっぴり驚いた。ルースは、触れるべからずというルールをゆるめることにしたのだろう。

メグが立ちあがると、ドニーも席を立った。ドニーは背中のファスナーをなかばおろした。ドニーはメグのいましめを解いた。それからふたたび背中側にまわって、ドレスを肩からすべり落とした。

「せめて、タオルがほしいんだけど」

ルースは微笑んで「まだ濡れてないじゃないか」といった。そしてドニーにむかってうなずいた。

メグがまぶたを閉じ、からだを堅くしてじっと立っているあいだに、ドニーはフリルのついた半袖のドレスをひきおろして両腕から抜き、乳房を、尻を、太腿をむきだしにし、足もとに落とした。メグはそのなかから踏みだした。目はあいかわらずぎゅっとつぶっていた。わたしたちを見なければ、わたしたちに見られないですむかのようだった。

「もう一度縛りな」ルースがいった。

わたしは、自分が息をつめていたことに気づいた。

ドニーはメグの正面にまわった。メグは両手をさしだし、ドニーは縛りはじめた。

「そうじゃない」とルース。「今度はうしろ手に縛るんだよ」

メグはぱっと目を見開いた。

「うしろ手？　それじゃ、どうやってからだを洗えば……？」

ルースは立ちあがった。「うるさい！　口ごたえするんじゃないよ！　あたしがうしろ手といったらうしろ手なんだし、ケツの穴をふさげといったらふさぐんだ！　二度と生意気な口をきくんじゃないよ！　わかったかい？　まったく！　このばかたれが！　あたしが洗ってやるんだ――わかったね！　さっさといわれたとおりにしな！」

メグは、おびえているのはあきらかだったが、ドニーに両腕をうしろへまわされ、手首のところで縛られるままになっていた。メグはまたまぶたを閉じた。ただし今度は、目に涙がにじんでいた。

「よし、連れていきな」ルースは命じた。

ドニーは狭い廊下を通ってメグをバスルームへ導いた。わたしたちはあとに従った。バスルームは狭かったが、無理やり全員がはいりこんだ。ウーファーは洗濯かごの上に座った。ウィリーはシンクにもたれかかった。わたしはウィリーのとなりに立った。

廊下のバスルームと反対のつきあたりにクロゼットがあった。ルースはそのなかをごそごそさがしまわっていた。やがて黄色いゴム手袋を持って出てきた。

そのゴム手袋をはめた。肘まで隠れる手袋だった。

ルースは身を折り曲げて、バスタブの蛇口をひねってあけた。

湯の蛇口だった。

湯の蛇口だけだった。

しばらく出しっぱなしにした。

ルースは温度をたしかめるために、ゴム手袋をした手を湯にひたした。唇をいかめしく真一文字に結んでいた。

勢いよく流れでる湯は、湯気をあげながら排水溝へ落ちていた。やがてルースは〝シャワー〟に切り換え、透明なビニールのカーテンを閉めた。

湯気がもうもうとあがった。

メグは目をつぶったままだった。涙が頬をつたっていた。

いまや湯気は、わたしたちを霧のように包んでいた。

とつぜん、メグが気配を察した。そして、それがなにを意味しているのかをさとった。まぶたを開き、ぎょっとしてあとずさりながら絶叫した。だがすでに、片手をドニーが、片方の手をルースがつかんでいた。メグはあらがった。いや、いやいやと叫びながら、じたばたともがいた。そしてメグは強かった。メグはまだ強かった。

ルースが手を離してしまった。

「くそっ!」ルースはわめいた。「妹を身代わりにしてもいいのかい？　かわいいスーザンを？　妹にこれを味わわせたいっていうのかい？　ええ、とびきり熱い思いを?」

メグはくるりとルースにむきなおった。だしぬけに激昂した。かっとなって平静をうしなっていた。

「勝手にして!」メグは絶叫した。「連れてくればいいでしょ!　スーザンを連れてきなさいよ！　妹を連れてきなさいよ！　もう知らない、い、い！」

　ルースは目をすがめてメグを見つめた。そしてウィリーにまなざしをむけた。肩をすくめた。

「連れてきな」おだやかにそういった。

　その必要はなかった。

　横を通りすぎたウィリーを追ってふりむくと、彼は足をとめていた。なぜなら、スーザンがすでにそこにいたからだ。スーザンは廊下に立ってわたしたちを見ていた。そして彼女も泣いていた。

　メグもスーザンに気がついた。

　そのとたん、メグはくずおれた。

「いやあああ」メグは叫んだ。「いやあああ。お願いいいい……」

　そして一瞬、わたしたちは、暖かくて濃い霧のなか、熱い湯が流れる音とメグのすすり泣きを聞きながら立っていた。なにが起こるかを知りながら。事態がどんなふうに進展するのかを知りながら。

　そのとき、ルースがカーテンをひきあけた。

「連れてきな」ルースはドニーに命じた。「気をつけるんだよ」

　わたしは見つづけた。シャワールームに押しこまれたメグに、ルースはノズルを調節してから、やけどをしそうなシャワーを浴びせ、脚から腰、腹へとゆっくり上へ移動させていき、シャワーはとうとう胸まで達して乳首の上でしぶきが散った。うしろ手に縛られた腕を自由にしようと必死にもがいているメグのからだの、湯がかかったところはたちまち真っ赤に、苦痛の色に変わって——ついにわたしは叫ばずにいられなくなった。

わたしは逃げだした。

第五部

34

しかし、それ一度だけだった。

そのあとは二度と逃げださなかった。

その日以降、わたしは中毒のようになった。そしてわたしの麻薬は知ることだった。なにが可能なのかを知ること。どこまでやれるのか、彼らがどこまで受けいれるつもりなのかを知ること。

いつだって彼らだった。わたしは部外者だった。少なくともそう信じていた。一方のメグとスーザンからも、もう一方のチャンドラー家からも距離を置いていた。直接参加したことは一度もなかった。わたしは傍観していた。けっして手をくださなかった。それですべてだった。その態度をたもっているかぎり、まったく罪がないというわけではなくても、罪があるともいいきれないはずだと考えていられたのだ。

まるで映画を観ているようだった。たしかに、ときどき怖い映画になった——ヒーローとヒロインが無事に危機を切り抜けられるのかどうか心配になるような。だがそれだけだった。ほどよく怖がり、興奮したら、席を立って暗闇から出ていき、すべてをあとに残していくことができた。

とはいえ、それはときどき、のちの六〇年代に——おもに外国で——つくられるようになった映画に近くなった。頭がぼうっとなって引きこまれてしまうとりとめがないけれど濃密な幻想に、けっきょくなにも意味していないとわかる幾重《いくえ》にも重ねられた意味に包みこまれているような感覚がもっとも印象に残る映画に。そうした映画のボール紙を切り抜いたような表情の俳優たちは、無感動のまま、シュールな悪夢じみた世界を無抵抗に流されてゆくのだ。

わたしのように。

もちろん、わたしたちはみずからの精神映画の、観客であると同時に、脚本家でも、監督でもあった。だから、わたしたちが登場人物を増やしたのは当然の帰結だったのだろう。

そして最初にオーディションを受けたのがエディ・クロッカーだったことも。

チャンドラー家ではじめてエディを見かけたのは、メグが監禁されてから三週間後にあたる、七月末の陽ざしがさんさんとふりそそぐ日の午前中だった。

シャワーのあと数日間、メグは服を着ていることを許されたし——火ぶくれができたので、治るのを待っていたのだ——彼らは総じてよく面倒を見た。スープとサンドイッチを与え、水をほしがればすぐに飲ませてやっていた。それどころかルースは、エアマットレスの上にシーツを敷いてやり、床に散乱していた吸い殻を掃除した。ウィリーが不機嫌なのは、またぞろ歯が痛みはじめたせいなのか、それとも刺激がなくなってしまったせいなのか、判別するのが難しかった。

エディの参加によって、それが変化した。

わたしがはいっていったとき、メグはまだ服――色あせたジーンズとブラウス――を着ていたが、またしても手足を縛られ、さるぐつわを嚙まされていた。作業台にうつぶせにされ、両手を台の脚につながれ、床についた両脚を結びあわされていたのだ。

エディは、ケッズの片方を脱いで、それでメグの尻を叩いていた。

エディがひと休みすると、ウィリーがふたたび革のベルトで両脚と背中を打ちはじめた。ふたりとも力をこめていた。とくにエディは。

ウーファーとドニーは立って見物していた。

わたしも見ていた。だが、ほんの少しのあいだだけだった。

エディがそこにいるのが気にくわなかった。

エディは一心不乱になっていた。

あの日、通りを歩いてくるなり、にやっと笑って黒蛇を嚙んでいることを見せつけ、蛇が路上で息絶えて動かなくなるまでわたしたちに蛇を投げつけつづけたときのエディを思い描くのは簡単だった。

エディは、カエルの頭を食いちぎった少年なのだ。

エディは、ほかの子と顔をあわせるなり、頭に石を投げつけたり、棒で睾丸を一撃する少年なのだ。

　エディは夢中になっていた。

　暑い日だったから、エディは汗だくになっていた。短く刈った人参《にんじん》色の赤毛から噴きだした汗が額を流れ落ちていた。例によってシャツを脱いでいたから、たくましいからだが目にはいったし、だらだら流れている汗のにおいも鼻をついた。

　しょっぱくて甘ったるい、古くなって腐りかけた肉のにおいだった。

　わたしは長居しなかった。

　階上へあがった。

　スーザンがキッチンテーブルでジグソーパズルをしていた。わきに飲みかけのミルクがはいったコップがあった。

　このときは珍しくテレビがついていなかった。下から、ぴしゃりと打つ音と笑い声が響いていた。

　わたしは、ルースはどこにいるのかとたずねた。

　寝室で寝てる、とスーザンはこたえた。また頭痛だった。近頃、ルースはしょっちゅう頭痛に苦しんでいた。

　そのあとわたしたちは黙りこくって座っていた。わたしは冷蔵庫からバドワイザーをとってきた。スーザンはパズルを順調に組みたてていた。もう半分以上できていた。絵柄はジョージ

・カレブ・ビンガムの〈ミズーリ川を下る毛皮商人〉という絵で、先のとがったおかしな形の帽子をかぶっている無骨でいかめしい老人と、夢見るような表情のティーンエイジャーが、夕暮れ時に、カヌーで川を漕ぎ下っているさまが描かれていた。紐でつながれた黒猫がへさきに座っている。スーザンは端と猫とカヌー、それに老人と少年の大部分を完成させていた。残っているのは、空と川、それに木々の一部だけだった。

スーザンはあてはまる川のピースを見つけた。わたしはビールをすった。

「元気？」とわたしはたずねた。

スーザンは顔をあげなかった。「ええ」

シェルターから笑い声が聞こえてきた。

スーザンはべつのピースを試してみた。それはあてはまらなかった。

「気になる？」音のことをたずねたのだった。

「ええ」スーザンはこたえた。だが、気になっているような口調ではなかった。動かすことのできない事実であるかのような口調だった。

「すごく？」

「ええ、まあ」

わたしはうなずいた。それでもう、いうことがなくなってしまった。わたしはスーザンに目をやり、ビールを飲んだ。スーザンはたちまち少年を完成させ、森にとりかかった。

「ぼくにはあいつらをとめられないんだ、わかるだろ？」

だった。


「ええ」

「なにしろ、エディがいるんだ」

「ええ」

わたしはビールを飲み終えた。

「とめられるものならとめたいんだ」ほんとうだろうか、とわたしは疑った。スーザンも同じだった。

「ほんとに？」とスーザンはたずねた。

そのときはじめて、スーザンは顔をあげ、ひどく大人びた、思慮深げな目でわたしを見た。姉の目にそっくりだった。

「もちろんさ」

スーザンはパズルにもどった。眉根を寄せていた。

「そのうち飽きるかもしれない」そういったとたん、どれほどしらじらしく聞こえるかに気づいた。スーザンはこたえなかった。

しかし、それからまもなく、物音がやみ、階段をあがってくる足音が聞こえてきた。

エディとウィリーだった。ふたりとも紅潮し、シャツのボタンをはずしていた。ウィリーの腹は生白く、醜くふくらんだ肉塊だった。ふたりはわたしたちを無視して冷蔵庫へ直行した。ウィリーはコークを、エディはバドをあけると、食べるものをさがして冷蔵庫のなかをかきまわした。たいしたものはなかったのだろう、ふたりは扉を閉めた。

「もっと痛めつけなきゃだめだな」とエディがいっていた。「ほとんど泣かないじゃねえか。気の強い女だぜ」

わたしがこの件にかんして無感動になっていたとしても、エディは次元がまったくちがっていた。エディの声は氷のようだった。ウィリーは醜く太っていたが、吐き気を催したのはエディのほうだった。

ウィリーは笑った。「さんざん泣いたからだよ。このあいだ、洗ってやったあとのあいつを見ればよかったのに」

「ふーん。なるほど。ドニーとウーファーにもなにか持っていってやったほうがいいかな？」

「なんともいってなかったじゃないか。ほしけりゃ、とりに来ればいいんだ」

「なにか食べるもんがあったらいいんだけどな」とエディ。

そしてふたりは地下へもどろうとキッチンを横切りはじめた。ふたりはわたしたちを無視しつづけた。そのほうがありがたかった。ふたりは階段をおりていき、姿が見えなくなった。

「で、どうするつもりなんだ？」とエディがたずねた。その声は、わたしのほうへ漂いのぼってくるひとすじの毒煙のように感じられた。「殺すのか？」

わたしは凍りついた。

「まさか」とウィリーがこたえた。

そのあとなにかいったのだが、階段をくだる足音に掻き消されて聞きとれなかった。

殺すのか？ その言葉が背筋を走ったような気がした。だれかがわたしの墓の上を歩いてる、母ならそういったことだろう。

エディにまかせろか、とわたしは感心した。さすがだよ。

エディはずばりといってのける。

どこまでエスカレートするのだろう、どんな結末を迎えるのだろう、とわたしは考えた。数学の問題を解くときのように、まごつきながら考えを進めた。たったいまここで考えもおよばないことがさりげなく思案された。ふたりの子供がコークとビールを手にそれを話しあったのだ。

偏頭痛のために寝室で横になっているルースのことを考えた。

みんなは、メグしかいない地下で――エディといっしょに――なにをしているのだろう、とわたしは考えた。

起こりかねない。そう、起こっても不思議ではない。

いますぐにでも起こるかも。ちょっとしたはずみで。

どうしていまなおルースに監督を期待できるだろう、という疑問はうかばなかった。当然だと思いこんでいたのだ。

ルースは大人じゃないか。

大人がそんなことが起こるのを許すはずがない。

わたしはスーザンに目をむけた。エディの言葉を聞いていたとしても、それをうかがわせる徴候はなかった。スーザンはパズルにとりくんでいた。

聞くのも怖かったが、聞かないのも同じくらい怖かった。わたしはただ、ふるえる手でパズルを手伝った。

35

それから一週間、エディは毎日のようにやってきた。二日めには妹のデニースも連れてきた。ふたりはメグに無理やりクラッカーを食べさせようとした。だが、またしてもひと晩じゅうさるぐつわを嚙まされていたのに水を飲ませてもらえなかったメグは、どうしても飲みこめなかった。エディはかっとなって、アルミのカーテンレールで口もとを殴った。カーテンレールはひん曲がり、メグの頬には真っ赤なミミズ腫れが幅広くでき、下唇が切れた。

その日、彼らは一日じゅう、またしてもタックルごっこをつづけた。

ルースはほとんどおりてこなかった。頭痛はどんどん頻繁になっていた。肌が、とりわけ顔と両手がかゆいと訴えた。体重も減っているように思えた。唇に疱疹《ほうしん》ができて、何日も消えなかった。テレビがついていても、階上でルースが咳をしているのがわかった。肺の奥から発しているような咳だった。

ルースがいないと、メグに触れてはいけないというルールは無視されるようになった。

きっかけをつくったのはデニースだった。デニースはつねるのが好きだった。デニースは同じ年頃の女の子に比べて指の力が強かった。メグの肉をつまむと、ぎゅっとねじって、泣きなさいよと命じるのだった。ほとんどの場合、メグは泣かなかった。そうなると、デニースはますます力をこめた。いちばんお気にいりの標的はメグの乳房だった――最後までとっておくことからそうとわかった。

そうなると、たいてい、メグは泣きだすのだった。

ウィリーが好きなのは、作業テーブルにうつぶせにさせ、パンティをおろしたメグの尻を叩くことだった。

ウーファーの好みは昆虫だった。ウーファーは蜘蛛やヤスデをメグの腹にのせ、メグがもだえるさまを見物した。

意外だったのはドニーだった。だれにも見られていないと思うと、ドニーはいつも、両手でメグの乳房をなでたり軽く握りしめたり、股間に手を触れたりしたのだ。何度もそれを見たが、わたしは黙っていた。

ドニーの手つきは、まるで恋人のように優しかった。さるぐつわがはずされているとき、ドニーがメグにキスをするのを見たことまであった。ぎこちなかったが、優しいキスといえたし、ドニーにはメグを好きにできることを考えると、奇妙に清らかに感じられた。

しかしある日、プラスチックのコップに入れた犬の糞を笑いながら持ってきたエディが、メグを作業台に押しつけた。ウーファーがメグの鼻をつまんで、息をするために口を開かざるをえないようにすると、エディは犬の糞を口のなかに押しこんだ。それからは、だれもメグにキスをしなかった。

その週の金曜日の午後、わたしは四時ごろまで庭で手伝いをしていた。それからとなりへ行くと、裏口のまえからでもけたたましいラジオの音が聞こえた。地下へ行くと、集団はまたしても膨れあがっていた。

噂がひろまったのだ。

エディとデニースばかりでなく、ハリー・グレイ、ルーとトニーのモリノ兄弟、グレン・ノット、さらにはケニー・ロバートスンまでいた——メグとわたしを含めて、十二人が狭苦しいシェルターにひしめいていたのだ。彼らが肩や肘をつかって、十二の人間フリッパーに弾かれている人間ピンボールさながらに、メグをあっちこっちへ押しやっているのを、ルースは入口に立って、微笑みながら眺めていた。

メグは両手をうしろ手に縛られていた。

床にはビールとコークの空き缶が転がっていた。煙草の煙が、もうもうたる灰色の雲となって天井付近で漂っていた。そのうち、ラジオからジェリー・リー・ルイスの〈ブレスレス〉が流れはじめると、全員が笑いだし、声をそろえて歌いはじめた。

最後にメグは、あざだらけになって床に倒れこみ、すすり泣いた。わたしたちは、喉の渇きを癒《いや》しに、ぞろぞろと階段をあがった。

わたしの映画の上映はつづいた。

そのあとの一週間、子供たちは入れ替わり立ち替わりシェルターにやってきた。ほとんどの子供は見物するだけでなにもしなかったが、ある日——ルースがいないとき——グレン・ノットとハリー・グレイが、〝サンドイッチ〟と称して、天井の梁《はり》に打たれた釘からのびるロープで吊るされているメグに、前後からからだをすりつけていたのをおぼえている。

だがメグは、このころには、痛くないかぎり、なにもいわないようになっていた。犬の糞事件のあと、メグに屈辱を与えるのは難しくなっていた。それに、メグはめったにおびえなくなっていた。あきらめてしまったようだった。待ってさえすれば、しまいにみんながこれに飽き、なにもかもが終わるかのように。メグはほとんどさからわなかった。さからったら、スーザンを呼ばれるだけだったからだ。けれども、そうなることはほとんどなかった。このころには、メグは命じられるがままに、服を脱いだり着たりするようになっていた。脱ぐのは、ルースがおりてこないとわかっているときか、ごくまれにしかなかったが、ルースがそのように命じたときだけだった。

ほとんどの時間、わたしたちは作業台のまわりに座って、コークを飲みながらトランプや推理ゲームをしたり、雑誌を読んだり、雑談をしたりしていた。ときおり、だれかがメグを愚弄したり侮辱したりする言葉を口にするのをべつにすれば、メグなどそこにいないかのようだった。メグの存在は、トロフィーと同じような消極的な影響力をおよぼす存在になっていた——メグはわたしたちのクラブハウスの飾りものになっていたのだ。わたしたちはほとんどの時間をそこで過ごした。真夏になっていたが、地下室で座ってばかりいるせいで、みんな青白い顔をしていたものだ。メグは縛られたまま、ただそこに座っているか立っているかで、わたしたちは彼女にほとんどなにもしなかった。そのうち、だれかがアイデア――メグを利用する新しい方法――を思いついて、それを試してみるのだった。

それでも、基本的に、メグが正しいように思えた。ある日、わたしたちはすっかり飽きてしまい、地下へやってくるのをやめてしまいそうだった。ルースは、自分自身と、さまざまなからだの不調に気をとられているらしかった――妙にぼんやりしていて、気もそぞろだった。炎をあおるルースがいなくなると、わたしたちはメグにたいして、散発的に、以前ほど強烈でない関心しかむけなくなった。

もうとっくに八月になっている、ということも心にうかんだ。九月になれば、また学校がはじまる。ウィリーとドニーとわたしは新しい中学、この夏に新設されたばかりの〈マウント・ホリー〉へ、メグは高校へ通いはじめる。そのころまでには終わっているはずだった。そうでなければ理屈にあわなかった。夏休みじゅう、だれかを人目につかないように閉じこめておいても、気づかれるとはかぎらない。しかし、子供を学校へ行かせないとなるとそうはいかない。だから、九月までには、どうなるにしても終わっているはずだった。

要するに、メグが正しいのかもしれないな、とわたしは思った。たぶん、メグは待っているだけでいいのかもしれない。

しかし、エディの言葉が思いうかんだ。そして、メグの判断は全面的にまちがっているのかもしれないと不安になった。

クラブハウスに終止符を打ったのはエディだった。

またしても賭け金を吊りあげることによってそうしたのだ。

ふたつの事件があった。最初の事件が起きたのは、雨がふる天気の悪い日だった。朝から薄暗く、マッシュルーム・スープのクリームの色以上に明るくならないまま、また暗くなってしまうような日だった。

エディは、父親からちょろまかしてきたビールの六本入りパックをふたつ持ってやってきた。エディとデニースとトニー・モリノが何本か飲みほすあいだに、ウィリーとウーファーとドニーとわたしは一本をゆっくりと飲んだ。まもなく三人は酔っぱらった。六本入りパックはなくなっていたので、ウィリーが上へビールをとりに行った。エディが尿意を催したのはそのときだった。それでアイデアがうかんだ。エディはみんなにそれをささやいた。

ウィリーがもどってくると、エディとトニー・モリノはメグを床にあおむけに押し倒すと、両手を作業台の脚にきつく縛った。デニースが両脚を押さえた。そして彼らは、メグの頭の下に新聞紙を敷いた。

そしてエディが、メグの顔に小便をかけた。

もしも作業台に縛りつけられていなかったら、メグはエディを殺そうとしていたのではないだろうか。

それなのにみんなは、もがいていたメグがとうとうがっくりと力を抜いて横たわるまで、ずっと笑いつづけた。

そのときドニーが、ルースはこれを気にいらないかもしれないと思いついた。後かたづけをしておかないとまずかった。そこで彼らはメグを立ちあがらせ、両手をうしろ手に縛った。ウーファーは新聞紙を拾って外の焼却炉へ持っていき、ドニーは洗濯機からの排水をたくわえるために地下室にしつらえてある大きなセメント製シンクに水をためた。ドニーはそこに大量の洗剤をぶちこんだ。そしてドニーは、トニーとウィリーといっしょにメグをシェルターの外へ連れだし、そのシンクのまんまえに立たせた。

彼らはメグの頭を笑いながら石鹸水のなかにつっこんで、髪をごしごし洗った。数瞬、メグはもがいた。顔をあげるのを許されると、メグは空気を求めてあえいだ。

だが、メグは清潔になった。

そのとき、エディが新しいアイデアを思いついた。

すすがなきゃだめだ、とエディはいった。

エディは水をすっかり流してしまうと、すすぎの水を、ルースがシャワーでやったように熱湯にした。

それから、ひとりで、メグを熱湯に沈めた。

エディがようやく頭を外に出すのを許したとき、メグはロブスターのように真っ赤になった顔で絶叫した。エディの手も真っ赤だったから、どうして我慢できたのか不思議でならなかった。

　ともあれ、それでメグのすすぎは終わった。

洗って、すすいだ。これならルースも喜ぶはずじゃないか。

ルースはかんかんになった。

翌日は一日じゅう、ルースはメグの両目に冷湿布をしつづけた。メグは深刻な失明の危機に直面していた。メグの両目は腫れあがり、ほとんどあけることができなかったし、ふつうの涙よりずっと濃い液体がにじみでた。超強力な漆《うるし》にかぶれたような、斑点だらけのぞっとするような顔になった。しかし、みんながいちばん心配したのは目だった。

わたしたちはメグをエアマットレスに寝かせつづけた。そして食事を与えた。

賢明にも、エディは寄りつかなかった。

翌日、いくらかよくなった。その翌日はもっとよくなった。

そして三日め、エディがまたやってきた。


その日、わたしはいなかったが——父に命じられて〈イーグルズ・ネスト〉へ行っていたのだ——事件の直後に話を聞いた。

ルースは上で横になっていたので、また頭が痛くて眠っているのだろう、と彼らは思っていた。ウーファーとドニーとウィリーがエイトをしていると、エディとデニースがやってきた。

エディは、ただ見るだけだ、といってまたメグの服を脱がせたがった。エディはおだやかで静かだった。飲んでいるのはコークだった。

彼らはメグの服を脱がせ、さるぐつわを嚙ませ、作業台にあおむけに縛りつけた。ただしこのときは、左右の脚も作業台の脚に縛った。エディのアイデアだった。エディは脚をひろげさせたがったのだ。それからしばらく彼らはトランプをつづけ、エディはコークを飲み終えた。

そしてエディは、コークの瓶をメグのなかに押しこもうとしたのだ。

エディがしていることに驚嘆し、夢中になって見ていたせいで、ルースが階段をおりてくる音に気づかなかったのだろう。そのせいで、ルースが扉をあけてはいってきたとき、エディはすでにコークのグリーンの瓶のへりをメグのなかへ差しいれており、みんなはまわりに集まってそれを眺めていた。

ルースは、ひと目見るなりわめきはじめた。さわるなといっただろう、さわるんじゃないよ、不潔なんだ、病気を持ってるんだよ。エディとデニースは大慌てで逃げだし、ルースはウーファーとウィリーとドニーを叱りつけた。

このあとの顚末はドニーから聞いた。

びびったよ、とドニーはいった。

というのも、ルースは気が狂ったようになったからだ。

ルースは激怒して、わけのわからないことをわめき散らした。あたしはもう遊びに行けないんだ、映画にも、ディナーにも、ダンスにも、パーティーにも。ここでずっと、このクソガキどもにかこまれて、ひたすら掃除をし、アイロンがけをし、昼食と朝食をつくりつづけてきたんだ。ここでどんどん年をくってるんだ。年寄りになっちまうんだ。あたしの盛りはもう過ぎちまった。あたしのからだはこんなに衰えちまった——その間ずっと、ルースは壁といわず、窓をおおう針金の網戸といわず、作業台といわず、がんがん叩きながら、エディのコークの瓶を蹴飛ばし、壁にぶつけてこなごなに砕いたという。

それからルースは、そのうえおまえ！　おまえだ！　とかなんとかメグにいって、ルースの肉体が盛りを過ぎたのも、遊びに行けないのも彼女のせいであるかのように怒り狂ってにらみつけ、ふしだらな売女《ばいた》、役立たずのクズとののしり——メグの股間を、力任せに二度、蹴った。

そういうわけで、メグの股間にあざができたのだ。ひどいあざが。

ルースがはいてたのがスリッパでよかったよ、とドニーはいった。

目にうかぶようだった。

その夜、ドニーからそれを聞いた夜、わたしは夢を見た。

わたしは家でボクシング中継を見ている。シュガー・レイ・ロビンソンが、名前も顔もない、醜い白人の大男と闘っている。父はわたしのとなりのふかふかの椅子で鼻息を響かせながら眠りこみ、わたしはソファに座ってテレビを見ているが、テレビの明かりをべつにすれば部屋は真っ暗で、わたしは疲れている。ひどく疲れている——そのとき、場面がふいに転換し、わたしは実際に試合会場に、リングサイドにいる。観客がまわりで歓声をあげている。シュガー・レイは、いかにも彼らしく、その男に猛然と襲いかかる。戦車のごとく前進し、断固としてパンチをふるいつづける。わたしは興奮している。

わたしはシュガー・レイを応援しているのだが、父も応援しているかどうかをたしかめようとしてあたりを見まわすと、父は家で眠っていたときと同様にわたしのとなりの席で眠りこけており、ゆっくりと床へ倒れこんでいくところだ。「起きなさいよ」と母がいって、父を肘でつつく。きっと母はずっとそこにいたのだが、それに気づかなかったのだろうとわたしは考える。「起きなさいよ」と母はいう。

だが父は目をさまさない。リングに目をもどすと、そこにいるのはシュガー・レイではなく、メグになっている。あの日、小川のほとりに立っているのをはじめて見たときの、ショートパンツと淡い色の半袖のブラウスという格好のメグに。炎のように真っ赤なポニーテールが、相手にパンチを繰りだすたびに、背中でひょこひょこと揺れる。そしてわたしは立ちあがる。大声で声援を送る。

「メグ！　メグ！　メグ！」

わたしは泣きながら目をさました。枕が涙で濡れていた。

わたしはとまどった。どうして泣かなければならなかったのだろう？　なんにも感じていないのに？

わたしは両親の部屋へ行った。

両親はもう、べつべつのベッドで寝ていた。その何年もまえから。夢のなかと同様に、父は鼻息を響かせていた。母は、その横で静かに寝入っていた。

母のベッドの横へ行き、母を見おろした。そのとき、記憶しているかぎりいちばん若く見えた、華奢《きゃしゃ》で小柄な黒髪の女性の寝姿を。

部屋には、両親の眠りのにおいが、両親の息のかび臭いにおいが漂っていた。

母を起こしたかった。母に打ち明けたかった。なにもかもを。

打ち明けられるとしたら、母だけだった。

「ママ？」わたしは声を出した。だが、ひどく小さな声だった。わたしの一部は、あいかわらず母の心を掻き乱す危険をおかすことを恐れ、ためらっていた。涙が頬をつたっていた。鼻水が出ていた。わたしは鼻をすすった。わたしの耳には、母を呼んだ声よりも、鼻をすする音のほうが大きく響いた。

「ママ？」

母は身じろぎをし、低くうめいた。

もう一度声をかけるだけでいい、とわたしは思った。そうすれば、目をさましてくれる。

だがそのとき、メグのことを思いだした。たったひとり、シェルターで横たわって長い夜を過ごしているメグを。傷ついたメグを。

それに、あの夢。

なにかがわたしをわしづかみにした。

息ができなかった。とつぜん眩暈《めまい》がし、恐怖がこみあげてきた。

部屋が暗くなった。自分のからだが爆発したかと思った。

そして、この一件における自分の立場に思いいたった。

わたしの鈍感で不注意な裏切りに。

わたしの邪悪さに。

まるで絶叫のように、圧倒的でこらえがたいすすり泣きがわきあがってくるのを感じた。泣き叫びたかった。わたしはその部屋から、よろよろと走りでた。ドアの外の廊下で、膝をかかえてうずくまった。がたがたふるえながら涙を流した。涙はとまらなかった。

わたしはそこでずっとうずくまっていた。

両親は目をさまさなかった。

ようやく立ちあがったのは、夜明けが近いころだった。

わたしは自分の部屋に帰った。ベッドから窓の外を眺めていると、夜は漆黒の闇から濃紺に変わっていった。

思いが脳裏をぐるぐるまわっていた。軒から飛びたった朝のツバメのように飛びまわっていた。

わたしは腰かけたまま、自分がなにをしたのかをはっきりとさとり、静かに夜明けを見つめた。

36

もっか、少なくともほかの子供が締めだしを食っていることは有利な条件だった。メグと話をする必要があったからだ。

わたしがようやく救いの手をさしのべる気になったことを納得してもらわなければならなかった。

スーザンを連れて行けようと行けまいと、逃げるように勧めるつもりだった。いずれにせよ、スーザンがそれほど危険な状態にあるとは思えなかった。何度か尻を叩かれたことをべつにすれば、スーザンの身にはなにも起きていなかった。少なくとも、わたしは目にしていなかった。窮地におちいっているのはメグだった。しかし、まず、メグにそのことを理解してもらわなければならなかった。

それは、予想以上に簡単でもあり、難しくもあった。

難しかったのは、わたしまで締めだされていたからだ。

「ママが、だれにも来てもらいたくないっていうんだ」とドニーがいった。自転車で町営プールへむかっているところだった。数週間ぶりだった。風のない暑い日で、家のある通りから三ブロック走ったときには汗が噴きだしていた。

「なんで？　ぼくはなにもしてないじゃないか。どうしてぼくまで？」

わたしたちは坂をくだっていた。しばらくのあいだこがなくても進んだ。

「そうじゃないんだ。トニー・モリノがなにをしでかしたのか知ってるか？」

「なにをしたんだ？」

「母親にしゃべっちまったんだ」

「なんだって？」

「そうなのさ。あのくそ野郎。兄貴のルーイが教えてくれたんだ。まあ、ぜんぶっていうわけじゃないけど。ぜんぶは話せなかったんじゃないかな。だけど、かなりのことをばらしちまったんだ。おれたちがメグを地下室に閉じこめてること、それにルースがメグをふしだらな売女《ばいた》って呼んでぶちのめしたことを母親に話しちまったんだ」

「なんてこった。ミセス・モリノはなんていったんだ？」

ドニーは笑った。「モリノ家ががちがちのカトリックで助かったよ。やつのママは、メグは罰せられるだけのことをしたんだろうっていったそうだよ。メグはみだらなことをするかどうかしたんだろうって。両親には罰する権利があるし、いまじゃルースはメグにとって母親なんだって。で、おれたちがどうしたかわかるか？」

「どうしたんだ？」

「おれとウィリーは、気づいてないふりをしたんだ。そしてトニーを、ブリーカー家の農場へ、あそこの裏の森へ連れだしたんだ。トニーは、あそこのことをなんにも知らなかった。おれたちはあいつを迷わせておいて、沼地に置き去りにしたのさ。二時間半かけてあいつが家へ帰り着いたときには、もう真っ暗になってた。だけど、いちばんおかしかったのはなんだかわかるか？　夕めしの時間を過ぎてから、沼地の汚い泥だらけになって帰ってきたあいつを、あいつのママが、クソをちびるほど殴ったんだ。あいつのママが！」

わたしたちは笑った。わたしたちはレクリエーション・センターぞいの舗装したばかりのドライブウェイへ折れると、自転車立てに自転車を停め、べとべとして甘ったるいにおいのするタールマカダム舗装を横切ってプールへむかった。

プラスチック製のバッジを見せて入口を通った。プールは混んでいた。小さい子供たちが、ピラニアの群れのように、浅いところで水を蹴散らしてた。ベビープールは、まるまるとした手でアヒルやドラゴンの浮き輪をつかんでいる幼児を連れたママやパパでいっぱいだった。飛びこみ台と飲み物の売店から長くじれったい列がのびていた。どのごみ箱でも、アイスクリームの包み紙や炭酸飲料のまわりに蜂がたかっていた。

だれもが囲いでしきられた芝生やコンクリートを走りまわっていたから、叫び声や水のはねる音やどなり声が耳を聾《ろう》するようだった。監視員が三十秒ごとに笛を吹き鳴らしているように思えた。わたしたちはタオルをかなぐり捨てると、水深二・四メートルのコーナーへ行き、塩素臭い水に脚を垂らした。

「で、それがぼくとなんの関係があるんだ?」とわたしはたずねた。

ドニーは肩をすくめた。「さあな。ママはすごく警戒してるんだよ。だれかがばらすんじゃないかって」

「ぼくが? やめてくれよ」わたしはいった。暗いなか、眠っている母を見おろしながら立ちつくしている自分を思い描きながら。「ぼくがばらすはずないじゃないか」

「わかってるさ。ママはこのごろ、ちょっとおかしいんだ」

それ以上、圧力はかけられなかった。ドニーは兄ほど愚かではなかった。ドニーはわたしを知っていた。もしもわたしが圧力をかけているとさとったら、疑問に思うだろう。

だからわたしは待った。わたしたちは水をばしゃばしゃ蹴散らした。

「わかった。ママに話してみるよ。こんなのばかげてるからな。おまえがうちへ遊びにくるようになってからどれくらいたつ?」

「すごく長いあいださ」

「そういうこと。ママにはおれから頼んでおくよ。泳ごうぜ」

わたしたちはプールへすべりこんだ。

簡単だったのは、逃げるようにメグを説得することだった。

それには理由があった。

最後に一度だけ、とわたしは自分に言い聞かせた。傍観していなきゃならない。話ができる機会を待つんだ。そして、メグを説得するんだ。すでに、そのための計画を心のなかで練っていた。

そうすれば、すべてが終わる。

なにがあってもわたしは彼らの仲間だというふりを——こんなことはなんでもないのだというふりをしなければならなかった。最後にあと一度。

だが、もう少しでそんな機会はなくなるところだった。

なぜなら、その最後の一度は、もう少しでわたしたちふたりを崖っぷちから突き落とすところだったからだ。その最後の一度には身の毛がよだった。

37

「いいってさ」翌日、ドニーはいった。「ママが、来てもいいって」

「どこへ行くの？」とわたしの母はいった。

母は、わたしのうしろで、キッチンの調理台のまえに立って玉葱を刻んでいた。ドニーはスクリーンドアを隔ててポーチに立っていた。途中にわたしがいたので、ドニーからは母が見えなかったのだ。

キッチンには玉葱のにおいがたちこめていた。

「どこかへ出かけるの？」母はたずねた。

わたしはドニーを見やった。ドニーはすばやく考えをめぐらせていた。

「土曜日にスパータへ行くことになってるんです、ミセス・モーラン。家族ピクニックみたいなもんです。それで、デイヴィッドも来られないかと思って。かまいませんか？」

「ええ、いいわよ」母は微笑みながらこたえた。ドニーは、わたしの母にたいして、いかなるときも、嫌味になることなしに礼儀正しく接した。だから母は、チャンドラー家のほかの家族を嫌っていたにもかかわらず、ドニーを気にいっていたのだ。

「やった！　ありがとうございます、ミセス・モーラン。じゃ、あとでな、デイヴィッド」とドニーは応じた。

そこで、しばらくしてから、わたしは隣家をおとずれた。


ルースは〈ゲーム〉に復帰していた。


ルースはひどいありさまだった。顔のあちこちにできた腫れ物を掻きむしったらしく、そのうちふたつにはもうかさぶたができていた。髪は脂っぽくべっとりしており、ふけが浮いていた。コットンの薄いシフトドレスは何日も着たまま寝ているように見えた。そしてこのとき、わたしはルースが痩せてしまったことを確信した。顔にははっきりあらわれていた——目の下に隈《くま》ができ、肌が頬骨にぴたっと張りついていた。

ルースは、メグの正面に据えた折りたたみ椅子に座って、あいかわらず煙草を吹かしていた。わきに置いてある紙皿には食べかけのツナ・サンドイッチが載っていたが、ルースはそれを灰皿がわりに使っていた。濡れてぺしゃんこになった食パンから、タレイトンの吸い殻が二本つきでていた。

ルースは、椅子から身を乗りだし、目をほそめてじっと見つめていた。その様子から、わたしは『トゥウェンティ・ワン』のようなクイズ番組に見入っているときのルースを連想した。

一週間前に、チャールズ・ヴァン・ドーレンという、『トゥウェンティ・ワン』で十二万九千ドルを獲得したコロンビア大学の英語講師の不正が暴かれたばかりだった。ルースは憤慨したものだった。まるで自分がだまされたかのように。

しかしこのときのルースは、防音ブースのなかのヴァン・ドーレンを見つめるのと同様の熱心さでメグを凝視していた。

調子をあわせるんだ。

そのとき、ウーファーはポケットナイフでメグをつついていた。

メグは、またしても天井から吊られていた。爪先立ちになって、どうにか体重を支えていた。ワールド・ブック百科事典が足もとに何冊も散らばっていた。メグは全裸だった。からだが汚れている。あざだらけだ。汗で光っているからだは青白い。でもそんなことはどうでもよかった。どうでもいいはずはなかったのに、どうでもよくなったのだ。つかのま、魔法——そんな格好のメグを見るというちょっとした残酷な魔法——に呪縛されたかのようになってしまったのだ。

メグは、わたしがセックスについて知っていることのすべてだった。それに、残酷さについて知っていることの。一瞬、ワインに酔ったようになった。またぞろ、彼らの側に立っていた。

そのとき、ウーファーが目にはいった。

わたし自身の小型版、それともわたし自身がなりかねない存在がナイフを手にしていた。

ルースが精神を集中しているのも当然だった。

ウィリーとドニーを含めて、だれも口をきかなかった。ナイフは紐でもベルトでも、蛇口から流れでる熱湯でもないからだ。ナイフは人に、癒えることのない深い傷を負わせる。それなのにウーファーは、それをどうにか理解できるようになったばかりの子供だった。人が死んだり怪我をしたりすることがあるのは知っていても、その意味まではわかっていなかった。彼らは、自分たちが薄氷を踏んでいることをさとっていたのだ。それにもかかわらず、彼らはウーファーの好きにさせていた。ことが起きるのを望んでいた。彼らは教育していたのだ。

そんなものは学びたくなかった。

いまのところ出血はなかったが、そうなる可能性が高いのはあきらかだった。時間の問題だった。さるぐつわを嚙まされ、目隠しをされていても、メグがおびえているのは一目瞭然だった。不規則な呼吸にあわせて胸と腹が上下に波打った。腕の傷痕が、ぎざぎざの稲妻のようにめだっていた。

ウーファーは腹をつついた。爪先立ちをしていては、ウーファーから遠ざかることはできなかった。メグにできるのは、ロープで吊られているからだを、ぴくぴくと痙攣させることだけだった。ウーファーは、くすくす笑いながらへその下をつついた。

ルースはわたしに目をむけると、会釈をして、新しいタレイトンに火をつけた。指に、ゆるすぎるメグの母親の結婚指輪をしているのが見えた。

ウーファーはメグの胸郭にそってナイフをすべらせ、腋の下をつついた。ウーファーがすばやく、無造作にナイフを扱っていたので、いまにもメグの脇腹から血が流れだすのではないかとひやひやした。しかし、このときのメグはついていた。だが、わたしはべつのものに気づいた。

「あれはなに？」

「あれって？」とルースがうわの空でたずねかえした。

「あそこの、脚にあるやつだよ」

膝のすぐ上の太腿に、五センチほどの大きさで、くさび形に赤くなっている部分があったのだ。

ルースはタレイトンの煙を吐いた。ルースはこたえなかった。

こたえたのはウィリーだった。「ママがアイロンをかけたのさ。なめた真似をしやがったから、アイロンを投げたんだ。皮がすりむけたけど、たいしたことにはならなかった。ただ、アイロンが壊れちまったけど」

「たいしたことないなんて、とんでもない」とルース。

アイロンのことをいっているのだった。

いっぽう、ウーファーはナイフをメグの腹にもどしていた。今度は、胸郭のいちばん下に軽い傷を負わせてしまった。

「おっと」とウーファーは声をあげた。

ふりかえって、ルースの顔色をうかがった。ルースは立ちあがった。

深々と煙草を吸うと、灰をふり落とした。それから、歩みよった。

ウーファーがあとずさりした。

「だめじゃないか、ラルフィー」ルースはいった。

「ごめんなさい」とウーファーはナイフから手を離した。ナイフが床に落ちてがちゃんという音をたてた。

ウーファーがおびえているのがわかった。けれども、ルースの声は、表情と同じくらいうつろだった。

「まったく。傷を焼いて消毒しなきゃならないじゃないか」とルースは煙草を手にとった。

わたしは顔をそむけた。

さるぐつわの奥でメグが悲鳴をあげた。くぐもった、かん高くか細い絶叫が、だしぬけに泣き叫ぶ声に変わった。

「黙りな」とルース。「黙らないと、もういっぺんやるよ」

メグは叫びをとめられなかった。

わたしは自分がふるえていることに気づいた。打ちっ放しのコンクリートの壁を見つめた。しっかりしろ、とわたしは考えた。高く鋭い声が聞こえた。メグの絶叫が聞こえた。

焦げるにおいがした。

目をむけると、ルースは片手で煙草を持ち、片手でグレイのコットンのドレスの上から自分の乳房をおおっていた。その手で乳房を揉んでいた。メグのあばら骨の下にやけどの痕が並んでいた。一瞬のうちに、メグは全身汗まみれになっていた。ルースは片手を皺くちゃのドレスにそって荒々しく下へおろし、股ぐらのあたりに押しつけると、うめきをあげ、からだを揺らしながら、またしても煙草を持つ手をまえにのばした。

もう少しで耐えきれなくなりそうだった。それがはっきりわかった。限界が近づいているのを感じた。なにかをしなければ、なにかをいわなければならなかった。焼くのをやめさせられるなにかを。目をつぶったが、それでも股間をつかんでいるルースの手が見えた。肉が焼けるにおいがあたりにたちこめていた。胃がむかついた。わたしは顔をそむけて、メグがえんえんと叫びつづけるのを聞いていたが、そのときだしぬけに、ドニーが声をひそめて、にわかに恐怖をたたえた声で、「ママ！　ママ！　ママ！」と呼びかけた。

わけがわからなかった。

だがすぐに、わたしもその音に気がついた。だれかがノックしている。

玄関のドアを。

わたしはルースを見た。

メグを見つめているルースの表情はリラックスしていておだやかで、なんの心配もないかのようにぽかんとしていた。ルースは煙草をゆっくりと口まで持ちあげ、深々と吸いこんだ。メグを味わっていた。

またしても胃のむかつきを感じた。

ノックが聞こえた。

「わかったよ」ルースはいった。「うるさいねえ。せっつくんじゃないよ」

ルースが黙って立っているあいだに、ウィリーとドニーが顔を見あわせると、階段をのぼっていった。

ウーファーは、まずルースを、つぎにメグを見た。とまどっているようだった。とつぜん、指図してもらいたがっているただの幼い子供にもどってしまっていた。行ったほうがいいのだろうか、それともここにいるほうがいいのだろうか？　だが、助けは得られなかった。ルースがこんなありさまでは。そこで、とうとうウーファーは心を決めた。彼は兄たちのあとを追った。

わたしはウーファーの姿が見えなくなるまで待った。

「ルース？」とわたしは呼びかけた。

ルースは気づいていないようだった。

「ルース？」

ルースは見つめつづけるだけだった。

「ねえ……あれ、ひょっとして……あいつらに任せておいちゃまずいかもしれないよ。ウィリーとドニーじゃ」

「なんだって？」

ルースはわたしに視線をむけたが、ほんとうに見えているのかどうかよくわからなかった。こんなにうつろな感じの人を見るのははじめてだった。

だが、これはチャンスだった。唯一のチャンスかもしれなかった。圧力をかけるしかなかった。

「ルースが相手をしたほうがいいんじゃない？　ジェニングスさんがまた来たのかもしれないよ」

「だれが？」

「ジェニングスさん。ジェニングス巡査。警官だよ、ルース」

「ああ」

「ぼくが……見張っててあげるよ」

「メグをかい？」

「メグがおとなしくしてるように……」

「そうだね。それがいい。見張っておくれ。名案だ。ありがとう、デイヴィー」

ルースは入口のほうへ歩きはじめた。夢うつつのような、緩慢な動作だった。そしてルースはふりかえった。そのとたん、声がしっかりし、鋭くなり、背筋がしゃんとのびた。明かりを反射している目は常軌を逸しているように見えた。

「しくじるんじゃないよ」ルースはいった。

「え？」

ルースは指を唇にあてて、微笑んだ。

「ことりとでも上からここの音が聞こえたら、ふたりとも殺すからね。お仕置きをするんじゃない。殺すんだ。わかったかい、デイヴィー？　頭に叩きこんだかい？」

「うん」

「ほんとだね？」

「うん、わかった」

「よし。いい子だ」

ルースはむきなおり、やがてスリッパをひきずりながら階段をのぼっていく音が聞こえた。

階上から声が漏れてきたが、なんといっているのかはわからなかった。

わたしはメグとむきあった。

ルースが三度めに焼いたところがわかった。右の乳房だ。

「ああ、メグ」わたしはメグのそばへ行った。「ぼくだよ、デイヴィッドだよ」

わたしは目隠しをはずし、メグがわたしを見られるようにした。メグの目は血走っていた。

「メグ」とわたしは呼びかけた。「メグ、聞いて、お願いだから。声をたてないで。ルースの話を聞いただろ？　ルースは本気だよ、メグ。叫んだりしないでくれよ、いいね？　ぼくが助けてあげるから。時間がないんだ。話を聞いて。いまさるぐつわをはずすよ、いいね？　叫んだりしないよね？　そんなことをしてもなんにもならない。上にいるのがだれだかわからないんだから。エイヴォン化粧品のセールスレディかもしれない。ルースならいいくるめて追い払ってしまえる。セールスレディならなにがあったって追い払ってしまうはずだよ。だけど、ぼくがここから逃がしてあげる。わかってくれるね？　ぼくが逃がしてあげるから！」

べらべらしゃべりすぎているのはわかったが、とめられなかった。メグが返事をできるように、さるぐつわをはずした。

　メグは唇をなめた。

「どうやって？」メグの声は小さな痛々しいしゃがれ声だった。

「今夜。遅くに。みんなが寝てしまってから。きみがひとりで逃げたように見えなきゃならない。きみが自力で。わかったかい？」

　メグはうなずいた。

「お金ならいくらかある。だから心配はいらない。それから、ときどきここへ来て、スーザンの身になにも起きないように気をつけるよ。あとできっと、どうにかしてスーザンも逃がせるさ。もう一度警官のところへ行ってもいいかもしれない。警官に……それを見せるんだよ。わかったかい？」

「ええ」

「よし。今夜だ。約束する」

　スクリーンドアつきの玄関ドアがばたんと閉まり、足音がリビングルームを横切り、階段をおりてくる音が聞こえてきた。わたしはメグにさるぐつわを嚙ませなおした。目隠しをつけた。

　ドニーとウィリーだった。

　ふたりはわたしをにらみつけた。

「どうしてわかったんだ？」ドニーがたずねた。

「なにを？」

「ばらしたのか？」

「だれに？　なにをばらしたって？　いったいなんだよ？」

「ごまかすんじゃねえぞ、デイヴィッド。玄関に来てるのはジェニングスかもしれないってママにいったらしいじゃないか」

「それがどうした？」

「だから、どうしてジェニングスかもしれないって思ったのかって聞いてんだよ」

なんてこった、とわたしは思った。くそ。それなのに、メグに叫ぶなと懇願してしまったのだ。


あのとき、あそこでとめられたかもしれなかったのだ。

だが、ふたりに調子をあわせるしかなかった。

「冗談だろ」とわたしはいった。

「冗談なもんか」

「ジェニングスさんが？　驚いたな。ただのあてずっぽうだったんだ」

「やけに勘がいいんだな」ウィリーがいった。

「ルースのためにそういっただけだったんだよ」

「ママのため？」

上へ行かせるためだったのさ、とわたしは思った。

「ルースに活を入れるためだったのさ。おまえたちだって、あのときのルースに気がついただろう？　まるでゾンビみたいだったじゃないか！」

　ウィリーとドニーは顔を見あわせた。

「たしかに様子がおかしかったな」とドニー。

　ウィリーは肩をすくめた。「ああ、そうだな」

　考える暇を与えたくなかった。そうすれば、わたしがここでメグとふたりきりだったことまで思いがおよばないはずだった。

「どうなんだ？」とわたしはたずねた。「メグのことで来たのか？」

「まあな」とドニー。「すてきな女の子たちがどうしてるかと思って寄ったんだっていってた。だから、部屋に案内してスーザンに会わせたんだ。メグは買い物に行ってることにした。もちろん、スーザンはなにもいわなかったさ――そんな勇気があるもんか。だから、たぶん、信じたんじゃないかな。なんだか居心地が悪そうだったけど。警官にしてはちょっと引っ込み思案なやつだったよ」

「ルースは？」

「しばらく横になるって」

「夕めしはどうするんだ？」

　そんなことを聞くなんてばかげていたが、最初に思いうかんだのがそれだったのだ。

「さあな。犬のバーベキューにでもするかな。どうして知りたいんだ？　遊びに来たいのか？」

「ママに頼んでみるよ」わたしはメグを見やった。「メグはどうするんだ？」

「どうするって、なにを？」

「あのまま放っておくのか？　少なくとも、あのやけどになにか塗っておいたほうがいいぞ。化膿しちまう」

「知るか」とウィリー。「この女はまだ用ずみじゃないのかもしれない」

ウィリーは身をかがめてウーファーのナイフを拾いあげた。

そしてひょいと投げあげて刃から柄に持ち替えると、まえかがみになってにやりと笑いながらメグを見た。

「だけど、もう用ずみなような気もする。わからない。わからないんだ」

ウィリーはメグのほうへ歩いていった。そして、メグにはっきりと聞こえるように、「ほんとにわからないんだ」といった。いたぶっているのだ。

わたしはウィリーを無視することにした。

「ママに頼んでくるよ」とドニーにいった。

ぐずぐずして、ウィリーの結論を目《ま》のあたりにしたくなかった。いずれにしろ、わたしにできることはなかった。なりゆきに任せるしかないこともある。自分ができることに意識を集中するべきだった。わたしはふりむいて、階段をのぼった。

地下室への出口で、つかのま立ちどまってドアを調べた。

わたしは彼らのだらしなさを、規律のなさをあてにしていた。

わたしは鍵を調べた。

予想どおり、壊れたままだった。

38

罪人《つみびと》ですら希有な純真さを示す時刻だった。

町で泥棒にはいられたという話は聞いたことがなかった。都会には泥棒がいたが、町にはいなかった——そもそも、わたしの両親が都会から引っ越してきたのも、それが理由のひとつだったのだ。

寒さや雨風を防ぐためにドアを閉ざすことはあっても、人を締めだすために閉ざすことはなかった。そういうわけだから、長年、悪天候にさらされたせいでドアや窓の鍵が折れたり錆びついたりしても、たいていはそのまま放っておかれた。雪を防ぐために鍵は必要なかったからだ。

チャンドラー家も例外ではなかった。

裏口のスクリーンドアには鍵がついていたが、かかっているのを見たことは一度もなかった——記憶にあるかぎりでは。それに木製のドアはわずかに歪んでおり、鍵の掛け金はドア枠の受け座とあわなくなっていた。

メグを監禁しているというのに、彼らはそれを修理しようとしなかった。

あとはシェルター自体の、冷凍庫の金属扉に掛かっている差し錠だけだった。すんなりあかないし大きな音がするが、ボルトを抜けばいいだけだった。

うまくいく可能性はある、とわたしは踏んでいた。

午前三時二十五分、わたしはそれを確かめにかかった。

ペンライト型懐中電灯を持ち、雪かきをして稼いだ三十七ドルとポケットナイフをポケットに入れていた。スニーカーにジーンズ、それにエルビスの『さまよう青春』を観たあと、母に黒く染めてもらったTシャツといういでたちだった。ドライブウェイを横切ってチャンドラー家の庭にはいったころには、Tシャツは第二の皮膚のように背中に張りついていた。

チャンドラー家は真っ暗だった。

ポーチにあがり、耳を澄ませ、待った。四分の三の月のもと、晴れた夜はしんと静まりかえっていた。

チャンドラー家にささやきかけられているような気がした。家は眠っている老婆の骨のようにきしんでいた。

ぞっとした。

一瞬、なにもかも忘れてしまいたくなった。家に帰ってベッドにもぐりこみ、毛布をかぶって寝てしまいたくなった。遠い町へ行ってしまいたくなった。その夜じゅう、父親か母親が、いいにくいことだけど、じつは引っ越しすることになったと告げてくれることを夢想していた。

あいにく、そんなことにはならなかった。

階段で見つかる自分が脳裏にうかびつづけた。だしぬけに明かりがつき、ルースが上から、わたしにショットガンをつきつけるのだ。チャンドラー家が銃を持っているとは思っていなかった。それでも思いうかんだのだ。最後の溝まで行きついたレコードのように、何度も何度もくりかえし。

おまえは大ばかだ、とわたしは考えつづけた。

だが、約束したのだ。

それに、いくら怖いといっても、さっきのほうがもっと怖かった。ルースを見て、結末がどうなるかをとうとうさとった。疑う余地なく、明白に。とうとう、メグは殺されてしまうと確信したのだ。

どれくらいポーチに立って様子をうかがっていいのかはわからない。

そよ風に揺れる木槿《むくげ》が家をこする音が聞こえ、小川で蛙が、森でこおろぎが鳴いているのに気づくようになるまでそこにいた。やがて目が暗さに慣れた。蛙とこおろぎの、夜の闇のなかでふだんと変わりなく鳴き交わす声が気持ちをおちつかせてくれた。おかげで、しばらくすると、やっと、最初のような純然たる恐怖ではなく、むしろ興奮を覚えるようになった——ようやくなにかを、メグとわたし自身のためになることをしているという興奮を。わたしの知るかぎり、そんなことはだれもしていなかった。おかげで意識を集中できるようになった。いままさに自分がおこなっている現実の行動に。そのあとは、一種のゲームをしているような気持ちになれた。ぼくは夜、家族が寝静まった、どこかの家に忍びこもうとしてるんだ。それだけだ。危険な一家じゃない。ルースじゃない。チャンドラー家じゃない。ただの家族なんだ。ぼくは泥棒なんだ。冷静で慎重でひそやかな。だれもぼくをつかまえられない。今夜も、そのあとも。

わたしは外側のスクリーンドアをあけた。

かすかなすすり泣きのような音しかしなかった。

内側のドアのほうが厄介だった。木材が湿気で膨張しているのだ。わたしはドアノブをまわしながら、手でドア枠を押し、親指をドアにあてがった。少しずつ、ゆっくりと力をこめた。

ドアはきしみをあげた。

さらに力を、ますますじわじわと加えた。ドアノブをしっかりとつかんだまま、いざ開いたとき勢いがつきすぎてがたんと音をたてたりしないように、わずかに手前に引きつづけた。

またもやきしんだ。

今度こそ家じゅうの人に聞こえたにちがいない、とわたしは観念した。全員に。

いまならまだ、万が一のときは逃げだせる。そう考えると安心できた。

そのとき、とつぜんドアが開いた。スクリーンドアがたてたよりも小さな音しかしなかった。

わたしは耳をそばだてた。

階段の踊り場に足を踏みいれた。

ペンライトをつけた。階段には、ぼろきれ、モップ、ブラシ、バケツ――ルースが掃除に使っている道具――それに、釘を入れてある瓶、ペンキ缶、シンナーなどが雑然と置いてあった。さいわい、そのほとんどは一方に、壁の反対側に寄せて並べてあった。つかまるとしたら、階段は、壁ぞいの部分のほうが、支えがある分、音がしないのがわかっていた。階段は、もっとも可能性が高いのは、いちばん大きな音がする階段だった。わたしは慎重におりはじめた。

一歩ごとに足をとめて耳をそばだてた。一段おりるごとにタイミングを変えて、リズムが一定にならないようにした。

だが、踏み段はどれもやかましかった。

階段はいつまでたっても終わらなかった。

それでも、やっといちばん下までたどり着いた。そのころには、いまにも心臓が破裂しそうになっていた。足音を聞きつけられなかったなんて、とても信じられなかった。

シェルターの扉をめざして地下室を横切った。

地下室は、湿気と黴《かび》と洗濯物と、こぼれた牛乳が腐っているような臭気が漂っていた。

ボルトを、できるだけ静かに、なめらかに抜こうとした。それでもやはり、金属と金属がこすれるかん高い音が響いた。

扉を開き、なかへはいった。

そのときはじめて、そもそもそこへなんのために忍びこんだのかを思いだしたような気がする。

メグはエアマットレスの隅に座っていた。壁に背をもたせかけて待っていた。懐中電灯の細長い光で照らすと、メグがどれほどおびえているのかがあきらかになった。そしてメグがどれほど苛酷な日々を送っていたのかが。

メグはぺらぺらでしわくちゃのシャツを着せられていたが、身につけているのはそれだけだった。両脚はむきだしだった。

ウィリーはナイフで両脚を傷つけていた。

太腿からふくらはぎにかけては、ほとんど足首まで、筋やら刻み目やらでおおわれていた。シャツにも血がついていた。ほとんどは乾いた血だった――だが、すべてではなかった。出血がつづいている傷もあった。

メグは立ちあがった。

そしてわたしのほうへ近づいてくると、こめかみにも新しいあざができているのがわかった。それにもかかわらず、メグは毅然としていた。

メグはなにかいいかけたが、わたしは指を唇にあてて黙らせた。

「ボルトと裏口のドアを開けっ放しにしていくからね」とわたしはささやいた。「きっと、みんなは閉め忘れただけだと思うだろう。三十分かそこら待ってて。階段は壁際を踏むように。それと、走っちゃだめだ。ドニーは足が速い。逃げ切れないよ。ほら」

わたしはポケットに手をつっこんで、メグにお金をさしだした。メグはそれを見つめた。そしてかぶりをふった。

「持ってないほうがいいわ」メグはそうささやいた。「お金を持ったままつかまったら、だれかが手を貸したってわかっちゃうもの。そうしたら、もう二度とチャンスはなくなる。お金は置いておいて。場所は……」つかのま考えをめぐらせてから、「〈大岩〉がいいわ。上に石かなにかを置いておいて。ちゃんと見つけるから心配しないで」

「どこへ逃げるつもり?」

「あてはないわ。いまのところは。もう一度、ジェニングスさんのところへ行くかも。遠くへ行くつもりはないの。スーザンのそばにいたいから。なんとかして、できるだけ早く、居場所を知らせるから」

「懐中電灯はいる?」

メグはまたかぶりをふった。「階段の場所はわかってる。あなたが持ってて。もう行って。さあ。早くここから出て」

わたしは向きを変え、出ていこうとした。

「デイヴィッド?」

ふりかえると、メグはだしぬけにすぐそばに立って、手を上にのばしていた。メグの目で涙がきらりと光ったとたん、彼女はまぶたを閉じて、わたしにキスをした。

メグの唇は、かさかさで、ひびわれていて、傷だらけで、あちこち裂けていた。

その唇は、それまでに触れたことがあるなかで、もっとも柔らかく、もっとも美しいものだった。

自分の目から涙がどっと噴きだしたのがわかった。

「ああ！　ごめんよ、メグ。ごめんよ」

かろうじてそれだけ言葉にした。その場に立ちつくして、首をふりながら許しを請うことしかできなかった。

「デイヴィー」メグはいった。「デイヴィッド。ありがとう。最後になにをするか――それが大切なのよ」

わたしはメグに目をむけた。メグが流れこんでくるかのようだった。どういうわけか、自分がメグになりつつあるかのようだった。

わたしは目を、顔をぬぐった。

うなずいて、ふりかえり、立ち去ろうとした。

そのとき、思いついた。「待って」

シェルターから出て、懐中電灯で壁を照らした。さがしていたものが見つかった。タイヤレバーを釘からはずし、シェルターへ引きかえしてメグにそれを手渡した。

「万が一のためだよ」わたしはいった。

メグはうなずいた。

「じゃあ、気をつけて」わたしはそう声をかけて、静かに扉を閉めた。

そしてわたしは、またしてもツキに恵まれていた。寝静まった家の濃密で耳ざわりな静寂のなか、ゆっくりと階段をのぼって戸口へむかった。ベッドのきしみや木々の枝のささやきを聞きながら、一歩ずつ体重をかけつづけた。

そしてとうとう、ドアの外へたどり着いたのだ。

庭を駆け抜け、ドライブウェイを横切って、自分の家の裏から森へはいった。月は明るかったが、たとえ月がなくても、道はわかっていた。小川がさらさらと流れる音が聞こえた。〈大岩〉の近くへ着くと、まえかがみになって石をいくつか拾い、腰を落としながら土手をおりた。川面が月明かりを浴びてきらめき、岩にうち寄せて白波をたてた。大岩の上に乗ってポケットに手をつっこむと、お金を積み重ねて、小さいけれどきれいな形をした石のピラミッドで押さえた。

土手の上でふりかえった。

お金と石は異教的に見えた。

葉むらが放つ濃厚な緑のにおいのなかをつっきって、家まで走りとおした。

39

そしてわたしはベッドにはいり、寝静まった家の物音に聞き耳を立てた。

眠れるはずがないと思っていたが、緊張と疲労を勘定に入れていなかった。夜が明けてからまもなく眠りに落ちた。枕は汗で湿っていた。

熟睡できなかった――そして寝坊した。

時計を見ると、昼が近い時刻だった。着替えをし、階下へ駆けおりた。母親がそばに立って、一日じゅう寝てばかりいるとどんな大人になってしまうかについて――たいていは監獄送りになるか失業者になるのだそうだ――ぶつぶつ小言をいっていたので、毎朝食べさせられているシリアルを大急ぎで腹に詰めこむなり、外へ、八月のむっとする陽ざしのなかへ飛びだした。

まっすぐチャンドラー家へ行く気にはなれなかった。ぼくのしわざだとばれてたらどうする？

森を駆け抜けて、〈大岩〉のまえで足をとめた。

石とお金でつくった小さなピラミッドは手つかずのままだ。

昼の光のもとだと、供え物のようには見えなかった。積み重ねた葉っぱの上に犬が糞を垂れたようにしか見えなかった。その犬の糞がわたしをあざけっていた。

それがなにを意味するのかはわかっていた。メグは逃げだせなかったのだ。

つかまってしまったのだ。

まだ閉じこめられているのだ。

胃がむかつき、シリアルをもどしそうになった。腹がたったが、すぐに怖くなり、そして頭が混乱した。もしも彼らが、ボルトをあけたのはぼくだと、もう結論をくだしていたら？　それとも、どうにかしてメグに白状させていたら？

どうしたらいいんだろう？

この町から逃げだす？

警官に知らせるっていう手もあるんだ、とわたしは考えた。ジェニングスさんに知らせようか。

だがすぐに考え直した。たしかに名案さ。だけど、なんていえばいいんだ？　ルースがメグを何カ月もまえから虐待していることは事実として知っていました。なにしろ、手伝っていたようなものですから、とでも？

刑事ドラマはたっぷり見ていたから、共犯者の意味は知っていた。

それに、ウェストオレンジに住むいとこの友人の少年も。その子は、ビールで酔っぱらって近所の家の車を盗み、鑑別所に一年間収容されたことがあった。その少年によれば、鑑別所員は、好き放題に殴ったり、薬を飲ませたり、拘束衣を着せたりするのだそうだった。そして、彼らが飽きるまで釈放してもらえないのだ。

ほかの方法があるはずだ、とわたしは考えた。

メグがお金を置いておくように頼んだときにいったように――もう一度脱出を試みることもできるはずだ。今度はもっと計画を練って。

もしもやったのがぼくだとばれていなければ。

それを確認する方法はひとつしかない。

わたしは〈大岩〉に乗り、五ドル札と一ドル札を集めてポケットに入れた。

そして大きく深呼吸をした。

そして歩きはじめた。

40

玄関で出迎えたのはウィリーだった。たとえチャンドラー家の人々がわたしがしたことを知っているか疑っているとしても、ウィリーがほかのもっと緊急の事柄に気をとられているのはあきらかだった。

「はいれよ」とウィリーはいった。

ウィリーは、疲れ、やつれているが、同時に興奮しているように見えた。その組みあわせのせいで、ふだん以上に醜かった。風呂にはいっていないのがはっきりわかったし、息はウィリーにしても臭かった。

「ドアを閉めてくれ」

わたしはドアを閉めた。

わたしたちは階段をおりた。

シェルターにはルースがいた。折りたたみ椅子に座っていた。ウーファーもいた。エディとデニースが作業台に腰をおろしていた。ルースのとなりに座っているスーザンは、真っ青な顔で声を出さずに泣いていた。

彼らが黙りこくったまま座って眺めているのは、ひんやりと湿ったコンクリートの床で、パンツを足首までおろしてメグの上に乗ってうめいているドニーだった。レイプしているのだ。全裸のメグは手足を四×四インチの支柱につながれていた。

そしてわたしは、ルースはとうとう、触れてはいけないという規則をがらりと変えたんだな、と思った。

気分が悪くなった。

向きを変えて出ていこうとした。

「おっと」とウィリー。「おまえにもいてもらうぜ」

手に持った肉切りナイフと目の色から、さからわないほうが賢明だとわかった。わたしは動かなかった。

全員が押し黙っていたので、二匹の蠅が飛んでいる音が聞こえた。

ひどい悪夢のようだった。そこでわたしは、人が夢のなかでとる態度をとった。受け身になって事態の進展を眺めたのだ。

メグはドニーのからだでほとんど隠れていた。見えるのは下半身——両足と太腿だけだった。一日でさらにあざが増えたか、ひどく汚れているかのどちらかだった。足の裏は真っ黒だった。

メグにぐいぐいとかかる体重を感じられるような気がした。ざらざらした堅い床へ叩きつけられる感触が。メグはさるぐつわを噛まされていたが、目隠しはされていなかった。さるぐつわでくぐもった、苦痛となすすべのない怒りの声が聞こえた。

ドニーはとつぜんうめくと、からだを弓なりにそらしてやけどの痕が残る乳房をつかんでから、ゆっくりと転がってメグから離れた。

わたしの横で、ウィリーがほっと息をついた。

「そうとも」とルースがうなずきながらいった。「おまえはこういう役に立つんだ」

デニースとウーファーがくすくす笑った。

ドニーがズボンをあげた。ジッパーを締めた。わたしのほうをちらりと見たが、目をあわせようとしなかった。ドニーを責めることはできなかった。わたしも目をそらしたからだ。

「淋病をうつされたかもしれないね」ルースがいった。「でも心配はいらないよ。近頃じゃ治せるようになってるんだから」

スーザンが、だしぬけにむせび泣きはじめた。

「ママアァァ！」

そして座ったまま、からだを前後に揺すりはじめた。

「助けて、ママアァァ！」

「うるせえぞ」とウーファー。

「まったくだ」とエディ。

「黙りな」とルース。「黙れっていってるんだ！」

ルースは椅子を蹴った。うしろにさがってからもう一度蹴飛ばすと、スーザンは椅子から転げ落ちた。横たわったまま、歩行補助具で床をひっかきながら号泣した。

「そのままでいな！」とルース。「そのままでいればいいんだ！　そのまま倒れてな」

　そしてルースは、そのほかの子供たちを見まわして、「今度はだれがする？」とたずねた。

「デイヴィーかい？　エディかい？」

「おれがするよ」とウィリー。

　ルースはウィリーを見やった。

「どんなもんかねえ。弟がしたばっかりなんだよ。あたしには近親相姦みたいに思えるね。感心しないねえ」

「そんなあ！」とウィリー。

「うん、やっぱり近親相姦だよ。この売女《ばいた》は気にしやしないだろうけどね。だけどあたしは、エディかデイヴィーにやってもらうほうが、ずっと気分がいいんだよ」

「デイヴィーはやりたがってないさ！」

「やりたがってるとも」

「やりたがってないんだってば！」

　ルースはわたしを見た。わたしは顔をそむけた。「やりたくないのかもしれないね。分別のある子だよ。あたしだったらさわりたくもないからね。もっとも、あたしは男じゃないけど。エディは？」

「刻みたいよ」エディはいった。

「あ、おれも！」とウーファー。

「刻む？」ルースはとまどっていた。

「刻んでもいいっていったじゃないですか、ミセス・チャンドラー」とデニース。

「あたしが？」

「うん、いった」とウーファー。

「いったのかい？　いつ？　どうやって刻むんだい？」

「ちょっと待ってよ。おれはファックしたいよ」とウィリー。

「黙ってな」ルースはいった。「あたしはウーファーに聞いてるんだよ。どうやって刻むんだい？」

「なにかを押しつけるんだよ」とウーファー。「みんなにわかるように。メグが売女《ばいた》だってことがみんなにわかるように」

「そうよ。緋文字みたいに」とデニース。「〈クラシック・コミックス〉に描いてあったみたいに」

「ああ、焼き印のことをいってるんだね」とルース。「刻みたいんじゃなく、焼き印を押したいんだろ？」

「でもママは、刻むっていってたよ」とウーファー。

「自分がなんていったかを教えてもらう必要はないね。母親にそういう口をきくんじゃないよ」

「だけど、そういったよ、ミセス・チャンドラー」とエディが口をはさんだ。「ほんとだよ。刻むっていったんだ」

「そうなのかい？」

「うん。みんな聞いてるよ」

ルースはうなずいた。それについて考えをめぐらせた。そしてため息をついた。

「わかったよ。針がいるね。ラルフィー、上に行って裁縫道具をとってきておくれ。たしか……廊下のクロゼットにはいってたと思うけど」

「はあい」

ウーファーはわたしの横を走り抜けていった。

わたしは目のまえの出来事が信じられなかった。

「ルース」わたしは呼びかけた。「ねえ、ルース」

ルースはわたしを見た。ルースの両目が、眼窩でぶるぶるふるえているように見えた。

「なんだい？」

「そんなこと、ほんとにするわけじゃないよね？」

「やっていいっていったんだよ。だから、やるつもりさ」

ルースは腰をかがめてわたしに顔を近づけた。毛穴という毛穴から煙草の煙が漏れているみたいだった。

「きのうの夜、あのあばずれがなにをしようとしたのか、知ってるのかい？　逃げだそうとしたんだよ。だれかがドアをあけっぱなしにしておいたんだ。きのう、最後に出たのはドニーだから、ドニーじゃないかと思うんだよ。それに、ドニーはメグに惚れてるからね。はじめからそうだったのさ。だから、けっきょく、やらせることにしたんだ。いったんものにしてしまえば、女にたいする熱はさめるものだからね。ドニーはもうだいじょうぶだよ。

　だけど、メグがどういう女なのかをみんなに知らせるのはいいことだからね。そう思わないかい？」

「ママ」ウィリーはいまや哀願していた。

「なんだい」

「どうしておれはやっちゃだめなの？」

「なにを？」

「ファックだよ！」

「あたしがだめだっていったからだよ、わからない子だね！　近親相姦だっていってるだろ！　しつこいったらありゃしない。弟の精液のなかにつっこみたいのかい？　それがおまえの望みなのかい？　おまえみたいな子とは口もききたくないね。反吐《へど》が出るよ！　くそったれな父親にそっくりだ」

「ルース」とわたしはいった。「ねえ……そんなことしちゃまずいよ」

「まずい？」

「うん」

「なんで？　なんでまずいんだい？」

「だって……そんなの正しいことじゃないよ」

ルースは立ちあがった。わたしのほうに歩みよってきたので、見あげなければならなかった。ルースの目をまっすぐに見つめなければならなかった。

「なにが正しいのかをあたしに教えたりしないでほしいね」

ルースの声は、低くふるえるうなり声だった。どうにか抑えこんでいる怒りで身をふるわせているのがわかった。わたしはあとずさった。

なんてこった、とわたしは考えた。ぼくはこんな女を好きだと思っていたことがあるんだ。愉快で、ときにはきれいな人だとすら思ってたんだ。仲間のひとりだと。

その女はわたしを心底おびえさせた。

ルースは殺すだろう、とわたしは思った。ルースは、わが子も含めてここにいる全員を殺しても、あとで気にかけたり思いだしたりしないだろう。

その気になれば。

「あたしに教えようなんて思うんじゃないよ」

そしてわたしは、ルースに考えを見透かされているような気がした。完璧に心を読まれているように感じた。

それでもルースは気にかけなかった。ルースはウィリーにむきなおった。

「この子が逃げようとしたら」とルースは命じた。「タマを切りとって、あたしに手渡すんだよ。いいね？」

ウィリーは母親に微笑みかえした。「わかったよ、ママ」

ウーファーが、ぼろぼろになったボール紙の靴箱を持ってシェルターに駆けこんできた。ウーファーはそれをルースに渡した。

「あそこにはなかったんだ」とウーファー。

「え？」

「クロゼットにはなかったんだよ。寝室の、ドレッサーの上にあったんだ」

「そうかい」

ルースはその箱を開けた。より糸や糸玉や針刺し、ボタンや針などがごちゃごちゃとはいっているのがちらりと見えた。ルースは箱を作業台に置くと、なかをかきまわしはじめた。

エディは場所を空けるために台から離れ、ルースの肩ごしに眺めおろした。

「さあ、はじめるよ」とルースはウーファーにむきなおった。「こいつを熱しなけりゃならないね。さもないと感染症を起こしちまう」

ルースは長くて太い縫い針を手にとっていた。

だしぬけに、室内が緊張でぴんと張りつめた。

わたしは針を、つぎに床で横たわっているメグを見つめたが、メグも、それにスーザンもその針に目を凝らしていた。

「だれがやるの？」とエディがたずねた。

「公平に、ひとりひと文字ずつじゃどうだい？」

「いいね。どんな言葉にする？」

ルースは思案した。

「単純なほうがいいね。〝わたしはファックする《アィ・ファック》。わたしをファックして《ファック・ミー》〟ってのはどうだい？　いいじゃないか。これなら、みんなに必要なことを知らせられるし」

「そうね」とデニース。「いいと思うわ」わたしにとって、そのときのデニースはルースとうりふたつに見えた。そっくりなおちつきのない目の光と、そっくりな張りつめた期待のせいだった。

「わあ」とウーファー。「それなら文字がたくさんあるね。たぶんひとりにふた文字ずつあるんじゃない？」

ルースは勘定し、うなずいた。

「デイヴィッドがやりたがらないなら——たぶんやりたがらないだろうけど——ひとりふた文字ずつだね。あたしはひと文字でいいから。デイヴィッド？」

わたしはかぶりをふった。

「そうだと思ったよ」ルースはいった。けれども、腹をたてているようにも、あざけっているようにも見えなかった。

「それなら」とルース。「あたしが最初のひと文字をやろう。それじゃ、はじめようか」

「ルース」わたしは呼びかけた。「ねえ、ルース」

ウィリーがそばに寄ってきて、わたしの顎のすぐ下に近づけた肉切りナイフでゆっくりと円を描いた。わたしは緊張した。ウィリーはなにをするかわからなかった。エディを見やると、彼はスイス・アーミー・ナイフの刃をもてあそんでいた。見るまでもなくわかっていたことだが、その目は生気がなく冷えびえとしていた。それからドニーを見た。それは新しいドニーだった。彼からも助けは期待できなかった。

しかし、ルースはわたしに顔をむけただけだった。あいかわらず怒っていなかったし、口調もおだやかで、なんだか疲れているように聞こえた。ただひたすらわたしのために、わたしがそもそも最初からわきまえておくべきだった事柄を教えようとしているかのようだった。わたしのためを思っているかのようだった。その部屋にいる子供のなかで、わたしがいちばんのお気にいりであるかのようだった。

「デイヴィッド」ルースはいった。「いいかい、ほっとけばいいんだよ」

「それなら、出ていかせて」とわたしは頼んだ。「ここから出ていきたいんだ」

「だめだ」

「こんなもの、見たくないんだ」

「それなら、見なきゃいい」

彼らははじめようとしていた。ウーファーがマッチを持っていた。

ウーファーは針を熱していた。

わたしは泣きださないように我慢していた。

「聞きたくもないんだ」

「あいにくだったね」とルース。「耳に蠟でも詰めないかぎり、たっぷり聞くはめになるだろうね」

実際、そのとおりになった。

41

すべてが終わり、彼らが消毒用アルコールでぬぐい終わると、歩いていってメグが、このときばかりでなく前日の夜とその日の朝になにをされたのかを目《ま》のあたりにした。

その日、わたしがメグのそばに寄ったのはそのときがはじめてだった。

文字を刻み終えると、彼らはさるぐつわをはずした。もはやメグに、口をきく余力がないことを承知していたのだ。唇は腫れあがっていた。片目はふさがって、赤紫色になっていた。乳房と鎖骨と内腿に、三つか四つ、新しいやけどの痕ができていた。ルースのアイロンでできた三角形のやけどは火ぶくれが破れていた。脇腹と両腕、それにきのうウィリーが切り刻んだ両脚のふくらはぎと太腿にあざができていた。

そして言葉が刻まれていた。**アイ・ファック・ファック・ミー**。

五センチの文章。すべて大文字だった。腹の上に、なかば焼かれ、なかば刻まれていた。

六歳の子供が書いた金釘流の文字のようだった。

「これでもう結婚できないね」ルースがいった。煙草をくゆらせながら、両膝をかかえて前後にからだを揺すっていた。ウィリーとエディはコークをとりに上へ行っていた。シェルターのなかは、煙草の煙と汗とアルコールのにおいがした。

「これはもう、永遠に消えないんだよ、メギー」とルース。「おまえは服を脱げないんだ。もう二度と、どんな男のためにもね。なにしろ、その言葉を見られちまうんだから」

わたしはその文字を見、そのとおりだと納得した。

ルースがメグを変えてしまったのだ。

メグの一生を変えてしまったのだ。

やけどやあざは消えるだろうが、これは消えない——三十年たっても、かすかにではあっても読みとれるだろう。だれかのまえで裸になるたびに、思案をめぐらせて説明しなければならないだろう。鏡を見るたびにその文字を見て思いだしてしまうだろう。

学校では、今年から、体操の授業のあとは必ずシャワーを浴びなければならないことになった。部屋いっぱいの十代の女の子の只中で、メグはどうやってそれを切り抜ければいいのだろう？

ルースは心配していなかった。メグはもう自分の子分だと決めこんでいるかのようだった。

「このほうが幸せなんだよ。いまにわかるさ。男はもう、だれもおまえをほしがらない。おまえは子供を産まない。そのほうがずっといいんだ。おまえはついてるよ。かわいいのは、セクシーなのはいいことだと思ってるんだろう？　だけど、いいかい、メギー、この世では、女は孤独なほうが幸せなのさ」

六本入りパックを持ったエディとウィリーが笑いながら帰ってきて、みんなにコークを配った。わたしも受けとったが、意識して抑えないと手がふるえそうだった。カラメルのかすかな甘い香りに胸が悪くなった。ひと口すすったが、もどしそうになった。はじめからずっと、吐き気をこらえていたのだ。

ドニーは受けとらなかった。メグのそばに立って見おろしているばかりだった。

「ママのいうとおりだったよ」しばらくしてから、ドニーはいった。「ぜんぜんちがって見えるね。いま刻んだ言葉があると。不気味だよ」

ドニーはそのわけを解き明かそうとしていた。そしてとうとう、ぴんとくる答えを思いついた。

「あんまり魅力を感じないんだ」とドニーはいった。

ちょっぴり驚いているようにも、それどころかちょっぴり嬉しがっているようにも聞こえた。

ルースは微笑んだ。うっすらとした不安定な笑みだった。

「だからいったじゃないか」ルースはいった。「わかっただろう?」

エディは笑い声をあげながら歩いていって、メグの脇腹を蹴飛ばした。メグはかすかにうめいた。「そうとも。たいして魅力的じゃないさ」

「ちっとも魅力的じゃないわよ」とデニースはコークをひと飲みした。

エディはまたメグを、今度はもっと強く蹴って妹への賛意を示した。

出してくれ、とわたしは思った。

頼むよ、ここから出してくれ。

「また吊るしたほうがよさそうだね」ルースがいった。

「このままにしておこうよ」とウィリー。

「床は冷えるからね。鼻を垂らされたりくしゃみをされたりしたら面倒だ。吊るし直して、見物しようじゃないか」

エディが両脚の紐をほどいた。ドニーが四×四インチの支柱から両手をはずしたが、縛りあわせたままにしておき、そこに天井の釘に掛けた紐を通した。

メグがわたしを見た。あきらかに弱りきっていた。涙も流せないほど。泣く力も残っていないほど。このざまを見てよ、といっているような、悲しげであきらめきった表情だった。

ドニーが紐を引っ張って、メグの両手を頭の上へあげさせた。ドニーはその紐を作業台に縛りつけたが、このときはいくらかたるんでいた。ドニーらしからぬだらしなさだった――もうどうでもいいと思っているかのようだった。メグには骨を折る価値がないと思っているかのようだった。

たしかになにかが変わっていた。

メグのからだに文字を刻むことによって、興奮させる力――恐怖や欲望や憎悪をひきだす力――を根こそぎ奪ってしまったかのようだった。残っているのは肉体だけだった。衰弱した肉体だけだった。そしてどういうわけか、それは卑しむべきものになっていた。

ルースは、腰かけたまま、カンバスをためつすがめつしている画家のようにメグを見つめた。

「ひとつ、やらなきゃならないことが残ってるね」とルースはいった。

「なに？」ドニーはたずねかえした。

ルースは思案した。「これで、どんな男もこの娘をほしがらなくなった。問題は、そう、こうなっても、メグが男をほしがるだろうっていうことだよ」ルースはかぶりをふった。「それじゃ、つらいばっかりの人生になっちまう」

「どうすればいいの？」

ルースは考えをめぐらせた。わたしたちはルースを見つめた。

「どうすればいいのか教えてやろう」とうとうルースが口を開いた。「上へ行って、キッチンに積んである新聞紙を持ってきておくれ。ひと抱えだよ。そうしたら、この裏のシンクに置くんだ」

「新聞紙？　新聞紙をなんに使うの？」

「メグに読んでやるの？」とデニース。子供たちが笑った。

「いわれたとおりにすればいいんだよ」とルース。

ドニーは階上へ行き、新聞紙をかかえておりてきた。そして洗濯機のわきのシンクに投げおろした。

ルースが立ちあがった。

「よし。だれかマッチを持ってないかい？　切らしちまったんだ」

「いくらかあるよ」とエディ。

エディはルースにマッチを渡した。ルースはまえかがみになって、前日の夜、わたしがメグに渡したタイヤレバーをとりあげた。

メグにあれをふるうチャンスはあったのだろうか、とわたしは考えた。

「ほら。これを持っておくれ」とルースはタイヤレバーをエディに渡した。「行くよ」

彼らはコークを置き、わたしのまえを通りすぎていった。みんな、ルースがなにを考えているのか知りたがっていた。わたしとスーザン以外の全員が。けれど、スーザンはルースにいわれたように床に倒れ伏したままだったし、わたしの脇腹から六十センチのところにはウィリーのナイフがつきつけられていた。

しかたなく、わたしもついていった。

「丸めるんだよ」ルースがいった。みんなはルースを見やった。

「新聞紙さ」とルース。「しっかりと巻いておくれ。そうしたら、またシンクのなかに放りこむんだ」

ウーファー、エディ、デニース、ドニーがいわれたとおりにした。ルースはエディのマッチで煙草に火をつけた。ウィリーはずっとわたしのうしろについていた。

わたしは一メートルほどしか離れていない階段をちらりと見た。差し招いていた。

子供たちは新聞紙を丸めていた。

「きつく巻くんだよ」とルース。

子供たちはシンクを新聞紙でいっぱいにした。

「こういうことなのさ」とルース。「女は全身で男をほしがるのか。そうじゃない。特別な一カ所でほしがるんだ。わかるかい、デニース？　え？　まだわからない？　女は男を、特別な一カ所でほしがるんだ。股のあいだのここで」

ルースは指さし、つぎに手を押しつけて子供たちに示した。彼らは新聞紙を丸める手をとめた。

「ただ一点でね。さて。その一点をとりのぞいてしまったらどうなると思う？　欲望をそっくりとりのぞけるんだ。ほんとだよ。永遠にとりのぞけるのさ。それでうまくいくんだ。いつだって、どこかしらでやってるんだよ。あたりまえのことみたいに。女の子がある年齢に達したときだと思うけどね。それで迷わないですむんだ。よく知らないけど、アフリカとかアラビアとかニューギニアとかで。そういうところでは、それが文明的な習慣だとみなされてるんだ。

それなら、どうしてここでそれをやっちゃいけないんだ？　ただ一点をとりのぞくだけなのに。

これからメグを焼くのさ。焼きつぶすんだ。その鉄を使ってね。

そうすればメグは……完璧になるんだ」

室内はしんと静まり、子供たちはつかのまルースを見つめた。いま耳にした言葉がにわかには信じられなかったのだ。

わたしはルースのいうことを信じた。

そして、何日もまえから理解しようとしていた感情に、とうとうぴたりと焦点があった。

わたしは、十二月の寒風のなか、裸で立っているかのようにふるえはじめた。なぜなら、見えたからだ。においがしたからだ。メグの悲鳴が聞こえたからだ。メグの未来が、わたしの未来がはるか先まで見えたからだ――そのような行為の結末がありありと。

だが、それが見えているのはわたしだけだとわかっていた。

ほかの連中は――メグを監禁してしまうほど思いきりがよく、苦痛にかんする創意工夫の才能を持っており、仕事を辞めず、ウィリー・シニアと出会わず、子供を産まなかったらと愚痴をこぼしていたルースですら――想像力を持ちあわせていなかった。

まったく。ひとかけらも。彼らはなにも考えていなかった。

自分以外の他人にかんして、いま現在以外のあらゆる事柄にかんして、彼らは盲目だった。空っぽだった。

そして、そう、わたしはふるえていた。無理もなかった。なにしろわかったのだから。

わたしは野蛮人にとらわれていたのだ。わたしは野蛮人と暮らしていたのだ。わたしは野蛮人の仲間だったのだ。

いや、野蛮人ではない。それでは不正確だ。

それ以下だった。

犬や猫の群れ、それともウーファーがよくおもちゃにしていた獰猛な赤蟻の群れのほうが近かった。

まったくべつの種のようだった。人間そっくりだが、人間らしい感情を理解できない知的生物のようだった。

わたしをとりかこむ連中の異質性に圧倒された。

その邪悪に。


わたしは階段めがけて走りだした。

ウィリーの罵り声が聞こえ、シャツの背中をナイフがかすめるのを感じた。わたしは木製の手すりをつかむなり、向きを変えて階段をのぼりはじめた。

つまずいてしまった。下を見ると、ルースが指をさしながらわめいていた。ルースの口は、ぽっかりと大きくあいた真っ暗で虚《うつ》ろな穴だった。ウィリーの手が足首をつかみ、ひっぱるのを感じた。わきにはペンキ缶とバケツがあった。それらを階段の下へ払い落とすと、ドニーがふたたび罵声をあげ、エディも悪態をついた。その瞬間、わたしは足をもぎ離し、立ちあがった。やみくもに階段を駆けあがった。

ドアはあいていた。ばたんとスクリーンドアをあけた。

夏の暑さが荒々しい波となって一気に押し寄せてきた。叫べなかった。空気を求めてあえぐことしかできなかった。すぐうしろから追ってきているのがわかった。わたしはポーチの階段を飛びおりた。

「急げ！」ドニーがわめいた。

そのときとつぜん、ドニーが飛びかかってきた。踊り場からのジャンプの勢いでわたしは転倒し、息がつけなくなったが、ドニーもわたしの上から転げ落ちた。わたしのほうがドニーより足が速かった。わたしは立ちあがった。ウィリーがわきにまわりこんで、わたしの家への道をふさいでいるのが見えた。ナイフが陽ざしを反射してぎらりと光った。わたしはそっちをあきらめた。

ドニーがのばした両手をすり抜けて、森をめざして走った。

なかばまで行ったところで、エディに追いつかれた。両脚のうしろから体当たりをくわされた。わたしは倒れてしまい、あっと思ったときには組み伏せられ、殴られ、蹴られ、目玉をえぐられそうになっていた。わたしは身をよじりながら転がった。今度はわたしが上になった。上からエディにむしゃぶりついた。エディはわたしのシャツをつかんだ。わたしはシャツが裂けるのもおかまいなしにからだを引き離した。またよろよろと歩きはじめたが、すぐまたドニーに、そしてウィリーにのしかかられた。そのときはじめて、ウィリーがわたしの喉もとにつきつけていたナイフで傷つけられたことに気づいて、抵抗をやめた。

「なかへはいるんだよ、くそったれ」とウィリーは脅した。「ひと言もしゃべるんじゃねえぞ！」

彼らはわたしを引き連れてもどりはじめた。

わが家が目にはいったとたん、胸が張り裂けそうになった。人の気配を求めてそっちを見つめつづけたが、影も形もなかった。

わたしたちはポーチへのぼり、ひんやりしていてペンキのにおいが漂っている闇へおりていった。

わたしは喉へ手をやった。ちょっぴり血が出ていた。

ルースはきつく腕組みをして立っていた。

「ばかな子だね」とルースはいった。「いったいどこへ逃げるつもりだったんだい？」

わたしはこたえなかった。

「これであんたはメグの味方と決まったね。さて、どうしたもんだろうねえ」

ルースはかぶりをふった。そして唐突に笑いだした。

「メグみたいに、ただ一点を持ってないことを感謝するんだね。もちろん、心配しなきゃならないところがべつにあるんだけどさ」

デニースが笑い声をあげた。

「ウィリー、ロープを持ってきておくれ。この子も縛っておいたほうがよさそうだ。またふらふら抜けだすといけないからね」

ウィリーはシェルターへはいっていった。そして短いロープを持ってもどってくると、ナイフをドニーに渡した。ウィリーがわたしの両手をうしろ手に縛るあいだ、ドニーがナイフを構えていた。

だれもがじっと見つめながら待っていた。

そして今度は、ドニーもたじろぐことなくわたしの目を見つめていた。

縛り終えると、ルースはウーファーにむきなおって、マッチを手渡した。

「ラルフィー？　名誉ある行為を任せてやろうか？」

　ウーファーは微笑んで、マッチをすり、シンクの上へぐっと身を乗りだすと、手をのばして丸めた新聞紙の端に火をつけた。そして、もっと手前のべつの新聞紙にも火をつけた。ウーファーはうしろへ下がった。新聞紙はあかあかと燃えはじめた。

「おまえは昔から火が好きだったからね」とルースはほかの子供たちのほうをむいた。ため息をついた。

「さて、やりたい子はいるかい？」ルースがたずねた。

「おれがやるよ」エディが申し出た。

　ルースはエディを見て、かすかに微笑んだ。かつて、といってもさほど遠くない以前、もっぱらわたしにむけられていた表情とほとんど同じに思えた。

　たぶん、わたしはもう、ルースにとって近所でいちばんお気にいりの子供ではなくなったのだろう。

「タイヤレバーを入れな」ルースはいった。

　エディはしたがった。

　それを炎のなかにつっこんだ。

　しんと静まりかえっていた。

　充分に熱くなったと判断すると、ルースはエディにとりだすように命じ、わたしたちはシェルターのなかへもどった。

42

これにかんしては語りたくない。

ごめんこうむる。

話すくらいなら死んだほうがましという事柄があるものだ。目にするくらいなら死んだほうがましという事柄が。

わたしはそれを目《ま》のあたりにしたのだ。

43

わたしたちは暗闇のなかでからだを寄せあっていた。

彼らは作業用ライトをとりはずし、わたしたち、つまりメグとスーザンとわたしだけをウィリー・シニアが家族のために用意したエアマットレスの上に横たわらせてドアを閉めた。

リビングルームからダイニングへ歩いていき、また引きかえす足音が聞こえた。重みを感じさせる足音だった。ドニーかウィリーだろう。やがて、家は静かになった。

メグのうめき声をべつにすれば。

メグは、タイヤレバーを押しつけられた瞬間に気をうしなった。雷に打たれたようにからだをつっぱってからぐったりした。だがいま、メグの一部は意識をとりもどそうともがいていた。目をさましたとき、メグがどんな状態になっているのか不安だった。どれほどの苦痛なのか、想像もつかなかった。あの痛みばかりは想像したくなかった。

三人とも、縛られてはいなかった。少なくとも、両手は自由だった。

どうにかして、メグを介抱することができる。

いま、彼らは上でなにをしてるんだろう、とわたしは思った。なにを考えてるんだろう？想像することはできた。エディとデニースは夕食をとりに家へ帰っているだろう。ルースは椅子に腰かけ、両足をクッションに載せて、なにも映っていないテレビ画面を見つめているのだろう。ウィリーはソファに寝そべってなにかを食べているだろう。ウーファーは床でうつぶせになっているはずだ。そしてドニーは、キッチンの背もたれがまっすぐの椅子に座って、ひょっとしたらリンゴを食べているかもしれない。

オーブンには冷凍のＴＶディナーがはいっていることだろう。

空腹だった。朝食を食べてから、なにも口に入れていなかった。

夕食か、とわたしは思いをめぐらせた。

夕食の時間が過ぎても家に帰らなかったら、両親はかんかんになるだろう。だが、やがて心配しはじめる。

パパとママが心配する。

そのときはじめて、それが実際にはなにを意味するのかに気づいたのだと思う。

そして、両親が恋しくて泣きそうになった。

そのとき、ふたたびメグのうめき声が聞こえ、わたしのかたわらでぶるぶるふるえているのを感じた。

ルースと息子たちは、階上で黙りこくって座っているのだろうと想像した。わたしたちをどうするべきか、思案しているのだろう。

わたしがここにいることが、すべてを変えてしまっていた。

彼らは、きょう以降、わたしを信用することができない。だが、メグとスーザンとちがって、わたしには心配してくれる人々がいる。

パパとママは、ぼくをさがしはじめるだろうか？　もちろん、さがすに決まってる。だけど、いつ？　この家までさがしに来るだろうか？　うかつなことに、どこへ行くのかいっていなかったのだ。

なんてばかだったんだ。

またまたしくじったんだ。この家で窮地に追いこまれるかもしれないことはわかってたのに。

暗闇がひしひしと押し迫っているように感じた。なぜか、そのせいで自分が縮んでしまったように感じた。周囲の空間がゆがみ、選択肢と可能性が狭まってしまったように。そして、この何週間か、ひとりぼっちでこの地下室に閉じこめられたメグがどんな気持ちだったか、ちょっぴり実感したのだった。

待つことの緊張と孤独感をやわらげるためだけに、彼らがもどってきてくれればいいのにと願いたくなるほどだった。

暗闇のなかでは、自分が消えうせてしまうことをさとった。

「デイヴィッド？」

スーザンに呼びかけられて、わたしはびっくりした。スーザンが、質問に答えるのではなく、自分からわたしに――それをいうならほかのだれにでも――話しかけるのを聞いたのは、そのときがはじめてだったと思う。

スーザンの声は、おびえきった、ささやくようなふるえ声だった。ルースがまだ戸口で耳をそばだてていると思っているかのようだった。

「デイヴィッド？」

「なんだい？　だいじょうぶ、スーザン？」

「わたしはだいじょうぶ。デイヴィッド、わたしのこと、怒ってる？」

「きみのことを怒ってるかって？　そんなはずないじゃないか。どうしてぼくが……」

「怒って当然よ。おねえちゃんだって。だってわたしが悪いんだもん」

「きみはなにも悪くないよ、スーザン」

「わたしが悪いの。わたしのせいなのよ。わたしさえいなければ、おねえちゃんは脱出に成功して、逃げ切れたはずだもん」

「メグは逃げようとしたんだ。だけど、つかまったんだよ」

「そうじゃないの」

なにも見えなくても、スーザンが必死になって涙をこらえているのがわかった。

「おねえちゃんは廊下でつかまったのよ、デイヴィッド」

「え？」

「わたしを連れに来てくれたの。どうにかして逃げだしたのよ」

「ぼくがメグを出してやったんだ。ドアをあけっぱなしにしたんだよ」

「おねえちゃんは階段をのぼってわたしの部屋に来ると、わたしが騒がないように、手でこうして口をおおったの。それから、ベッドからかかえあげてくれたのよ。でも、廊下を進んでるとき、ルースが……ルースが……」

そこで我慢しきれなくなった。スーザンは泣きだした。わたしは手をのばしてスーザンの肩に触れた。

「だいじょうぶだよ。なんとかなるさ」

「……ルースが男の子たちの部屋から出てきて――きっと物音を聞きつけたのね――おねえちゃんの髪の毛をつかんでひき倒したから、わたしがおねえちゃんの上にのっかっちゃったの。それで、すぐに起きあがれないでいるうちに、ウィリーが出てきて、ドニーとウーファーも出てきて、おねえちゃんを殴ったり叩いたり蹴ったりしはじめたの。それからウィリーがキッチンから包丁をとってきて、おねえちゃんの喉もとにつきつけながら、動いたら首をちょん切るぞって脅したの。首をちょん切るぞって脅したのよ。

それで、みんなでわたしたちを地下へ連れおろしたの。そのあと、わたしの補助具を投げ捨てたの。もう使いものにならないわ」

がちゃがちゃという音が聞こえた。

「それからまた、みんなでおねえちゃんを殴って、ルースが煙草で……煙草で……」

スーザンが身を寄せてきたので、彼女がわたしの肩に顔をうずめて泣いているあいだ、片腕をまわして抱いてやっていた。

「わからないな」わたしはいった。「メグはきみを連れにもどったわけだ。あとでどうにかするって話してたのに。どうしてすぐにもどったんだろう？　どうしてきみを連れだそうとしたんだろう？　どうしてきみといっしょに逃げようとしたんだろう？」

　スーザンは涙をぬぐった。鼻をすする音が聞こえた。

「たぶん……ルースが」スーザンがいった。「ルースが……わたしにさわったからだと思うの。下の……あの……下のほうを。それに、一度……血が出たことがあったから。それでおねえちゃんは……わたし、おねえちゃんに話したの……かんかんになって……ほんとにかんかんになっちゃって、ルースに知ってるわよっていったら、ルースがまたおねえちゃんを殴ったの。暖炉のシャベルで思いきり殴ったから……」

　スーザンが声を詰まらせた。

「ごめんなさい！　そんなつもりじゃなかったの。おねえちゃんは逃げられたのよ！　ぜったいに逃げられたのよ！　おねえちゃんに怪我をさせるつもりなんてなかったの。だけど、どうしようもなかったの！　さわられるのがいやだったんだもん！　ルースなんて大嫌い！　大嫌いなの。だからおねえちゃんにいっちゃったの……ルースがなにをしたかを。そのせいでおねえちゃんはつかまっちゃったの。そのせいでおねえちゃんはわたしを連れていこうとしたのよ。わたしがいけなかったの、デイヴィッド。わたしがいけなかったのよ！」

　わたしはスーザンを抱きしめたが、あまりにも華奢《きゃしゃ》なので、赤ん坊をあやしているみたいだった。

「シーッ。おちついて。だいじょうぶ……だいじょうぶだから」

わたしはルースがスーザンにさわっているさまを想像した。目にうかぶようだった。からだの不自由な、抵抗できない無力な少女と、勢いよく流れる川の面《おもて》のようにぎらぎらと輝く虚《うつ》ろな瞳をもつあの女が。わたしはすぐさまその情景を脳裏から消し去った。

だいぶたってから、やっとスーザンはおちつきをとりもどした。

「いいものがあるわ」とスーザンは鼻をすすった。「おねえちゃんに渡したものが。作業台のあっち側の足のむこうに手をのばしてみて。おねえちゃんがいるところの先よ。そのあたりを手探りしてみて」

そのとおりにした。マッチの箱と五センチほどの蠟燭の燃え残りが見つかった。

「いったいどこで……？」

「ルースからちょろまかしたの」

わたしは蠟燭に火をともした。蜜蠟の輝きがシェルターを満たした。ずっと気分がよくなった。

メグを見るまでは。

わたしたちふたりがメグを目にするまでは。

メグはあおむけに横たわっていた。彼らは、腰から下が隠れるように、古くて薄っぺらで汚れきったシーツをかけていた。胸と肩はむきだしになっている。全身があざだらけだ。やけどはふさがっておらず、体液がじくじくとしみだしている。

眠っていてさえ、痛みのせいで顔の筋肉が皮膚をひきつらせていた。からだがわなないている。

文字が光を反射した。

アイ・ファック・ファック・ミー。

スーザンを見ると、また泣きそうになっているのがわかった。

「見るんじゃない」わたしはいった。

むごたらしすぎた。なにもかもがむごたらしすぎた。

だが、もっともむごたらしいのは、彼らがメグにしたことではなかった。そうではなく、メグが自分自身にしていることだった。

メグは両手をシーツの外に出していた。メグは眠っていた。

それなのにメグは、左腕の肘から手首にかけてを、汚れていてぎざぎざになっている爪で、絶え間なく、深々と引っ掻いていた。

傷を広げていたのだ。

掻きむしっていたのだ。

責めさいなまれた肉体が、とうとう自壊しはじめたのだ。

「見るんじゃない」わたしはいった。わたしは脱いだシャツをどうにか噛み破り、縫い目にそって引き裂いた。すそを裂いて布切れを二枚つくってから、メグの手をどけた。そしてシャツを、メグの腕に二回、きつく巻きつけた。そして、いちばん上といちばん下を、縛ってとめた。

これで、自分のからだにさほどのダメージを与えられなくなるはずだった。

「これでいい」わたしはいった。

スーザンは泣いていた。見てしまったのだ。姉がなにをしているのかがわかるほど長く。

「どうして」スーザンはたずねた。「どうしてあんなことをするの？」

「わからないよ」

だが、わたしにはわかっていた。ある程度は。メグの自分自身にたいする怒りが、ありありと想像できた。しくじったことにたいする怒り。脱出できなかったことへの怒り。自分自身と妹を救えなかったことへの怒り。それどころか、そもそも、こんなことに巻きこまれるような人間だったことが悔しかったのだろう。こんなことが起こるのを防げず、どうにかして切り抜けられると思ってしまったことが。

メグがそんなふうに感じるなんて道理にかなっていなかったが、理解はできた。

メグは罠にかかってしまったのだ――そしていま、きわめて明晰な精神が、自分自身に腹をたてているのだ。どうしてわたしはあんなに愚かだったのだろう？　まるで彼女自身が処罰されるべきであるかのごとく。メグがかかった罠は、ルースや子供たちを、メグ自身が人間であるのと同じ意味で人間だと思いこみ、したがってある程度のところまでしかエスカレートしないだろうとたかをくくったことだった。ある程度でとどまるだろうと。だが、そうではなかった。連中は、同じ人間ではなかったのだ。メグはそれをさとった。しかし手遅れだった。

ふと気づくと、メグの指が傷を探っていた。

シャツに血がしみとおっていた。まだ、それほど大量ではなかった。しかし、メグを押さえるためとはいえ、けっきょく、シャツを使ってまたしても縛らなければならなかったことに、奇妙な、悲しい皮肉をおぼえた。

階上で電話が鳴った。

「とっておくれ」というルースの声が聞こえた。足音が部屋を横切った。

ウィリーの声が、そして一瞬の間《ま》を置いてから、電話の応対をするルースの声が聞こえた。

いま何時だろう、とわたしは考えた。そして小さな蠟燭を見て、あとどれくらい持つのだろうと思いをめぐらせた。

メグの手が傷から離れた。

あえぎ、うめいた。まぶたがふるえた。

「メグ？」

メグは目を開いた。痛みでどんよりしていた。

またしても指を傷へもどした。

「だめだよ」わたしはいった。「そんなことしちゃ」

メグはわたしのほうをむいた。すぐには理解できないようだった。やがて、手を傷から離した。

「デイヴィッド？」

「うん。ぼくだよ。それにスーザンもここにいる」

姉に見えるようにスーザンが身を乗りだすと、メグは唇をあげて、生気がみじんも感じられないかすかな微笑をつくった。だが、それですら苦痛をともなうらしかった。

メグはうめいた。「まったくもう。痛いの」

「動かないで」わたしはいった。「痛むだろうから」

シーツを顎までかけてやった。

「なにか……なにかぼくにできることは……?」

「だいじょうぶ。休んでれば……ああ」

「おねえちゃん?」スーザンはふるえていた。わたしのうしろから手をのばしたが、実際にふれることはできなかった。「ごめんなさい。ほんとに、ほんとにごめんなさい」

「いいのよ、スーズ。やるだけやったんだもの。いいのよ……」

電撃的な痛みが全身を走るのが、自分のことのように感じられた。

どうすればいいのか途方に暮れた。光が教えてくれるかのように蠟燭に目を凝らしつづけたが、なにも思いつかなかった。なにひとつ。

「あいつらは……どこにいるの?」とメグがたずねた。

「上だよ」

「もうおりてこないのかしら?　いまは……夜なの?」

「暗くなるころだね。夕食の時間ってとこかな。たぶんだけど。おりてくるかどうかはわからないよ」

「わたし……デイヴィッド？　わたし、もう耐えられない。わかる？」

「わかるよ」

「耐えられないの」

「休むんだ。いまは休んだほうがいい」わたしはかぶりをふった。

「なに？」

「ずっと考えてるんだよ」

「なにを？」

「……あいつらをどうすれば傷つけられるか、、、、を。どうすればここから脱出できるかを」

「無理よ。どうやったって。わたしが何日、ここでこうやって……」

「これがあるわ」とスーザンがいった。

スーザンは補助具を持っていた。

わたしはそれを見つめた。スーザンのいうとおりだった。軽量のアルミニウム製だったが、端を持って関節のある補助具をふりまわせば、かなりのダメージを与えられるはずだった。

だが、それだけでは不充分だった。ウィリーとドニーのふたりを相手にしなければならないことを考えれば。それにルースを。ルースをなめてかかるわけにはいかなかった。都合よく二、三分おきにひとりずつおりてきて、ひと息つく暇があったとすればうまくいくかもしれないが、そんなはずはなかった。いずれにしろ、わたしは喧嘩が強いほうではなかった。

エディに相談できればどうにかなるかもしれなかったが。

ほかの手を考えなければならなかった。

わたしはあたりを見まわした。彼らはほとんどすべてを持ち去っていた。消火器、ラジオ、食料のはいったボール箱、さらに目覚まし時計とマットレス用の空気ポンプまでなくなっていた。わたしたちを縛るのに使った洗濯ロープまで持っていっていた。あるものといえば——重すぎて、投げつけるどころか、ひとりでは動かすのも難しい——作業台、マットレス、メグのシーツ、プラスチックのコップ、わたしたちが身にまとっている服だけだった。それからマッチと蠟燭。

そのとき、だしぬけに、マッチと蠟燭の使い道に気づいた。

少なくとも、連中の気が向いたときじゃなく、こっちの好きなときにここへ呼び寄せられる。混乱させ、不意をつくことができる。それだけでたいしたものだ。充分だ。

わたしは深呼吸をした。アイデアが形になりかけていた。

「ねえ」わたしはいった。「いくつかやってみたいことがあるんだけど」

スーザンはうなずいた。メグも弱よわしくうなずいた。

「うまくいかないかもしれない。だけど可能性はある」

「いいわね」メグはいった。「やりましょうよ」

「動かないで」わたしはいった。「きみはなにもしなくていいんだ」

「わかった。やってちょうだい。あいつらをやっつけて」

わたしはケッズのハイトップス型スニーカーを脱ぐと、靴紐を抜いて結びあわせた。スーザンの靴も脱がせてその靴紐をわたしの靴紐につなぎ、計画に使える三・五メートルほどの紐にした。その一方の端を扉の下の蝶番《ちょうつがい》に巻きつけ、がっちり結んでから、紐を四×四インチの支柱の最初の一本までのばし、床から八センチほどのところに結んだ。それで、扉から支柱へとやや斜めにのび、入口からシェルターの左側三分の一ほどをカバーする足とり罠ができあがった。

「いいかい」わたしはいった。「すごくつらいかもしれない。それに危険もある。なにしろここで火をおこすつもりなんだ。この、部屋のほぼまんなかの、作業台のまえあたりで。やつらは煙のにおいに気づいておりてくるだろう。運がよければ、だれかがこの紐につまずく。そのときぼくは、スーザンの補助具を構えて、入口の反対側で待ち伏せてるんだ。

だけど、かなりの煙が出るだろうし、ここには空気があんまりない。やつらがすぐに駆けつけてくれなければ、ぼくたちはひどい目にあうはめになる。わかるかい？」

「叫べばいいわ」とスーザン。

「そうだね。それでうまくいくかもしれない。だけど、しばらく待って、やつらに煙のにおいを嗅ぎつかせなきゃならない。火事になればだれだってパニックになるから、そのほうが都合がいいんだ。どう思う？」

「わたしはなにをすればいいの？」とスーザン。

わたしは思わず微笑んだ。「べつになにもしなくていいんだよ、スーズ」

スーザンはじっと考えこんだ。少女の繊細な面立ちが真剣そのものになった。

「わたしにだってできることがあるもん。このマットレスのそばに立ってて、だれかがわたしのまえを通ったら転ばしてやるわ！」

「わかった。だけど、気をつけてくれよ。これ以上骨を折るといけないからね。それから、ぼくがそいつをふりまわせるように、充分な間隔をあけておいてくれ」

「わかった」

「メグ？　それでいいかい？」

メグは顔色が悪く、衰弱しきっているように見えた。だが、それでもうなずいた。

「なんでも好きなようにして」メグはいった。

わたしはTシャツを脱いだ。

「その……シーツが必要なんだ」わたしはいった。

「使って」

わたしはメグがかけているシーツをそろそろと引いた。

メグは両手でやけどを隠した。だが、そのまえに、赤黒く光る傷が見えた。わたしはたじろぎ、メグはわたしを見てから顔をそむけた。またしてもシャツごしに傷をいじりはじめた。やめさせる——メグに自分がなにをしているのかを告げる——勇気が出せなかった。

そしてとつぜん、だれかを補助具で殴れるときが待ち遠しくてたまらなくなった。

シーツを丸めて、計画したとおり、作業台のまんまえに置いた。その上にわたしのTシャツと靴下をのせた。

「わたしのも使って」とスーザンがいった。

たいしたちがいはなかったが、スーザンが役立ちたがっているのがわかったので、スーザンの靴下も脱がせ、上にのせた。

「シャツはいる?」メグがたずねた。

「いや。着ててよ」

「わかった」メグはこたえた。爪は傷をほじりつづけていた。

メグのからだは老人のからだのようだった。筋肉が落ち、ゆるんでいた。

わたしはスーザンから補助具を受けとり、それを扉のわきの壁に立てかけた。そして小さくなった蠟燭をとりあげて、布の山のほうへ歩いていった。

胃が恐怖で堅くしこった。

「いくぞ」といって、蠟燭を下げた。

44

炎は小さかったが、煙は充分にあがった。煙はもくもくと立ちのぼって天井にぶつかり、渦を巻きながら外へ広がった。わたしたちは、シェルターのなかでキノコ雲をつくりだしたのだった。

ほどなく、シェルターに煙が充満した。床に横たわっているメグもほとんど見えなくなった。わたしたちは激しく咳きこんだ。

煙が濃くなるにつれ、咳も大きくなった。

階上から声が聞こえた。狼狽。恐怖。それからすぐ、あわただしく階段をおりてくる足音。走っている。あわてている。もくろみどおりだ。わたしは補助具を握りしめ、扉のすぐわきで待ちかまえていた。

だれかが差し錠をあけようとがちゃがちゃ動かした。そして扉がさっとあくと、地下室の明かりのなかで悪態をつきながら立っているウィリーめがけて、とつぜんの霧のように煙がどっと押し寄せた。ウィリーはよろけながらなかにはいってきた。そして靴紐に足をとられ、ばったりと倒れて床をすべっていき、頭から布の山につっこんだ。悲鳴をあげながら、頬にくっついて燃えているぼろきれを叩き落とそうとした。クルーカットを固めているグリースが溶けて額に流れ落ちた。

ルースとドニーが、肩と肩で押しあうようにしながらはいってきた。わたしがいるほうに近いドニーは、煙を透かして、なにがどうなっているのかを確かめようとした。わたしは補助具をふるった。ドニーの頭から血が飛び散り、ルースのからだと入口に点々と落ちるのが見えたが、ドニーは倒れながらもわたしにつかみかかってきた。わたしは補助具を斧のようにふりおろしたが、よけられてしまった。補助具ががしゃんと床に当たった。そのときだしぬけに、ルースがわたしの横を通ってスーザンのほうへ突進した。

スーザン。ルースの人質。ルースの盾。

くるりとふりむいて補助具をふるい、脇腹と背中を打ったが、ルースを止めることはできなかった。

ルースはすばやかった。わたしはあとを追いながら、テニスのバックハンド・ショットのように、床から装具をふりあげた。だが、ルースはスーザンの痩せた胸に手をのばし、壁に突き飛ばした。そして髪をむんずとつかみ、ぐいと押しやった。カボチャを落としたような音が響き、スーザンは壁にもたれたまますずるずるとすべり落ちた。わたしは渾身の力を振り絞ってルースの腰を打った。ルースはわめき声をあげてがっくりと膝をついた。

視野の隅でなにかが動いた。わたしはふりむいた。

薄れつつある煙のなか、ドニーが立ちあがって、こっちにむかっていた。それにウィリーも。わたしは目のまえでやみくもに補助具をふりまわした。ふたりは、最初のうち、用心深くそろそろと動いていた。距離が詰まってくると、ウィリーが顔にどれほどひどいやけどを負っているのかがわかった。片目がふさがって涙が流れていた。ドニーのシャツには血が飛び散っていた。

そのとき、ウィリーが姿勢を低くしながらつっこんできた。わたしがふるった補助具はウィリーの肩に命中し、首まで達して耳ざわりな音をたてた。ウィリーはかん高い悲鳴をあげて倒れた。

ドニーがまえかがみになりながら補助具をつかんだのが見えた。

うしろで引っ掻くような音が響いた。

ルースがうしろから体当たりをくわせてきた。猫のようにシューッとうなりながらひっかいてくる。わたしはむしゃぶりついてくるからだの重みでよろめいた。膝が折れる。倒れる。ドニーが近づいてきたと思ったら、とつぜん、頰と首ががくんとうしろへそりかえり、焼けつくような痛みをおぼえた。ふいに革のにおいがした。靴底の革だ。ドニーが、フットボールを蹴るようにわたしを蹴ったのだ。まばゆい光が見えた。補助具を握りしめようとしたが、なにも持っていなかった。補助具はなくなっていた。まぶしい光が消え、急速に暗くなった。どうにか膝をついた。ドニーに腹を蹴られ、わたしはくずおれ、空気を求めてあえいだ。もう一度立ちあがろうとしたが、バランスがとれなかった。吐き気と混乱が押し寄せた。つぎの瞬間、ほかのだれかにも、脇腹を、胸を蹴られた。わたしは丸くなって、筋肉を引き締め、闇が晴れるのを待った。彼らは悪態をつきながら蹴りつづけた。だが、期待したとおり、目が見えるようになりはじめた。そしてとうとう、作業台がどっちにあるのかわかったので、その下へごろごろと転がりこんだ。顔をあげると、ルースとドニーの脚が目のまえにあった——しかしすぐに、またしてもとまどった。なぜなら、メグがいるはずの場所に、メグがマットに横たわっているはずの場所に、立っている人物の二本の脚があったからだ。

裸の脚が。やけどとあざだらけの脚が。

メグの脚だ。

「だめだ！」わたしは叫んだ。

わたしは作業台の下から出た。ルースとドニーはふりかえってメグに迫っていた。

「おまえだ！」ルースは金切り声をあげた。「おまえ！　おまえ！　おまえなんだ！」

いまだに、メグがどういうつもりだったのかわからない。実際に力になれると思ったのかも——それとも嫌になっただけ、ルースに、激しい痛みに、なにもかもにうんざりしただけなのかも——しれないが、ルースがすべての怒りをどこへむけるのかはわかっていたはずだ。わたしでもスーザンでもなく、最上級の猛烈な毒矢さながら、まっすぐメグへむけるということを。けれども、メグはまったく恐れていなかった。目は澄んでいたし、生気がみなぎっていた。そして、弱りきっていたにもかかわらず、なんとか一歩まえへ出た。

ルースは狂女のようにとびかかった。信仰治療をほどこしている伝道師のように、両手でメグの頭をわしづかみにした。

そして壁に叩きつけた。

メグのからだがふるえはじめた。

メグはルースの目をまっすぐに見つめた。そして一瞬、目に当惑の色をうかべた。いまとなっても、ルースに、どうして、どうしてなのとたずねているかのように。

そしてメグは倒れた。骨のない袋のごとく、エアマットレスにどさっと落ちた。

さらに少しのあいだ、メグはふるえていたが、すぐに身動きしなくなった。

わたしは手をのばして作業台を支えにした。

ルースは壁を見つめて立ちつくしていた。メグがそこに立っていないのが信じられないかのように。顔色が青ざめていた。

ドニーとウィリーも突っ立っていた。

とつぜん、シェルターのなかが静まりかえった。

ドニーがかがんだ。手をメグの唇に、そして胸にあてた。

「息は……してるかい？」

ルースがそんなにか細い声を出すのを聞いたのははじめてだった。

「うん。かすかにだけど」

ルースはうなずいた。「シーツをかけておきな」ルースはいった。「シーツだ。シーツをかけておいておくれ」

ルースはもう一度、だれにともなくうなずくと、ふりむいて、あたかもガラスの破片が散らばるなかを歩いているかのように、ゆっくりと慎重に部屋を横切った。戸口で足をとめてひと休みした。それから出ていった。

そして子供たちだけが残された。

最初に動いたのはウィリーだった。「毛布をとってくるよ」と彼はいった。

ウィリーは片手で目を押さえていた。髪は半分焼けてしまっていた。

けれども、もうだれも腹をたてていないようだった。

作業台のまえでは、いまも火がくすぶっていて、ひと筋の煙があがっていた。

「おまえのママが電話してきたよ」ドニーがそうつぶやいた。

ドニーはメグを見おろしつづけていた。

「え？」

「おまえのママだよ」とドニー。「電話をかけてきたんだ。おまえがどこにいるのか知らないかって。おれが電話をとったんだ。ママがこたえてた」

ルースがなんとこたえたのか、聞くまでもなかった。見かけなかったとこたえたのだ。

「ウーファーはどうしたんだ？」

「エディのうちへ夕めしを食いにいってるんだ」

　わたしは補助具をとりあげて、スーザンのそばへ持っていった。スーザンは気づかなかったか、それとも気にしなかったかのどちらかだった。スーザンは姉を見つめながら、声を出さずに泣いていた。

　ウィリーが数枚の毛布を持って帰ってきた。つかのま、わたしたちにまなざしをむけてから、床に毛布を放りだすと、向きを変えて、ふたたび出ていった。

　重い足どりで階段をあがっていく足音が聞こえた。

「どうするつもりなんだ、ドニー？」わたしはたずねた。

「わからないよ」ドニーはこたえた。

　平板でぼんやりした声音で、茫然自失のていだった——頭を蹴られたのは、わたしではなく彼だったかのようだった。

「死ぬかもしれない」わたしはいった。「きっ、と死ぬぞ。おまえがなにかしないかぎり。わかってるだろう？　ルースはなにもしない。ウィリーもなにもしないんだから」

「わかってる」

「じゃあ、なんとかしろよ」

「どうやって？」

「なんとかしてくれ。だれかにいうとか。たとえば警官に」

「わからないよ」

　ドニーは、毛布の一枚を床からとりあげて、ルースのいいつけどおりにメグにかけた。このうえなくていねいにかけた。

「わからないよ」とドニーはかぶりをふった。

そして向きを変え、「もう行かなくちゃ」

「作業用ライトは置いていってくれないか。それくらいはいいだろ？　そうすれば、メグの面倒を見られるんだ」

ドニーは一瞬、考えをめぐらせたようだった。

「ああ、いいよ」ドニーはこたえた。

「それから水は？　ぼろきれと水は？」

「わかった」

ドニーが地下へ出ていくと、水を出す音が響いた。ドニーはバケツと何枚かのぞうきんを持ってもどってくると、それらを床に置いた。そして作業用ライトを天井のフックにひっかけた。

ドニーはわたしたちと視線をあわせようとしなかった。一度たりとも。

ドニーは扉に手をのばした。

「じゃあな」とドニーはいった。

「ああ」とわたしは応じた。「じゃあな」

そしてドニーは扉を閉めた。

45

長く寒い夜がはじまった。

そのあとはだれもおりてこなかった。

家は静まりかえっていた。子供部屋からラジオの音がかすかに聞こえてきた。エヴァリー・ブラザーズが〈夢を見るだけ〉を、エルヴィスが〈冷たいおんな〉を歌った。あらゆる曲がわたしたちをあざけっていた。

いまごろママは半狂乱になっていることだろう。同じブロックの家に片端から電話をかけ、わたしがそこにいないか、母親に黙ってどこかでひと晩キャンプをしているだけではないかとたずねているさまが目にうかぶようだった。そのうち、パパが警察に連絡するはずだ。いまにも玄関から、いかにも公式的な響きのノックが聞こえてくるのではないか、とわたしは期待しつづけた。どうしてまだやってこないのか、不思議でならなかった。

希望はいらだちに、いらだちは怒りに、怒りはけだるいあきらめに変わった。そしてその周期がくりかえされた。メグの顔と額をぬぐってやりながら、ひたすら待ちつづけるしかなかった。熱が高かった。後頭部は乾いた血でべとついていた。

わたしたちは、まどろんだり、目ざめたりをくりかえした。

心のなかで曲やCMソングがえんえんと流れつづけた。《エージャックスを使いましょう！泡立ちのいいクレンザー、ダ・ダ・ダ・ダ・ダ・ダン・ダン。汚れをさっと洗い流しましょう、ダ・ダ・ダ・ダ・ダ・ダ・ダン。川へ、森へ……川へ、森へ……川へ、森へ……》精神を集中させることができなかった。なにかを考えるのをやめることもできなかった。ときどき、スーザンが泣きだした。

ときどき、メグが身じろぎをして、うめき声をあげた。

うめき声が聞こえると安心した。生きているあかしだからだ。


メグは、二度、目をさました。


最初に目をさましたのは、布で顔をぬぐってやっているときだった。ひと休みしようと思ったとたん、メグが目をあけたのだ。驚きのあまり、もう少しで布をとり落とすところだった。とっさにうしろへ隠した。血でピンク色になっているのを見られたくなかったからだ。どういうわけか、見られたときのことを考えるとどきどきした。

「デイヴィッド？」

「なんだい？」

聞こえているようだった。目を見ると、片方の瞳孔のほうが、もう片方より一倍半ほど大きくなっていた——なにが見えているのだろう、とわたしは考えた。

「ルースの声が聞こえる?」とメグはたずねた。「ルースは……いるの?」

「ラジオの音が聞こえるだけだよ。もっとも、ルースはいるけどね」

「ラジオか。そうね」メグはのろのろとうなずいた。

「ときどき、ルースの声が聞こえるの」メグはいった。「一日じゅう。ウィリーとウーファー……それにドニーの声も。聞こえてるんだと思ってた……耳を澄ませてなにをいっているのか聞きとろうとした。どうしてルースがわたしをこんな目にあわせるのかわかるかもしれないと思って……ルースが床を横切って椅子に腰かける音を聞いたの……だけど、わからなかった」

「メグ? ねえ、話さないほうがいいよ。ひどい怪我をしてるんだから」

負担になっているのはあきらかだった。とつぜん、舌の大きさが適当ではなくなってしまったかのように、発音が不明瞭だった。

「わかってる。でも話したいの。ずっと話せなかったんだもん。話す相手がいなかったんだもん。だけど……?」メグは、わたしを不思議そうな顔で見つめた。「どうやって、ここに来たの?」

「ふたりともいるよ。ぼくもスーザンも。あいつらに閉じこめられたんだ。おぼえてる?」

メグは微笑もうとした。

「幻かと思ったわ。ときどき、あなたの幻を見てたから。幻は——しょっちゅう見てたの。幻って、あらわれたと思ったら……消えちゃうのよね。それに、見たくなって、見ようとしても、見られるとはかぎらないし。なんにも思いつかないの。だけど、そのうち……あらわれるのよ。何度も頼んだのよ。やめてくれるように。出してくれるように。しばらくしたらきっと出してくれる。きっとわたしを気にいってくれると思ってた。だけどそのうち、いつまでたっても出してくれそうもない、逃げださなきゃって思ったけど、逃げられなかったの。わからないわ。どうしてルースは、わたしのからだを焼かせたのかしら？」

「頼むよ、メグ……」

メグは唇をなめた。微笑みをうかべた。

「だけど、あなたは介抱をしてくれてたのね？」

「そうだよ」

「それにスーザンも」

「うん」

「スーザンはどこ？」

「寝てるんだ」

「スーザンもつらい目にあってるの」

「知ってる。知ってるよ」

心配だった。メグの声はだんだん小さくなった。もう、腰をかがめて耳をすぐそばまで近づけなければ聞きとれなかった。

「お願いがあるんだけど」

「いいとも」

メグはわたしの手を握った。力はこもっていなかった。

「ママの指輪をとりかえしてくれる？　ママの指輪は知ってるでしょ？　ルースはかえしてくれないの。相手にしてくれないのよ。だけど、ひょっとして……頼んでみてくれる？　わたしの指輪をとりもどしてくれる？」

「とりかえすよ」

「約束してくれる？」

「うん」

メグは手を離した。

「ありがとう」

少しして、メグはいった。「あのね、ほんとはわたし、ママに心の底からの愛情を感じたことってなかったの。変でしょ？　あなたは？」

「ぼくもだよ。同じだと思うな」

メグはまぶたを閉じた。

「もう寝たほうがいいみたい」

「そうだね」わたしはいった。「休んだほうがいい」

「おかしいわね。痛くないの。痛くて当然だと思うでしょ？　あちこちを焼かれたのに、ぜんぜん痛くないの」

「休んだほうがいいよ」

メグはうなずいた。そして眠った。わたしは座ったまま、耳をそばだててジェニングス巡査のノックを待ちつづけた。ばかげたことに、まわりつづけるけばけばしい色のメリーゴーラウンドさながら、ジム・ロウの〈グリーン・ドア〉の歌詞が頭のなかでくりかえされた。《……真夜中、また眠れない夜／朝が忍び寄るまで目を凝らす／グリーン・ドア、おまえはどんな秘密を隠してるんだ／グリーン・ドア……》

ついにわたしも眠りに落ちた。

夜明けが近いころだったと思うが、わたしは目をさました。

スーザンに揺り起こされたのだ。

「やめさせて！」スーザンはいった。おびえきったささやき声だった。「お願い！　おねえちゃんをとめて！　あんなことをさせないで！」

一瞬、自宅の自分のベッドにいるような気になっていた。

あたりを見まわして、思いだした。

だが、メグはとなりで寝ていなかった。

胸がどきどきし、喉が締めつけられた。

そのとき、メグがどこにいるのかわかった。

毛布をはねのけ、全裸のまま、作業台のそばの隅でうずくまっていた。もじゃもじゃになった長い髪が肩にかかっていた。背中は鈍い茶色の汚れで縞になっていたし、乾いた血が縦横にこびりついていた。作業用ライトのもとで後頭部がぬらぬらと光っていた。

メグが手を動かすたびに、筋肉が両肩にそって収縮し、優雅な椎骨の線から外へのびるのが見えた。指でひっかく音が聞こえた。

わたしは立ちあがってメグのもとへ行った。

掘っていた。

指で、コンクリートの床がシンダーブロックの壁と交わるあたりを掘っていた。トンネルを掘っているのだ。メグの奮闘を示す小さな音が聞こえていた。爪がめくれ、出血していた。すっかり剝がれてしまった爪もあった。指先も血まみれだった。床と壁の素材である、ざらざらでもろく、薄く剝がれるコンクリートから掘った砂利が血と混じりあっていた。屈服にたいする最後の拒絶だった。最後の抵抗だった。意志の力がぼろぼろになった肉体を衝き動かし、固い石に体当たりさせたのだ。

石はルースだった。けっして貫通できず——砂利とかけらが削りとれるばかりだった。ルースは石だった。

「メグ、頼む、やめてくれ」わたしはそう声をかけた。

両手を腋の下に差しいれ、持ちあげた。赤ん坊のようにあっさりと抱きあげられた。

メグのからだは温かく、生気に満ちていた。

ふたたびマットレスに寝かせ、毛布をかけた。スーザンがバケツを渡してくれたので、メグの指を浸してやった。水がいっそう赤く染まった。

涙が出た。

スーザンがいるから泣きたくはなかったのだが、どうしても涙をとめられなかった。涙は、シンダーブロックについたメグの血のように、ただひたすら流れ落ちた。

メグのからだが温かいのは熱があるせいだった。偽りの温かさだった。

死のにおいが漂ってきそうだった。

片目の拡大した瞳孔から、落ちたら最後、精神が消滅してしまう大きく広がった穴からそれがわかった。

わたしは指を洗った。

洗い終わると、スーザンを反対側へ移し、ふたりでメグをはさむようにした。わたしたちは、浅い呼吸をつづけるメグを、ひと息ごとに空気が肺を通って流れるさまを、黙ったまま見つめた。つぎの一瞬がそのあとの数瞬を、数秒間の恩寵をもたらしてくれた。半開きになったまぶたのふるえから、傷ついた表面の下で生がゆるやかにうねっているのがわかった——だからメグがまた目をひらいたときも、わたしたちは驚かなかった。メグがわたしたちに気づいてくれてうれしかった。それは、こんなことになるまえの、こんな熱にうかされた空間ではない、同じ時間をわかちあっていたもとのメグだった。

メグは唇を動かした。そして微笑んだ。

「なんとか乗りきれそう」メグはそういうと、腕をのばしてスーザンの手にふれた。「だいじょうぶ、きっとまた元気になるわ」

作業用ライトのぎらぎらした人工的な明かりのもと、わたしたちにとっては夜明けではない夜明けに、メグは息絶えた。

46

玄関をノックする音が響いたのは、それから一時間半もたっていないころだった。チャンドラー家の人々がベッドから出る音が聞こえた。男性の声が聞こえ、耳慣れない重々しい足音ががリビングルームを抜け、ダイニングへはいり、階段をおりてきた。

差し錠があき、扉がひらくと、ジェニングスの姿が見えた。それに、わたしの父と、海外従軍復員軍人会《VFW》で会ったことがあるトンプソンという警官もいた。ドニー、ウィリー、ウーファー、ルースはそのうしろに立っていたが、逃げようとするそぶりも見せていなかった。それどころか釈明しようとすらせず、ジェニングスがメグのもとへ歩いていき、まぶたをあけ、あるはずのない脈を探るさまを黙って眺めていた。

父が近づいてきて、片腕をわたしのからだにまわした。神さま、といいながら、父はかぶりをふった。ああ神さま、ありがとうございます、見つかってよかった。父がそんな言葉を口にするのを聞いたのは、あのときがはじめてだったと思う。だが、おそらく本心だったのだろう。

ジェニングスは毛布をメグの顔までひきあげ、トンプソン巡査は泣きじゃくりはじめていたスーザンを慰めにいった。スーザンは、メグが死んでからずっと黙りこくっていたのだが、いま、安心と悲しみがあふれだしていたのだった。

ルースと彼女の子供たちは、無表情で見つめていた。

七月四日にメグがルースにかんして警告していたジェニングスは、殺意を抱いているような顔をしていた。

顔を真っ赤にし、どうにか抑制をたもっている声で、ジェニングスは矢継ぎ早にルースを問いただした――彼が連発したいのは質問などではなく、さっきから手で探りつづけている拳銃なのはあきらかだった。いったいなにが起きたんだ？　どうしてこんなことになったんだ？　この子はどれくらいここに閉じこめられてたんだ？　あの文字を刻んだのはだれなんだ？

しばらくのあいだ、ルースはこたえようとしなかった。ふさがっていない顔の傷を掻きながらたたずんでいるばかりだった。やがて、口を開くと、「弁護士を呼んでおくれ」といった。

ジェニングスは、その声が聞こえなかったかのようにふるまった。ジェニングスは質問を浴びせつづけたが、ルースは「弁護士に電話したいね」で応じた。黙秘権を行使するつもりだから、なにを聞いても無駄だといわんばかりに。

ジェニングスはますます憤激した。だが、どうしようもなかった。ジェニングスに教えておいてやればよかった。

ルースは石だということを。

それに、息子たちも母親を見習っているということを。

わたしはそうではなかった。わたしは深呼吸をして、となりに立っている父のことを考えないようにした。

「ぼくがすべてをお話しします」わたしはいった。「ぼくとスーザンが」

「すべてを見たのかね？」

「ほとんどを」

「何週間もまえにつけられた傷もある。そのどれかの現場を見たのかね？」

「何度か。充分な回数見ました」

「見たのかね？」

「はい」

ジェニングスは目をすがめた。「きみは、閉じこめていたほうなのかね、閉じこめられていたほうなのかね？」

わたしは父のほうをむいた。「ぼくは傷つけたりしなかったんだ、パパ。一度だって。誓うよ」

「だが、助けもしなかったわけだ」とジェニングス。

それこそ、ひと晩じゅう、自問していたことだった。だが、ジェニングスの声はその言葉をぎゅっと握りしめ、わたしに投げつけた。一瞬、息ができなくなった。

まったくそのとおりだ、とわたしは思った。

「ええ」とわたしはこたえた。「助けませんでした」

「助けようとしてくれたじゃない」とスーザンが泣きながら訴えた。

「そうなのかね？」とトンプソンがたずねた。

スーザンはうなずいた。

ジェニングスは、あらためてわたしをじっと見つめてから、やはりうなずいた。

「わかった。それについては、あとで話を聞こう。電話したほうがよさそうだな、フィル。みんな、上へ行ってくれ」

ルースがなにやらつぶやいた。

「え？」とジェニングスはいった。

ルースは、うつむいたままぶつぶつつぶやいた。

「聞こえないんですがね」

ルースはさっと顔をあげた。目がぎらぎら光っていた。

「あの娘は〝ふしだら〟だったっていったんだよ。あの言葉は、自分で書いたんだ！　自分でね！　〝アイ・ファック・ファック・ミー〟って。わたしが書いたと思ってるんだろ？　あの娘が自分で書いたんだよ、勝手にね。なぜって、あの娘はそれが自慢だったからなのさ！

あたしは教えようとした。しつけようとした。礼儀正しさを身につけさせようとした。あの娘は、あたしにあてつけるためだけに、あんな言葉を書いたんだよ。〝アイ・ファック・ファック・ミー〟って。実際、あの娘はそのとおりにしてた。だれとでもファックしてたんだ。あの子とファックしてたのはまちがいないね」

ルースはわたしを指さした。それから、ウィリーとドニーを。

「それに、この子とこの子とも。全員とファックしたんだ！　あたしがとめなかったら、小さいラルフィーともファックしただろう。縛りあげたままこの地下に閉じこめて、だれもあの脚と、あの尻と、あのおまんこを、あのおまんこを見なくてすむようにしなかったら――なぜってね、いいかい、あの娘はおまんこそのものだったんだ。男に求められれば、いつだってファックしてやることしか知らない女だったんだ。あの娘のためを思ってやったんだよ。好きなように考えるがいいさ。ええ、ぼんくらおまわり。腰抜け。とんちき。くそったれ！　あの娘のためを思ってやったんだ……」

「もうそのへんで」とジェニングスはいった。「口をつぐんだほうがいいと思いますがね」

ジェニングスはまえかがみになって顔を近づけたが、歩道で踏んづけてしまったものを見るような面持ちだった。

「わかっていただけますかね、ミセス・チャンドラー？　ぜひとも黙っていただきたいんです。あなたが口と呼ぶ、その肥溜めを――閉じておいてほしいんですよ」

ジェニングスはスーザンのほうをむいて、「歩けるかい？」とたずねた。

スーザンは鼻をすすった。「階段をのぼるのをだれかに助けてもらえれば」

「抱えあげちまったほうが早いですよ」とトンプソン。「たいして重くなさそうじゃないですか」

「わかった。じゃあ、きみが先にのぼってくれ」

トンプソンはスーザンを抱えあげ、扉を抜けて、階段をのぼりはじめた。ウィリーとドニーがあとにつづいた。道がよくわからないかのように、足もとに視線を落としながら。ふたりのあとから、わたしの父がのぼった。警察の一員であるかのごとく、ふたりを監視していた。わたしはそのあとにつづいた。ルースはわたしのすぐあとからのぼりはじめた。だしぬけに、一刻も早く片をつけてしまいたいと思いこんだように、ぴったりとついて。肩ごしにふりかえると、ウーファーがルースとほとんど並んで、そしてジェニングス巡査がそのあとから階段をのぼっていた。

そのとき、わたしは指輪に気づいた。

裏口の窓から差しこむ陽ざしを受けて、指輪がきらりと光った。

わたしは階段をのぼりつづけたが、一瞬、自分がなにをしているのかよくわからなくなった。熱いものが全身を走った。メグの顔がうかびつづけた。指輪がもともとメグのものではなく借り物だったにすぎないかのように、いくらかなりともルースに権利があるかのように、ルースがただのけちな盗っ人ではなかったかのように、母親の指輪をかえしてくれるようルースに頼むことをわたしに約束させたメグの声が聞こえつづけた。そして、わたしたちと出会うまえからメグが体験しなければならなかったすべてのつらい出来事に思いをめぐらせた。愛する両親を亡くし、スーザンとふたりきりで残され——そしてこの代用品を押しつけられたのだ。この、母親のパロディを。この、母親の邪悪な戯画は、指輪のみならず、メグのすべてを、生命を、未来を、肉体を奪った——しかもそれを、メグを育てるという名目でおこなったのだ。じつのところルースは、育てるどころか押しつぶした。ぐりぐりと押しつけた。嬉々として。浮かれながら。あきれたことに快感をおぼえながら——そしてとうとう、いままさにメグが横たわっている、土のなかまで押しこんでしまったのだ。育てるどころかひねりつぶし、息の根を止め、抹殺してしまったのだ。

だが、指輪は残っていた。そしてとつぜんの怒りに駆られながら、いまなら押せるんだ、と思いついた。

わたしは足をとめ、ふりかえるなり、手をあげて、指を大きく広げながらルースの顔へ近づけた。一瞬、黒い瞳がわたしを見て恐怖の色をうかべたが、すぐにわたしの手で隠れてしまった。

ルースがさとったのがわかった。

そして、死にたくないと願ったのが。

ルースが手すりに手をのばすのが見えた。

口を大きくあけるのを感じた。

つかのま、指の下に、ルースの頬のしまりのないひんやりとした肉を感じた。

前方では父が階段をあがりつづけているのがわかった。もう少しで階段をのぼりきるところだった。

わたしは押した。

以前も以後も、あんなに気分がよく、あんなにぞくぞくしたことはなかった。

ルースは悲鳴をあげ、まずウーファーが、つづいてジェニングス巡査が手をさしのべたが、ルースが最初に倒れたのはジェニングスがいる段だったし、ルースは倒れながらからだをひねってしまったので、わずかにふれるのがやっとだった。ペンキ缶がコンクリートの床に転げ落ちていった。もう少し時間をかけて、ルースも落ちていった。

階段にぶつかった拍子に、ルースはぽっかりと口をあけた。弾みがついていたルースのからだは、アクロバットのようにあちこちへ跳ねたが、とうとう下まで到達したとき、またしても顔から激突した。石の詰まった袋のように転落してきたからだのすべての重みがかかって、口が、鼻が、頬がひしゃげた。

首が折れる音が聞こえた。

そしてルースは床に横たわった。

たちどころに悪臭がたちこめた。あやうくにやりとしてしまうところだった。ルースは赤ん坊のように大便を漏らしたのだ。ルースにふさわしいざまだと思った。いい気味だ、と。

すぐさま全員が階段を駆けおりた。ドニーとウィリー、父、スーザンを置いてきたトンプソン巡査がわたしの横を走り抜けていった。そして、発掘中の遺跡で遺物が発見されたかのように、全員が大声でわめきながらルースをとりかこんだ。なにがあったんだ？　ママはどうなっちゃったんだ？　い、い、い、い、いったいなにがあったんだ？　ママはどうなっ、い、い、い、いったいどうしてこんなことになったんだよ！　ウィリーは絶叫し、ウーファーは泣きわめいた。ウィリーはすっかり取り乱していた。かがみこんで手を胸と腹にあててマッサージをし、息を吹き返させようとしていた。

どうしてこんなことになったんだよ！　とドニーがどなった。三人とも、階段の途中に立っているわたしを、八つ裂きにしてやりたいと思っているような顔つきで見あげた。彼らがそれを実行しようとしたときに備えて、父が階段の上り口に立ちふさがった。

「いったいなにが起きたんだ？」とトンプソン巡査がたずねた。

ジェニングスは黙ってわたしを見つめた。ジェニングスはさとっていた。なにが起きたのか、はっきりさとっていた。

けれども、その瞬間、わたしはちっとも動揺していなかった。蜂を叩きつぶしたような気分だったからだ。わたしを刺した蜂を。それ以上でも、それ以下でもなかった。

わたしは階段をおり、ジェニングスと向きあった。

ジェニングスはさらにわたしを見つめた。そして肩をすくめた。

「この子がつまずいたんだ」と彼はいった。「なにも食べていなかったし、寝ていなかった。おまけに友人が死んだんだ。事故だったのさ。残念なことだ。だが事故は、ときどき起こってしまうんだ」

ウーファーとウィリーとドニーはそれを信じていなかった。だが、きょうはみんな、自分たちのことを、自分たちがなにを信じ、なにを信じていないかなどということは、どうでもよいように思えた。

ルースの大便の臭気は強烈だった。

「毛布をとってくるよ」トンプソンはそういって、わたしの横を通りすぎていった。

「その指輪」とわたしは指さした。「ルースがはめてるその指輪はメグのものだったんです。

メグの母親の形見でした。いまはスーザンのもののはずです。スーザンに渡してもかまいませんか？」

ジェニングスは、もうたくさんだ、これ以上厄介事を起こさないでくれ、といいたげなしかめっ面でわたしを見た。

だが、そのときもわたしはたじろがなかった。

「その指輪はスーザンのものなんです」とわたしはくりかえした。

ジェニングスはため息をついて、「ほんとうかね、きみたち？」とたずねた。「これからは、嘘をつかないほうがきみたちの身のためだぞ」

「ええ、たぶん」とドニーがこたえた。

ウィリーは弟のほうをむいて、「ばか」とつぶやいた。

ジェニングスはルースの手を持ちあげて、指輪を見つめた。

「なるほど」そしてとつぜん、ジェニングスはやさしい声で「早くスーザンに渡してあげなさい」といって、指から指輪をはずした。「なくさないようにいうんだよ」

「わかりました」

わたしは階段をのぼった。

唐突に、激しい疲労をおぼえた。

スーザンはソファで横になっていた。

わたしはスーザンのもとへ歩みより、なにがあったのかと聞くひまも与えずに、指輪を掲げて見せた。するとスーザンは指輪を見、それがなんなのかをさとったが、彼女の瞳にうかんだ色を目にしたとたん、わたしは思わずその場でひざまずいた。スーザンはほっそりと白い両腕をわたしにのばし、わたしは彼女を抱きしめ、ふたりでわんわん泣いた。

エピローグ

47

わたしたちは未成年だった――犯罪者ではなく非行少年だった。

したがって、法のもとでは、定義上、無実であって、わたしたちの行為の責任をそっくり負わされることはなかった。まるで、十八歳以下の未成年は法律的には正気ではなく、善悪の区別がつけられないかのように。わたしたちの氏名はマスコミに公表されなかった。前科はつかなかったし、注目の的になることもなかった。

わたしにはひどく奇妙に思えたが、子供には大人が持つ権利を与えられていない以上、大人が負う責任も免除されて当然なのだろう。

自分がメグかスーザンだったら、当然とは思えないだろうが。

ドニー、ウィリー、ウーファー、エディ、デニース、それにわたしの全員が少年審判にかけられ、スーザンとわたしが証言した。検事も被告側弁護士もいなかった。アンドリュー・シルヴァー判事と、少年たちをどうするべきかを熱心に話しあう、ひと握りの心理学者とソーシャルワーカーがいるだけだった。もとより、どうするべきかはあきらかだった。ドニー、ウィリー、ウーファー、エディ、デニースは少年拘置所――わたしたちにとっては少年院――へ送られた。エディとデニースは、直接殺人にかかわったわけではないということで、二年間。ドニーとウィリーとウーファーは、当時としてはもっとも重い処分をくだされ、十八歳になるまで拘置されることになった。十八歳になったら、釈放され、記録は抹消される。

子供のころの行為の責任を大人におよぼすことはできないというわけだ。

スーザンは、はるか北の湖沼地方の夫婦に養子としてひきとられた。

審判でのスーザンの証言、それに厳密にいえば少年法には共犯者という概念が存在しないことから、わたしはそのまま両親に監護されながら、精神医学ソーシャルワーカーのカウンセリングを受けることになった。ちょうど一年間、最初は週に一度、やがて月に一度訪問してきた、サリー・ベス・カンターという教師のような雰囲気の人当たりのいい女性は、目撃したこと、それにしてしまった――あるいはしなかった――こととの〝折りあい〟の付け方が〝うまく〟なるようにいつも気を配ってくれているらしかった。だがそれと同時に、しょっちゅうぼんやりしているように思えた。まるで、同じことを十億回もくりかえしているので、とりくみがいのある難題や事例になるというだけで、あらゆる道理と証拠に反し、両親がわたしをかたくなに許さなかったり、わたしが斧かなにかで両親を襲ったりすることを望んでいるかのようだった。一年が過ぎるとその女性はぷっつりとやってこなくなったが、彼女のことを懐かしく思いだせるようになったのは、まるまる三カ月たってからだった。

そのあと、関係者とはまったく会っていない。少なくとも、面とむかっては。スーザンとは、しばらく手紙をやりとりしていた。スーザンの骨はすっかりよくなった。養父母のことは気にいっているようだった。友だちも何人かできたという。それから、音信が絶えた。理由はたずねなかった。スーザンを責める気にはなれなかった。

両親は離婚した。父は町を出ていった。父とはたまにしか会わなかった。けっきょく、わたしといると気づまりだったのだろう。父を責める気にもなれなかった。

わたしはクラスの下から三分の一の成績で高校を卒業した。だれにとっても驚きではなかった。

徴兵を逃れるためにカナダにいた二年間をはさんで六年間大学へ通い、経営学修士号を取得した。今度は、クラスの上位三分の一で卒業した。だれにとっても大きな驚きだった。ウォール・ストリートで就職し、ヴィクトリアで出会った女性と結婚した。離婚し、再婚し、一年後にまた離婚した。

父は一九八二年に癌で死んだ。母は一九八五年に心臓発作を起こし、キッチンのシンクのまえで、ブロッコリーの頭を握りながら死んだ。最後までひとりで暮らし、料理をつくってやる相手などいなかったにもかかわらず、きちんとした食生活を送りつづけた。いつまた大恐慌が来るかわかったものではないといって。

先日、婚約者のエリザベスをともなって、母の家を売り、土地を処分するために帰郷し、母が四十年間住んでいるあいだにためこんだ遺品をふたりで掻きわけた。わたしは、アガサ・クリスティの小説のあいだから現金化されていない小切手を見つけた。わたしが大学から出した手紙や、一年生のときにクレヨンで描いた絵が出てきた。父が〈イーグルズ・ネスト〉を開店したことや、キワニスクラブや海外従軍復員軍人会《VFW》やロータリークラブから、あれやこれやの賞をもらったことを報じる記事の、古くなって黄ばんだ切り抜きが見つかった。

そして、ミーガン・ロクリンとルース・チャンドラーの死を報じる記事の切り抜きを見つけた。

地方紙の死亡記事だった。

メグの記事は痛ましいほど短かった。メグの人生は、人生と呼ぶに値しないものだったといっているかのようだった。

《ミーガン・ロクリン、十四歳。故ダニエル・ロクリンと故ジョアン・ロクリンの娘。スーザン・ロクリンの姉。葬儀は土曜日午後一時半から、ニュージャージー州ファームデイル、オークデイル・アヴェニュー百十番地のフィッシャー葬儀会館で》

ルースの記事のほうが長かった。

《ルース・チャンドラー、三十七歳。ウィリアム・ジェームズ・チャンドラーの妻、故アンドリュー・パーキンスと故バーバラ・ブライアン・パーキンスの娘。夫と、ウィリアム・ジュニア、ドナルド、ラルフの三人の息子を残して亡くなった。葬儀は土曜日午後二時から、ニュー

ジャージー州ファームデイル、ヴァレー・ロード十五番地のホプキンス葬儀会館で》

長いといっても、内容がないことに変わりはなかった。

切り抜きを読んでいるうちに、ふたりの葬儀が、同じ日の三十分しかちがわない時刻に、六、七ブロックしか離れていない葬儀場でとりおこなわれたことに気づいた。わたしはどちらにも参列しなかった。だれが参列したのか、想像もつかなかった。

リビングルームの窓からドライブウェイのむこうの家を眺めた。母によれば、いまでは若い夫婦が住んでいるということだった。いい人たちよ、と母はいっていた。子供はいないが、ほしがっているらしい。お金ができたら、すぐにでもパティオをつくるつもりだという。

その下の切り抜きは写真だった。目を大きく見開いてにやにやしている、茶色の髪を短く刈ったハンサムな若者が写っていた。

見覚えのある顔だった。

広げてみた。

一九七八年一月五日付けのニューアークの地方紙、〈スター・レッジャー〉紙だった。「マンハッタンの男性を四名の殺人で起訴」というのが見出しだった。二名の十代の少女、マナスクアンのパトリシア・ハイスミス（十七歳）とアズベリーパークのデブラ・コーエン（十七歳）が刺され、焼かれて殺された事件にかんし、写真の男が、身元不詳の未成年とともに十二月二十五日に逮捕された、というのが記事の内容だった。どちらの被害者にも性的暴行を受けた徴候があったたし、何度も刺されていたが、死因はやけどだった。ふたりの少女は、見捨てられた畑で、ガソリンをかけられて焼かれたのだ。

写真の男はウーファーだった。

母からはなにも聞いていなかった。写真を眺めながら、少なくともひとつはもっともな理由を思いつけるなと思った――わたし自身もこの新聞を読み、この写真を目にしていたのかもしれなかった。

二十代のウーファーは、ぞっとするほどルースに似ていた。

ほかのすべての切り抜きと同様に、この切り抜きも、シャツの箱に入れて、屋根裏へつづく階段に置いてあった。まわりは乾燥しきって茶色になっており、ぼろぼろと砕けた。しかし、余白のなにかが目をひいた。さかさにすると、母の書きこみだとわかった。鉛筆書きの文字は薄れていたが、判読は可能だった。

見出しのすぐわき、写真の横にそって、「ドニーとウィリーはなにをしているのかしら?」という見事な風刺をきかせた文章が書いてあったのだ。

そして、メグが生きていたら同じ年齢になるはずの女性との三度めの結婚を直前にひかえて自信をなくし、不安に駆られ、またしくじってしまった、だれかを見殺しにしてしまった、世界のむごたらしい救いにゆだねてしまった、という内容とおぼしい悪夢に悩まされているいま――母が切り抜きのわきに走り書きした名前にデニースとエディのクロッカー兄妹とわたし自身の名前を加えて――わたしも、なにをしているのかぜひとも知りたいものだ、と考えた。

《解　説》

スティーヴン・キング

ジャック・ケッチャムは実在しない。というか、ジャック・ケッチャムはダラス・マイヤーのペンネームなのだ。ひた隠しに隠されている秘密なら、わたしだって暴露したりしない。しかし、そうではない。ダラス・マイヤーの名前はケッチャムのすべての長編小説（アメリカでは七、八冊が刊行されている）のコピーライトの欄に記されているし、もしもあなたがサインをねだれば、彼は〝ダラス〟と記すことが多い（でも彼の愛読者なら、この本の遊び紙には〝ジャック・ケッチャム〟とサインしてもらおう！）。いずれにしろ、ジャック・ケッチャムを筆名《ノム・ド・プルーム》と考えると、どうもしっくりしない。わたしには、むしろ戦時名《ノム・ド・ゲール》（仮名、筆名の意だが、もともとはフランスの応召兵が用いた変名）のように思える。それならふさわしい名前だ。なんとなれば、ジャック・ケッチャムは、イギリスの絞首刑執行人に代々受け継がれている名前だし、その名を名乗るアメリカ人が書く小説では、だれも無事には生き残れないからだ。落とし穴はつねに落ち、輪縄はかならずぎゅっと締まり、無実の人々ですらぶらぶら揺れることが多い。

人生で確実なものは死と税金だけ、という古いことわざがある。しかしわたしは、それに三番めを付け加えることができる――ディズニー・ピクチャーズは絶対にジャック・ケッチャムの小説を映画化しない。ケッチャムの世界では、こびとは人を食うし、狼は息を切らして家を吹き飛ばせなかったりしない。そして王女さまは核シェルターで、梁《はり》に吊るされ、狂った女に灼熱した鉄でクリトリスを焼かれて息絶えてしまうのだ。

2

　わたしは、以前にも、ケッチャムについて短い文章を書き、彼はこのジャンルの読者のあいだではカルト的な人気を博しているし、恐怖とサスペンスの小説を書いているわたしたちのような作家にとっては一種のヒーローだ、と述べた。いまも事情はまったく変わっていない。ケッチャムは、言葉の真の意味で、アメリカ版クライヴ・バーカーにもっとも近い存在である……ただしそれは、ストーリーというよりも感性の問題だ。なにしろケッチャムは、めったに超自然《スーパーナチュラル》を描かない。だが、そんなことは重要ではない。重要なのは、ケッチャムの小説を読んだ作家は影響を受けずにはいられないし、彼の作品と出会った一般読者はあっさりと彼を忘れられなくなるということだ。元型《アーキタイプ》になってしまうのだ。デビュー作『オフシーズン』（いわば小説版『ナイト・オブ・ザ・リビング・デッド』）からそれは変わっていないし、典型的ケッチャム作品といえるであろう『隣の家の少女』もけっして例外ではない。

　わたしにいわせれば、ケッチャムにもっとも近い作家は、四〇年代末から五〇年代にかけて活躍した伝説のハードボイルド作家、ジム・トンプスンだろう。トンプスンと同様に、ケッチャムも全作品《ウーヴル》がペーパーバックで刊行されている（少なくとも自国では。イギリスでは、一度か二度、ハードカバーが出たことがある）し、ベストセラー・リストには載りそうになったことも、〈セメタリー・ダンス〉や〈ファンゴリア〉のような専門誌以外で書評の対象になったこともなく（おまけにそういう雑誌ではごくまれにしか理解してもらえない）、一般読者にはまったくといっていいほど知られていない。しかしそれにもかかわらず、トンプスンと同様、ケッチャムも、傑出した才能と暗鬱なヴィジョンを備え、強烈きわまりなく、ときおりきらりとした閃きを感じさせる、この上なく興味深い作家である。ケッチャムの作品は、もっと名前が売れている同業者の大多数の作品が足もとにもおよばないほどの印象を残す——わたしが思いうかべているのは、ウィリアム・ケネディ、E・L・ドクトロウ、ノーマン・メイラーといった種々雑多な作家たちだ。実際、現役のアメリカ人作家で、ジャック・ケッチャム以上にすぐれた、重要な作品を書いている、とわたしが絶対的に確信できるのはコーマック・マッカーシーただひとりである。不遇なペーパーバック・オリジナルの作家に捧げるにしてはたいそうな褒め言葉かもしれないが、けっして誇大宣伝ではない。好むと好まざるとにかかわらず（実際、本書を好まない読者も多いだろう）、それは真実なのだ。ジャック・ケッチャムは卓越した作家なのである。それに、思いだしていただきたいのだが、コーマック・マッカーシーも、それまでの作品とはかなり異なるカウボーイ・ロマンス、『すべての美しい馬』を発表するまでは、破産状態が慢性的につづく不遇な作家だったのだ。

マッカーシーとちがって、ケッチャムは濃密でリリカルな文体には関心をもっていない。彼は、トンプスンのように、平明なアメリカン・スタイルで書いているが、小川のように流れる、棘があってなかばヒステリカルなユーモアが文章に精彩を添えている――エディが印象的だ。エディは、「上半身裸で、生きている大きな黒蛇をくわえ」て通りを歩いてくる、『隣の家の少女』のクレージーな少年である。もっとも、ケッチャムの作品の神髄はユーモアではなく恐怖だ――先達トンプスン（たとえば『グリフターズ』『おれの中の殺し屋』の二作はジャック・ケッチャムが書いていたとしても不思議ではない）のごとく、彼もやはり人生の実存的恐怖に魅せられている。その世界では、少女が、狂った女性からばかりではなく、近所じゅうから無慈悲に責めさいなまれる。その世界では、ヒーローですらまにあわず、力が足りず、内心で分裂しており、たいした影響をおよぼせない。

3

『隣の家の少女』は短い長編だ——たった二百三十二ページ（原書のページ数）しかない——が、それにもかかわらず、かなりの広がりを備えた野心的な作品である。ある意味では、それも驚きではない。アメリカのポストヴェトナム時代（芸術にかんしていえば、あまりいい時代ではなかった。概していえば、わたしたちベビーブーム世代が芸術にとりくむときの手際は、政治活動や性生活にたいするのと同じくらいひどいものなのだ）における もっとも実り豊かな芸術的表現は、詩をべつにすれば、サスペンス小説なのだから。たぶん、いつだって、批判的に見る目が少なければ少ないほど、よい芸術を生みだすのが簡単になるのだろう。やはりジャック・ケッチャムが書いていたかもしれない、フランク・ノリスの『死の谷（マクティーグ）』（もっとも、ケッチャム版は退屈なおしゃべりを大幅に切りつめてずっと短くなっていたことだろう……たとえば二百三十二ページくらいまで）以来のアメリカのサスペンス小説にもそれがあてはまる。

『隣の家の少女』（このタイトル自体が、ほのぼのとした健康的なロマンスを、夕暮れの散歩や学校の体育館でのダンスパーティーといったイメージを喚起する）は、いうなれば典型的な五〇年代の風景からはじまる。まず第一に、そうした物語の通例として（『ライ麦畑でつかまえて』やジョン・ノールズの『友だち』やわたし自身の中編『スタンド・バイ・ミー』を思いだしてほしい）語り手は男の子だし、（事実上のプロローグである第一章のあと）びっくりするほどハックルベリー・フィン的に幕をあける。日に焼けた頰の少年が、夏の陽ざしを浴びながら、はだしで川のなかの岩に寝そべって、缶詰の空き缶でザリガニをとっている。そこで少年は、髪をポニーテールにした十四歳の美少女、もちろん引っ越してきたばかりのメグと出会う。メグは妹のスーザンとともに、三人の息子を女手ひとつで育てているルースにひきとられたのだった。息子のひとりはデイヴィッド少年の（もちろん）親友だから、少年たちはルース・チャンドラーの家のテレビのまえで寝転がって、『パパは何でも知っている』のようなホームコメディーや『シャイアン』のような西部劇を観る。ケッチャムは、無駄なく、正確に――音楽や孤立した郊外の生活やチャンドラー家の核シェルターに象徴される恐怖などで――五〇年代を呼びさます。そうしておいてから、その見事なまでにばかげた実在したことのない神話のへりをつかむなり、息をのむほどやすやすとひっくりかえしてみせる。

まず第一に、デイヴィッド少年の家族では、まちがっても、パパはなんでも知っているとはいえない。この父親はとり憑かれたような女たらしで、結婚は危機に瀕している。デイヴィッドもそれを知っている。「父は浮気のチャンスに恵まれていたし、それを無駄にしたりしなかった」とデイヴィッドは語る。「父は、早い時間にも、遅い時間にも浮気をしていたのだ」皮肉の鞭の軽いひと打ちだが、先端がぴしりと叩いていることに変わりはない。ちょっぴり痛いことに気づいたころには、あなたはもう先へ進んでしまっている。

メグとスーザンは、交通事故の結果としてチャンドラー家へ流れつく（いつか、だれかが、変わらぬ人気をたもつ交通事故とそのアメリカ文学への影響を研究するべきだろう）。最初のうち、姉妹はチャンドラー家の息子たち——ウーファー、ドニー、ウィリー・ジュニア——とうまくなじんでいるように思える。それに、ほらを吹き、タバコをすぱすぱ吸い、両親にいわないと約束しさえすれば冷蔵庫のビールを気前よく男の子たちにふるまうざっくばらんな女性、ルースとも。

ケッチャムは生き生きとした会話を書いており、ルースはすばらしい声を発している。心の耳には、きっぱりしていて、わずかにざらついているように響く。「ひとごとじゃないんだよ、みんな」とあるときルースはいう。「おぼえておきな。大切なことだからね。おまえたちが女性に親切にすれば——その女性はおまえたちにありとあらゆるいいことをしてくれる……デイヴィーはメグに親切にして、絵をもらった……若い娘なんてちょろいもんなのさ……ちょっとした約束をしてやるだけで、たいていはなんだって手に入れられるんだ」

心に傷を受けたふたりの少女を申し分なく癒やしてくれる環境だし、大人としての権威を認めさせられる人物だと思うかもしれない……だが、いまわたしたちが相手にしているのはケッチャムであり、ジャック・ケッチャムはそんなふうに話を進めたりしないのだ。そんなことはこれまで一度もなかったし、これからもありえない。

陽気な皮肉屋だが心根はやさしいウェイトレスのような外見にもかかわらず、ルースはしだいに正気を失い、暴力とパラノイアの地獄へ、螺旋を描きながら堕《お》ちてしまう。ルースは、恐ろしくはあるが、奇妙に凡庸な悪役だ。アイゼンハワー時代を舞台にした小説にとって、非の打ちどころのない選択といえる。読者には、ルースがどうなってしまったのかあきらかにされないが、ルースと彼女の家で時を過ごす子供たちが、だれにもいうなという護符じみたフレーズを合言葉にしているのは偶然ではない。このフレーズは五〇年代の要約になりうるのだ。そしてこの小説では、だれもがこのモットーを、破局を避けるには手遅れになるまでかたくなに守りつづける。

つまるところ、ケッチャムはルースに、子供たち――チャンドラー家の兄弟とデイヴィッドばかりでなく、メグがなぶり殺しにされるまで、入れ替わり立ち替わりチャンドラー家の地下室をおとずれる他の子供たちも含めた全員――に対するほどの関心を持っていない。ケッチャムが気にかけているのはエディなのだ。デニースとトニーとケニーとグレン、それに五〇年代の悪ガキ全員なのだ。クルーカットの前髪を〈ブッチワックス〉で固め、膝に野球でつくった傷のかさぶたがある男の子たちなのだ。他の少年たちも、けっきょく参加する。メグの腹に〝アイ・ファック・ファック・ミー〟という言葉を熱く焼けた針で縫いつけるのを手伝うところまで。子供たちはぶらりとやってきて……また家へ帰る……テレビを眺め……コークを飲み、ピーナツバター・サンドイッチを食べ……そしてだれもしゃべらない。だれも、シェルターで起きていることを止めようとしない。悪夢のようなシナリオ。『時計じかけのオレンジ』と

『ハッピーデイズ』のかけあわせ。『ドビーの青春』と『コレクター』の頭がおかしくなりそうな交配。それが成功しているのは、ケッチャム描くところの郊外が完璧だからなのはもちろんだが、疎外された子供たちが適当に組みあわされ、恐怖を監督する適当な大人がいて、なによりも他人に干渉しない雰囲気という適切な条件がそろってしまったら、こんなことが起きても不思議ではない、と読者が心ならずも信じざるをえないからだ。なんといっても、キティ・ジェノヴィーズという女性が、ニューヨークの裏通りで数時間にわたって刺されたあげく死亡した時代なのだ。被害者は助けを求めて叫びつづけていたし、なにが起きているかに気づいた者は大勢いたにもかかわらず、だれひとり、犯人を止めようとしなかった。警察に電話をかけようとすらしなかったのだ。

だれにもいうなが彼らのモットーだったのはあきらかだ……だとしたら、じつのところ、だれにもいうなから手を貸してやろうまで、どれほどの距離があるのだろう？

語り手であるデイヴィッドは、この小説で唯一、基本的に善良なキャラクターである。それゆえ、ルース・チャンドラーの地下室で起きた最終的な破局にかんして彼が自責の念に駆られるのは、おそらく当然なのだ。善良とは状態であると同時に責任であり、邪悪な出来事が起きているのに気づいたなら、隣の女の子を焼き、切り刻み、性的に虐待する道徳観念の欠けた子供たちよりも、彼のほうが、ひとりの人間として、究極的には罪が深いのだ。デイヴィッドはそのような所業にはいっさい手を染めていない。しかし、両親にチャンドラー家でなにが起きているのかを話さないし、警察へも通報しない。それどころか、心のどこかで、自分もやってみたいと望む。デイヴィッドがとうとう立ちあがったとき、読者はなんとなくほっとする――それはケッチャムが読者に許す冷えびえとしたひと筋の陽光だ――が、どうしてもっと早くそうしなかったのかと彼を憎む。

読者がこの情けない語り手に憎しみしかおぼえなかったら、『隣の家の少女』は、ブレット・イーストン・エリスの『アメリカン・サイコ』のように、道徳という綱渡りから転落してしまっていたことだろう。しかしデイヴィッドは、エリスのポルノじみたクズとは比べものにならない、ケッチャムが創造したなかでもっとも成功した登場人物である。デイヴィッドの複雑さが、この小説に、以前のケッチャム作品ではかならずしも響いているとかぎらなかった共鳴をもたらしているのだ。読者はデイヴィッドを哀れむ。ルース・チャンドラーを密告することをためらう気持ちを理解する。なにしろルースは、子供を、いつもまとわりつく邪魔者ではなく、人間として認めてくれるのだ。だから読者は、実際になにが進行しているのかを把握できなかったばかりに、けっきょく少女を救えなかったデイヴィッドを理解するのだ。

「のちの六〇年代に――おもに外国で――つくられるようになった映画に近くなった」とデイヴィッドは語る。「頭がぼうっとなって引きこまれてしまうとりとめがないけれど濃密な幻想に、けっきょくなにも意味していないとわかる幾重《いくえ》にも重ねられた意味に包みこまれているような感覚がいちばん印象に残る映画に。そうした映画のボール紙を切り抜いたような表情の俳優たちは、無感動のまま、シュールな悪夢じみた世界を無抵抗に流されてゆくのだ」

わたしにとって、『隣の家の少女』のすばらしさは、とどのつまり、わたしがデイヴィッドを自分自身の世界観の確固たる一部として受け入れたという事実に基づいている。デイヴィッドは、ジム・トンプスンの『おれの中の殺し屋』の全巻を通じて笑い、殴り、殺しつづける病的なルー・フォード保安官と同じように確固たる——そしてさまざまな意味でありがたくない——一部になっているのだ。

もちろん、デイヴィッドのほうがルー・フォードよりずっと善良だ。

だからこそ、デイヴィッドはこんなに恐ろしいのだ。

4

ジャック・ケッチャムはぐっとくるすばらしい作家であり、人間性の仮借ない理解にかんして彼に匹敵する作家としては、フランク・ノリスとマルコム・ローリーくらいしかあげられないだろう。ファンにとってのケッチャムは、読みはじめたらやめられない、サスペンスあふれる小説の書き手だ（ワーナーから出た『隣の家の少女』のペーパーバック版の表紙には、内容とはまったく無関係の、骸骨のチアリーダーが描かれている。まるでV・C・アンドリュースのゴシック小説か、R・L・スタインの子供向け〝キャンプ場ホラー〟のようだ。ケッチャムはサスペンスにあふれているし、彼の小説は読みはじめたらやめられない。それにもかかわらず、その表紙や売り方は、ジム・トンプソンの小説の表紙が内容とあっていないのと同じように、ケッチャムの小説にふさわしくないのだ。『隣の家の少女』は、V・C・アンドリュースの小説などおよびもつかないほど生気がみなぎっているし、ほとんどのエンターテインメント小説が到達しえていない高みに達している。ケッチャムの小説は、恐怖をほのめかすばかりでなく、実際にぞっとさせる。だが心配はいらない。それでも読むのをやめられないのだから。

そのことにはみじんも疑いがない。めくるのが怖いページもある。だがそれでも、めくらずにはいられないのである。ケッチャムのテーマ上の野心は、声高ではないが雄大だ。しかしその野心は、どんな手段を使ってでも読者の全神経を惹《ひ》きつける、という小説家のおもな仕事を邪魔していない。ケッチャムは、もっぱら汚い手を使う……だが、諸君、汚い手はいつだって効果的なのだ。

『隣の家の少女』は『スローワルツの川』のようにばかばかしいほど甘ったるくも、『原告側弁護人』のようにヒーローが大活躍する無害なつくりものでもない。〈ニューヨーク・タイムズ〉紙のベストセラー・リストにはいっている本しか読まない読者にケッチャムが知られていないのは、そのせいかもしれない。そうであっても、ケッチャムがいなかったら、わたしたちの文学的体験は貧弱になってしまうだろう。ケッチャムは正真正銘の偶像破壊者だ。真にすぐれた作家であり、〝流行作家〟になっていなくとも、きわめて重要な作家なのだ。ジム・トンプソンの作品は、同時代の〝流行作家〟の作品がとうの昔に絶版になり、忘れ去られてしまったいまにいたるまで、つねに入手可能だったし、えんえんと読み継がれてきた。ジャック・ケッチャムにも同じことが、まず間違いなく起きるだろう……願わくは、トンプソンとちがって、彼が生きているあいだにそうなってほしいものだ。注目を集め、書評が掲載されるにちがいないこの愛蔵版が、その第一歩なのである。

一九九五年六月二十四日　メイン州バンゴア

訳者あとがき

警告! 本書に収録されているスティーヴン・キングの解説はネタバレしております。作品をお楽しみになったあとでお読みになってください。

もちろん、キングが理由もなしに読者の楽しみを奪うような真似をするはずがない。じつは、キングの〝解説〟は、もともと、一九九六年にハードカバーで復刊された『隣の家の少女』(オリジナル・ペーパーバック版は一九八九年刊。原題は『The Girl Next Door』)の愛蔵版に寄せられた序文だったのだ。つまり、すでにペーパーバック版を読んでいるケッチャム・マニアが、読むためというよりも飾っておくために買う本に収録されていた文章なのである。そういうわけだからキングも、ネタバレに気を使うことなく思うぞんぶんケッチャムと『隣の家の少女』について語っているというわけなのだ。ちなみに、現在、そのハードカバー版は絶版となっている(このあいだインターネットの古書店を覗いてみたら百数十ドルの値段がついていた!)。

キングは、この熱のこもった〝解説〟ばかりでなく、おりにふれてケッチャムを絶賛しつづけている。一部のマニアからの熱狂的な支持はあるものの、売り上げ部数からすれば、いまのところマイナーなホラー作家にとどまっているケッチャムに、〝キング・オブ・ホラー〟であるスティーヴン・キングがどうしてそこまで肩入れしているのだろう？　本書を読めば、その理由がわかるのではないだろうか。なにしろ本書は、時代設定といい、大人になった主人公が子供のころの出来事を回想するという構成といい、たとえキングの〝解説〟がなかったとしても、多くの人があの名作「スタンド・バイ・ミー」を連想するであろう作品なのだ。「スタンド・バイ・ミー」のほうが先に刊行されていることを考えると、ケッチャムのほうが〝本歌どり〟を意識して執筆したのかもしれない。いずれにしろ、訳者として、本書が「スタンド・バイ・ミー」に匹敵する傑作であることは自信をもって断言できる。『隣の家の少女』は、いうなれば、〝裏スタンド・バイ・ミー〟なのだ。

ホラー作家に必須の資質といえば邪悪と混沌への感受性だろう。だが、キング以降の、一般読者に読まれるようになったモダンホラーでは、それとは正反対の、善と秩序への感受性も重視されるようになった。キングと並ぶモダンホラーの両雄、クーンツの場合はむしろ後者のほうが優勢であって、物語はおおむねハッピーエンドを迎える（最近は苦味を増しているが）。キングの場合は、たいてい、希望をにじませたアンハッピーエンドか、暗い影が落ちたハッピーエンドを迎える。ようするに、モダンホラーは希望を語ることによって、それまでのホラーとは桁違いの数の読者を獲得するようになったのだ。

だがその結果、怖くないホラーが増えた。モダンホラーにおいては、恐怖はいくつかの要素のひとつに落ちぶれてしまっているのだから当然だ。読者の恐怖を掻きたてることを最優先する純粋なホラーは、モダンホラーによる市場拡大とは無関係に、以前と変わらない一定数の読者しか獲得できなかった、といったほうがいいかもしれない。

本書の著者、ジャック・ケッチャムも、本国アメリカでは、いまのところホラー・マニアにしか読まれていない作家である。だが、その邪悪と混沌への感受性は群を抜いており、キングと比べてもまったく引けをとらない。心理的・生理的恐怖をひるむことなく直視し、鮮やかに描きだす才能に恵まれているのだ。ケッチャムの作品は、読む者の背筋をぞくぞくさせる、本物のホラーなのである。だからこそキングも、手放しで絶賛しつづけているのだろう。

だが、扶桑社ミステリー文庫から邦訳が刊行されている『ロード・キル』と『オンリー・チャイルド』をお読みになった方は先刻ご承知のはずだが、ケッチャムの作品は、ごくふつうの読者が気晴らしに読むには、あまりにも陰惨だし、あまりにも後味が悪い。善と秩序への感受性もまた傑出しているキングとは、そこがちがっているのだ。キングが解説で予言しているようにこれから評価が高まったとしても、選ばれた読者のための作家でありつづけるのではないだろうか。しかし『隣の家の少女』はちがう。滑りだしは牧歌的といっていいほどだし、読者が共感できる人物が登場して（主人公の少年デイヴィッド、年上の少女メグ、それにメグの妹のスーザン。とりわけ、クライマックスでのスーザンのけなげさには、訳しながら思わず涙してしまった）、善が悪に必死の対抗を試みるからだ。この作品では、キングの傑作群の特徴である、秩序と混沌の葛藤が実現しているのである。とはいえ、キング作品とはちがって、闇と対等に渡りあうところまではいかない、かすかな光が差しているにすぎないのだが。

最近、ローティーンによる凶悪な犯罪が増えている。おそらく、これからも増えつづけるだろう。『隣の家の少女』は、そんな世紀末の日本で読まれるべき、重要な小説なのである。

〈扶桑社ミステリー文庫のJ・ケッチャム作品〉

Off Season:1981 『オフシーズン』
The Girl Next Door:1989 本書
Offspring:1991 『襲撃者の夜』
Joyride (Road Kill in England):1994 『ロード・キル』
Stranglehold (Only Child in England):1995 『オンリー・チャイルド』
Red:1995 『老人と犬』
Right To Life:1998 『地下室の箱』
The Lost:2001 『黒い夏』
Closing Time and Others 『閉店時間』(日本オリジナル中篇集)

⊙訳者紹介　金子　浩（かねこ　ひろし）
1958年生まれ。翻訳家。訳書にハーヴェイ『ストーカーズ』、ステイガー夫妻『ペットたちの不思議な能力』ジョン&アン・スペンサー『世界の謎と不思議百科』(いずれも扶桑社）などがある。

隣の家の少女

発行日　1998年7月30日 第1刷
　　　　2025年1月30日 第47刷

著　者　ジャック・ケッチャム
訳　者　金子　浩

発行者　秋尾弘史
発行所　株式会社　扶桑社
東京都港区芝浦1-1-1 〒105-8070
TEL.(03)5843-8842(編集)　TEL.(03)5843-8143(メールセンター)
http://www.fusosha.co.jp

印刷・製本　TOPPAN株式会社
万一、乱丁落丁の場合はお取り替えいたします。

Japanese edition © 1998 by Fusosha
ISBN978-4-594-02534-2　C0197
Printed in Japan(検印省略)
定価はカバーに表示してあります。
本書のコピー、スキャン、デジタル化等の無断複製は著作権法上での例外を除き禁じられています。本書を代行業者等の第三者に依頼してスキャンやデジタル化することは、たとえ個人や家庭内での利用でも著作権法違反です。

扶桑社海外文庫

運命の貴公子(上・下)
バーバラ・T・ブラッドフォード　岡真知子／訳　本体価格各886円

二十世紀初頭の英国。すべてを奪われた歴史的名家の嫡男エドワードの愛と復讐のドラマがはじまる！　ベストセラー作家BTBが贈る、絢爛たる大河ロマンス。

マジシャン殺人事件
ピーター・G・エンゲルマン　真崎義博／訳　本体価格667円

脱出マジックに失敗した奇術師が舞台上で死んだ。装置に仕掛けをほどこされ、殺害されたことがわかるが、事件は意外な展開を見せる……ミステリー問題作。

許されざる契り
ソフィー・ジョーダン　村田悦子／訳　本体価格838円

公爵家令嬢ポーシャは荒野で嵐に遭遇し、危険な魅力を放つヒースに助けられる。彼こそが自らを待ち受ける花婿候補とも知らずに。情熱と官能の歴史ロマンス！

運命の騎士ライオンハート
コニー・メイスン　藤沢ゆき／訳　本体価格920円

イングランド王国エドワード王子の直臣ライオンハートは一騎当千の戦士。その彼が見染めたのは反乱軍領主の娘だった。野性と官能が乱舞する歴史ロマンス巨編。

＊この価格に消費税が入ります。

扶桑社海外文庫

死の航海（上・下）
ポール・ギャリスン　大森洋子／訳　本体価格各914円

老投資家と青年が乗り込むヨットを謎の船が追ってきた…。謀略と裏切りが渦巻く大西洋を舞台に繰り広げられる壮絶なチェイス。カッスラーも絶賛の追跡劇。

みだれる想いはきっと魔法
パトリシア・ライス　篠山しのぶ／訳　本体価格1000円

一族で唯一特殊能力のないリーラが挑んだ新種の薔薇による新しい香水の開発。手助けを頼んだのは妻殺しの容疑者でもある農耕学者。〈魔法シリーズ〉第二作。

たったひとつの願い
キンバリー・キリオン　霜月　桂／訳　本体価格952円

死刑執行人の娘リスベスは、国王暗殺を企む敵に追われ、スコットランドの戦士ブロックとロンドン塔から脱出するが。官能の誘惑に満ちた逃避行の行方とは？

想いを秘めたプリンセス
クレア・デラクロワ　文月　郁／訳　本体価格1048円

ヘンリー二世軍に城を占領され厳しい要求をされたアイルランドの城主。それに対して賢い城主の娘がある計画を企むが、不思議な魅力を持つ彼が現れると……。

＊この価格に消費税が入ります。

扶桑社海外文庫

放蕩貴族のレッスン
サブリナ・ジェフリーズ　上中　京／訳　本体価格1048円

教師マデリンの前に現れた放蕩貴族のノーコート子爵。姪の入学を願う子爵にマデリンは『放蕩者のレッスン』を依頼するが……大好評リージェンシー第四弾！

装飾庭園殺人事件
ジェフ・ニコルスン　風間賢二／訳　本体価格933円

ホテルで自殺した造園家。だが夫の死に疑問を抱いた妻は独自に調査を始める。すると奇妙な関係者が続々と現われて…。英国文学の旗手が放つ異色ミステリー。

まごころの魔法（上・下）
ノーラ・ロバーツ　加藤しをり／訳　本体価格各848円

華麗なるマジックと練達の宝石泥棒。二足の草鞋を履くマジシャン一家の娘と、家長に拾われた元家出少年との波乱万丈の恋愛模様。ラブ・サスペンスの名品。

あなたと過ごす一夜を
ソフィー・ジョーダン　村田悦子／訳　本体価格876円

ジェーンは仮面舞踏会で初恋の人セスと再会する。彼女の正体に気づかないまま欲望にとらわれてゆくセスだったが……。官能に満ちたヒストリカル・ロマンス！

＊この価格に消費税が入ります。

扶桑社海外文庫

愛を歌う小夜啼鳥《ナイチンゲール》のように

リンダ・フランシス・リー　颯田あきら／訳　本体価格1000円

放蕩者で知られる名家の息子ルーカスが娼婦殺人容疑で逮捕。裁判に臨む彼はその弁護を女性弁護士アリスに依頼する。〈ホーソーン兄弟三部作〉の最終巻。

デッド・ゼロ　一撃必殺（上・下）

スティーヴン・ハンター　公手成幸／訳　本体価格各848円

密命を帯びてアフガンに渡り消息を絶った海兵隊の名狙撃手クルーズ一等軍曹。その彼が米国内に潜伏中と判明。政府機関の要請でボブ・リーが探索に乗り出す。

誘惑の仮面舞踏会

レニー・ベルナード　藤倉詩音／訳　本体価格895円

地味なメリアムが舞踏会で仕掛けた誘惑の罠。しかし相手を間違えてしまい、逆に危険な公爵の腕の中に…S・ケニヨン絶賛、情熱のエロティック・ロマンス。

愛しき騎士の胸の中で

コニー・メイスン　藤沢ゆき／訳　本体価格933円

十三世紀、戦乱のイングランドを舞台に、国王の直臣の騎士ドミニクと、彼との結婚を強制された娘ローズとの愛憎劇をスリリングに描く、官能の歴史ロマンス。

＊この価格に消費税が入ります。

扶桑社海外文庫

始末屋ジャック 地獄のプレゼント(上・下)
F・ポール・ウィルスン 大瀧啓裕/訳 本体価格各838円

クリスマスが近づくNY。ジャックと父との再会は悪夢の惨劇へと急転する。兄とともにバミューダで手に入れた秘宝の正体とは? アクション・ホラー巨編!

気高き豹と炎の天使
ナリーニ・シン 河野直子/訳 本体価格1095円

豹チェンジリングの戦士クレイとヒューマンのタリン。凄惨な過去を共有する二人が再会して……大人気パラノーマル・〈サイ＝チェンジリング〉待望の第四弾!

ブライド・カルテット1
純白の誓い
ノーラ・ロバーツ 村上真帆/訳 本体価格1000円

幼なじみ四人組で結婚式演出会社を起業したカメラマンのマック。ひょんな切っ掛けで出会った高校教師と始まる恋の行方は。〈ブライド・カルテット〉第一巻。

侯爵の甘く不埒な賭け
ロレイン・ヒース 伊勢由比子/訳 本体価格933円

借金まみれの侯爵が自らを競売にかけ富豪米国人の娘の花婿となった。初夜に臨んでその娘は夫に言い放つ。私の好きな色も知らない人とは床を共にしないと!

＊この価格に消費税が入ります。